NOITES DE ESTAÇÃO

CB022303

Editora Appris Ltda.
1.ª Edição - Copyright© 2024 da autora
Direitos de Edição Reservados à Editora Appris Ltda.

Nenhuma parte desta obra poderá ser utilizada indevidamente, sem estar de acordo com a Lei nº 9.610/98. Se incorreções forem encontradas, serão de exclusiva responsabilidade de seus organizadores. Foi realizado o Depósito Legal na Fundação Biblioteca Nacional, de acordo com as Leis nºs 10.994, de 14/12/2004, e 12.192, de 14/01/2010.

Catalogação na Fonte
Elaborado por: Dayanne Leal Souza
Bibliotecária CRB 9/2162

M357n Marques, Andréa Rukop
2024 Noites de estação / Andréa Rukop Marques. – 1. ed. – Curitiba: Appris, 2024.
257 p. ; 23 cm.

ISBN 978-65-250-6559-5

1. Romance. 2. Drama. 3. Mistério. I. Marques, Andréa Rukop. II. Título.

CDD – B869.93

Appris editora

Editora e Livraria Appris Ltda.
Av. Manoel Ribas, 2265 – Mercês
Curitiba/PR – CEP: 80810-002
Tel. (41) 3156 - 4731
www.editoraappris.com.br

Printed in Brazil
Impresso no Brasil

ANDRÉA RUKOP MARQUES

NOITES DE ESTAÇÃO

Appris editora

Curitiba, PR
2024

FICHA TÉCNICA

EDITORIAL	Augusto V. de A. Coelho Sara C. de Andrade Coelho
COMITÊ EDITORIAL	Marli Caetano Andréa Barbosa Gouveia (UFPR) Edmeire C. Pereira (UFPR) Iraneide da Silva (UFC) Jacques de Lima Ferreira (UP)
SUPERVISORA EDITORIAL	Renata C. Lopes
PRODUÇÃO EDITORIAL	Bruna Holmen
REVISÃO	Débora Sauaf
DIAGRAMAÇÃO	Bruno Ferreira Nascimento
CAPA	João Vitor
REVISÃO DE PROVA	Bruna Santos

Dedico este livro ao meu falecido pai, João Marques, um leitor voraz, e à minha falecida mãe, Thereza Christina Eckstein. Também dedico ao meu falecido irmão, João Carlos Rukop Marques.

AGRADECIMENTOS

Ao meu estimado Alex, que me orientou com uma dica fundamental. À minha amiga Luciana Pacheco, por ter passado por tantos "ou ou" ao meu lado, com tanta dedicação.

SUMÁRIO

CAPÍTULO I

QUANDO TUDO COMEÇOU...

Chegar à janela e sentir o vento bater no rosto, ouvindo o relinchar dos cavalos ao longe, era o bem-estar que eu procurava à noite antes de dormir.

No verão, o aroma das frutas invadia meu quarto, permitindo que o frescor da noite acalentasse meu sono.

No inverno, as brasas da fogueira formavam a fumaça que atenuava o sereno frio.

E o outono cobria o chão de folhas secas que, juntamente com o vento, formavam uma acalentadora sinfonia.

Mas esta primavera trouxera consigo muito mais que flores e rosas, trouxera uma sensação de desconfiança beirando o medo! Era bem mais do que o uivo triste de algum lobo perdido. Era a agitação dos cavalos e cães.

Como se pressentissem uma ameaça ao seu entorno e, assim, uma leva de medo ia envolvendo-se ao nosso redor.

No fim da tarde, recolhia a lenha para o jantar e, quando o céu embotava a cor violeta, retornava em passos calmos de contemplação, entretanto, nos últimos dias uma ligeira angústia apressava minha cata ao cesto e antecipava, assim, a noite alta, eu já próxima à porta de entrada.

O preparo era sempre acompanhado de portas e janelas abertas, donde a agitação das árvores ao vento não causavam nenhum espanto de temor.

Após a sopa quente era comum, o café e a conversação sobre amenidades à luz do lampião, mas agora, agora não!

Eu me punha a observar com cuidado os movimentos e barulhos costumeiros, mas que agora parecia haver um ranger diferente e estranho. À mesa do café, antes de dormir, púnhamos a olhar pela janela, fazendo pausas, ouvindo, e nos entreolhando para ter a certeza que nada nos ameaçaria.

Assim, passamos a adorar as manhãs, relutar à tarde e amofinar-se à noite. Durante a madrugada, quase não me atrevia a deixar a cama e olhar para a janela, como muitas vezes fiz até que o sono retornasse.

Agora, o sono era preservado entre o travesseiro e o meu braço escoltando meu rosto, de vultos, vozes e uivos. Assim adormecia...

A manhã era ocupada com forte rotina, mas ainda assim, com intensa alegria: colher o tomate e arejar as folhas das abóboras, ajeitar o caramanchão dos maracujás, e depois, findando a tarde, recolher o milho e bater no chapéu do espantalho. Depois pôr tudo isso num tacho de cobre, e no crepúsculo, recolher a lenha do caminho.

A convivência de perto com a criadagem é uma troca de saberes e sabores. Curiosos, de longe são apenas serviçais, repletos de vícios e erros, de perto, são criaturas hábeis e prontas ao labor!

E foi assim que vivi entre alguns, quando fiquei sozinha por um tempo. Pondo o orgulho entre a terra das plantas, a vaidade pelas flores, a presunção no capim para o cavalo, a ansiedade na tinta da cerca onde a luxúria se perdeu no resfriar do tempo, quando o molde de um homem amontoou meu coração.

O curioso era a estação das flores estar promovendo certo presságio, onde rajadas de vento levantavam as folhas secas do chão, tremulando galhos e apinhando gravetos, mas ainda assim, as flores estavam lá, formando uma combinação simbiótica entre o lúgubre e o singelo.

Eu deveria permanecer por quase uma estação sem retornar, pois de todas as vezes, nunca precisei ficar tanto tempo afastada da cidade.

Antes bastava destinar o acúmulo de tarefas e dar ordens à criadagem e depois partir para a vida, do outro lado.

Agora, a minha vida ficaria acomodada desse modo, até que o acúmulo, não de tarefas, mas sim da minha mente, se pusesse em ordem, até que meu coração enfileirasse e desfizesse todo o desalento.

Era comum, no auge da estação, a reunião das famílias mais próximas do povoado. Uma tradição antiga que nos reunia para celebrar o auge da estação: a culminância do equinócio.

A casa mais próxima da igreja acendia a fogueira e preparava o festejo, onde a proposta era simples: socializar com as pessoas que se viam constantemente, com as que se viam somente em temporadas e, em alguns casos, simples forasteiros, entretanto, todos eram bem-vindos.

Nesta estação, fui a anfitriã do aldeado. A casa mais próxima da igreja era a minha, e curiosamente a do cemitério também.

Havia bancos e troncos de madeira por todo o quintal, a fogueira agasalhava e iluminava ao arredor.

Todos chegavam numa harmonia que contagiava de alegria meu coração ainda quebrantado. Havia tempo que não vivia entre tantos, entre os próximos, entre os simples.

O padre de hábito, patrões e empregados num mesmo degrau, violas e banjos num cântico bucólico. O aroma de tantas delícias e os casais afinando àquilo que os comprazeria ao deleite do findar da noite.

A cidade, o caos urbano, a decadente civilização tirara de mim o genuíno prazer. O pouco suficiente e o suficiente e bom.

Foi uma noite de boa conversa e riso espontâneo, de chão de terra e céu aberto. O cheiro de mato e orvalho, ao som da viola e da gaita.

A minha atenção fora dividida entre os convivas. Não obstante, a presença de certo homem sugeria estranheza! Sujeito intrigante! Parecia ter deixado sua pele no cabide de seu closet, e assim como eu, também parecia querer se habituar a uma nova vida. Talvez fosse só impressão, talvez só por ser bonito.

Durante todo o festejo, evitou olhar-me de frente, e por isto, fui fixando sua expressão na minha memória. Ele não estava destacado, mas percebi que não tinha uma companhia feminina. Na verdade, ele estava engajado numa conversação amistosa com os demais.

Antes que eu comece a dedilhar sobre Ele, preciso contar sobre os convivas. O padre era um homem de meia idade, agradável e mantinha ainda o forte sotaque ibero. Lembro-me dele apenas em batizados, extrema unção e enterros. Nunca assisti uma missa sua! Também nunca fui batizada, também nunca me casei. O chefe de polícia da cidade, e, portanto, do nosso distrito, não fingia estar cansado e querendo aposentadoria. Sendo assim, trazia no rosto o nítido abatimento daqueles que permaneceram muito tempo cristalizados em sua função.

O casal de imigrantes eram os donos do empório mais antigo. Lembro nos idos tempos, o balcão de madeira e o gelador de presilhas de cromo, a balança era de pinos de cobre. Que mantiveram o seu estabelecimento como os saudosos secos e molhados.

Era agradável entrar ali. Eram tão silenciosos que só se falavam quando não entendiam a pergunta do freguês. Mesmo em festas, mantinham apenas as mãos juntas, e a boca selada com o esboço de um breve sorriso. Tinham dois filhos, ambos ajudavam com as sacas de cereais. Lembro-me bem do rapaz, loiro e macacão jeans, que partiu em ordem de alistamento para essas guerras estúpidas e não mais voltou! E da moça do saiote de chita, que na sua sossegada donzelice, um dia fugiu com o dono do circo e não deu mais notícias.

Enfim, sozinhos, agora poderiam quebrar a rotina e conversar ou suportar o silêncio.

Sempre achei curioso os casais calados, penso qual entrosamento maior que as palavras? Talvez olhares, toque das mãos. Abraços ternos. Suave beijo ou tudo isso à noite, tentando pormenorizar as mazelas da rotina, dando por encerrado a contenda da vida a dois.

Analisando fatos ocorridos, me pus a pensar no peso das palavras ditas e não ditas. Na permissividade que devo ter dado e nas enfileiradas cobranças inúteis.

Percebo que, quando se ama, procuramos justificar erros e admitirmos culpas que não são nossas. Abrandamos condutas reprováveis, mesmo sabendo que lá na frente, tudo isto poderá nos acertar em cheio.

Ainda temos outros vizinhos garbosos. O médico da cidade que, devido a doença da esposa, passou a residir onde só frequentava em invernadas. Assim como eu!

E finalmente, a família mais curiosa. Eram conhecidos como “os da gruta”.

A casa parecia saída de um conto de fadas, paredes de argamassa, pedras, solado de madeira, lareira e chaminé. Tudo circundado de arbustos e heras. Um belo rapaz lenhador era casado com uma jovem mística, que punha cartas e lia o céu. Então, todos estavam em pares, menos eu e Ele.

Todos que mencionei, e alguns outros, estavam no festejo. Embora fosse primavera, havia uma ligeira neblina suspensa no ar.

Havia uma sensação agradável onde a presença da alegria e do amor nos envolvia, deixando para trás o enfado que nos assolou nos últimos dias.

Foi numa daquelas tardes tépidas que, de repente, o céu toma uma cor escura e um rodopio de folha e areia foi suspenso no ar anunciando tempestade.

Fui ao varal recolher a roupa e soltar os cães. Com a janela recostada para o arejo, apreciei um pouco o reclame da natureza. Quem esperaria o espetáculo de embotamento do céu alimentado pelo vento devastador?

Noite alta, com chuva e relâmpago, pus-me ao preparado da noite, sopa e broa. Era meu momento de degustação quente. Era meu momento de pensar!

Os cães latiam num alvoroço, mas o ladrar ensaiava uma lamentação, até que percebi que pareciam entrouxados, e de longe um bater de portas.

Pude ver que era a porteira do estábulo e em nada me agradava sair na chuva para trancar, muito menos a bagunça que seria deixá-la aberta. Estava então explicado o incômodo dos animais. Tentei não dar importância ao fato.

A mulher entre os lençóis permitia ter preguiça, mas esta mesma mulher também estava preocupada com o bem-estar dos cães. Beijei o terço e roguei por eles.

Antes do meu café, fui ao quintal verificar o que a tempestade deixara impresso.

Não me estendi muito da porta da cozinha, sabia que qualquer problema seria trazido de imediato pela criadagem.

Enquanto preparava meu café, mantinha a atenção na janela, mas procurava não ansiar pelas pendências domésticas.

Estava ali, bebendo vagarosamente meu café amargo com bolo, à beira da rústica mesa de madeira sob o chão de tábuas, e pela branca parede tosca combinando azulejos lusitanos cercado de amplas janelas.

Ali sentada, vivendo outras pendências e motivações, tinha a impressão de ter trocado de vida, e de fato, eu não sabia se voltaria a ser aquela mulher, talvez já não gostasse mais dela!

Cuidei dos assuntos internos e o tempo passou mais rápido. E os cães não davam sinal. Eu só queria muito que meus cães estivessem bem.

Era uma sexta-feira, dia da criadagem ir à cidade com a parentela. Eu sempre me esquecia dessa data. E também esquecia os tão insistentes convites onde não poderia recusar e faltar.

Uma propriedade vizinha comemoraria a temporada das flores. A típica forma de mostrar a fartura nos negócios.

Era uma linda festa, tudo ornado de rosas e alfazema, com algumas tochas para propagar o aroma incensado no ar.

Estas eram uma das poucas famílias que vinham de ocasião e que ofereciam luxo e algum refinamento.

Deixava-me feliz o quão eu era importante e especial neste lugar, e todos compraziam da minha presença, eu era um tipo de notoriedade local.

Não pude deixar de notar quando Ele chegou. Gostei que houvesse uma presença masculina, as únicas sem par eram as jovens moças, as viúvas e eu. Senti satisfação por ele estar desacompanhado.

De forma delicada, eu dificultava sua aproximação, não havia um motivo especial, apenas estenderia algo que fatalmente ocorreria, do mais, também não estava tão à vontade para um homem. As marcas da relação que deixei, inibiram minha volatilidade e a empolgação que promove a itinerância da novidade.

Ainda que eu soubesse que precisaria reagir, pois, ao contrário, seria uma mulher amarga em qualquer lugar do mundo. Eu sabia que ainda não estava pronta, mas nutria a esperança que algo viria a me alarmar.

A sala era bem ambientada com bela mobília, possuía amplas janelas de vidro onde se avistava o jardim bem adornado.

O jantar e as "pequenas delícias" mantiveram-me por mais tempo na festa onde passei boa parte do tempo na sala, conversando e sendo ouvida com contemplação.

Após o relaxamento da agradável conversação, eu decidi contemplar mais de perto a beleza do jardim e, caminhando entre as "cercas de flores vivas", foi que de repente o avistei nesse corredor de plantas.

Ele estava caminhando na contramão dos meus passos, portanto, não teria como evitá-lo! Finalmente chegara o momento em que eu não poderia manter meu silêncio e o olhar em constante desvio.

Ele caminhava em minha direção e tinha estampado no rosto um breve sorriso que emanava segurança, enquanto eu tremulava como uma flâmula num mastro.

Quando nos entrecruzamos, ele diminuiu o passo, e aquele momento selaria o aspecto de relação que se estabeleceria entre nós. Confesso que tive receio que fosse apenas amistoso!

Ele diminuiu o ritmo do passo e esperou que eu fizesse o mesmo. Apresentou-se e agradeceu de forma educada pelo festejo do equinócio. Nossa! De perto ele era ainda mais bonito!

Depois da festa, chegando em casa, todos os meus cães vieram ao meu encontro, como de costume, menos Loban, o mais obediente de todos. O que me causou um estranho desconforto e intranquilidade. Onde estaria meu amável cão? Estava muito cansada para procurar por ele, mas a esperança foi algo que aprendi a cultivar. O pensamento ruim toma conta à noite e ele nos destrói até o dia seguinte.

Acordei tarde e me olhei no espelho, algo que eu não fazia há algum tempo: reparar no meu rosto! Eu constatei felicidade na minha face, pois vi uma mulher forte que soube a hora de bastar.

Esse dia seria um dia só para mim, sem tarefas e contas. Eu tinha medo dos dias assim. Tinha medo dos pensamentos soltos e frouxos.

Já conhecia os remédios contra a solidão e por isso comprava os suprimentos que me mantinham bem em casa até adormecer: doces, filmes e músicas...

Não permitiria que qualquer feixe do meu antigo caos fosse me tragar e abater.

Assim, quando retornava para casa com minha caixa de pequenos mimos, habituada à contemplação, eu ao acaso o avistei no bucólico bar na estrada. Curiosamente Ele estava lá! Pareceu-me estranho estar no meu caminho, no entanto, poderia ser coincidência. Ele me olhou, de certo com a intenção de me fazer parar.

Minha vaidade urbana e pouco amistosa me fez seguir para casa. Estava agitada pelo sumiço de Loban e conversar um pouco seria bom! Mas tantas ponderações não me permitiam. Este é o mal da mulher contemporânea: reticências. A falta de simplicidade atrapalha qualquer começo.

Dei início ao meu momento de descontração. Assistir os filmes que não tive a oportunidade de assistir; ler trechos dos livros que apenas comprei; ficar de pijama, comer e beber o que quisesse e dormir tudo!

Foi quando um estranho alvoroço me interrompeu. Era assim, sempre no melhor. Barulhos de passos, sussurros e os cães agitados em galhardia. Era sinal de alguma coisa!

Vesti a minha capa e tomei posse da arma! Pronta e de arcabuz, avistava do canto da janela o motivo da agitação. Sentia a face corar e, na boca, um gosto estranho. Nestas horas sentia falta de um homem. Só nestas horas!

Antes que meus olhos definissem a imagem, o gruído alto e rouco pronunciava a robustez de um felino selvagem. Meus cães estariam em apuros com este animal! Desci as escadas num só lance e disparei diversas vezes na direção certeira, mas se eles se enroscassem não arriscaria o tiro.

Ainda pude ver as orelhas deitadas e as presas pronunciadas em ameaça, e cada vez mais perto do meu cão Pastor que só exibia coragem. A tempo, consegui fazer o animal bater em retirada. Continuei atirando para o alto e assoviando para que os cães voltassem ao meu comando! Meus corajosos estavam ali, em euforia comigo! Em minha defesa.

Acendi uma fogueira que duraria até o amanhecer para afugentar os predadores.

Eu precisava de uma bebida forte e alguém para desabafar o ocorrido, já que a criadagem sequer acordou.

Antes que guardasse a arma e me preparasse para sair, percebi uma presença no portão da frente. Os disparos chamaram atenção!

Bastaria eu dizer que estava bem e que tudo não passou de um susto! Pelo avançar da hora, não queria retardar minha saída rumo ao etilismo.

Quando vi que era Ele! Quase não acreditei! Mostrava-se preocupado querendo saber do ocorrido. Momentos atrás não tinha estímulo fora das paredes do meu quarto.

Fiquei tão feliz por vê-lo! Àquela hora, no meu portão! Até uma mulher que se basta, em momentos assim, nessa hora precisa de um amigo e de um bom copo de bebida.

Diante dele e da boa surpresa, só quis abraçá-lo e o fiz sem reservas. Senti o perfume de sua camisa e a força da sua afeição na envoltura de seus braços em meu entorno. Neste momento, senti um alívio da adrenalina que me consumiu.

Conduziu-me até o bar e, por um momento, bebi até me acalmar, ele me olhando sério e preocupado, sem sorrir sem indagar.

O ambiente era ladeado de madeiras e, no meio, uma grande e bela árvore preservada, onde sua copa formava quase um teto, um teto de folhas verdes.

A bebida quente e destilada ia aos poucos me afastando da lembrança daqueles dentes ameaçadores, daquele chiado bestial, dos meus cães e da preocupação incômoda com Loban.

Quando já entorpecida, pedi que me levasse embora! Ele pediu que eu o agarrasse com força em sua cintura e me conduziu por estradelas bonitas, sentindo o cheiro do verde, do vento e da noite. Pus meu rosto em suas costas enquanto meus pensamentos inebriados e soltos iam registrando as imagens do deslocamento móvel que lentamente iam sendo deixados para trás.

Quando os clarões de luz começaram a rasgar o céu, ele se dirigiu à minha casa. Ele desceu e observava a área externa da propriedade. Mesmo antes de adentrar o portão principal, pediu para que eu chamasse meus cães e que entrasse com eles. Ao meu comando, os cães se aproximaram.

Pensei que naquele instante ele tentaria algo, mas apenas disse para eu ir.

De dentro do meu portão, mantivemos as mãos em toque e nos olhávamos sorrindo e arrastando um adeus. Ele ficou lá... eu sentia seu olhar me acompanhar.

Caminhei confiante até porta de entrada, e antes de fechar a porta ainda pude enxergar a figura masculina que me espreitava ao longe

Sentia-me um pouco cansada devido ao susto do episódio com os cães, outro tanto pela bebida e também pelo avançar da hora, no entanto, me sentia leve pela agradável companhia e pelo singelo passeio. Porém, ainda triste pela ausência de Loban.

Sentada no sofá, repassando os últimos acontecimentos, veio-me à mente um breve momento que senti suas mãos em minha perna, mais por cuidado do que por intenção. E eu gostei! Um pensamento foi inevitável: é tão bom um homem que sabe adiar!

Foi uma semana de trabalho intenso, muita palha triturada e refugo prensado. Tudo tão diferente do que eu fazia antes.

Precisava apenas de atenção e deliberação, os meus acessórios urbanos estavam dispensados.

Recuperada do susto do incidente com a aterrorizante fera, fui espalhar a notícia para terem cuidado com esse animal na área. Minha esperança era de que Loban não tivesse sucumbido naquelas garras.

Ao tomarem ciência do ocorrido, todos se prestaram em acolhimento e amparo. Em face do acontecimento, prestaram-me render homenagens.

Por conta disso, resultou em um jantar na casa do médico, e finalmente conheci a moradia do casal que, assim como eu, só vinham em ocasiões. Mandaram um carro me buscar. Era muita gentileza.

Saindo um pouco para as cercanias após a praça mais antiga, havia a rua com as residências de época, cada qual com sua marca peculiar.

Numa, sobressaía a argamassa com musgos, noutras, com blocos de tijolos à vista. Algumas com tanta vegetação que formavam um bosque, mas todas com a marca da beleza e a classe do tempo.

Atravessava uma ponte de madeira e eu escutava o barulho de um riacho.

A propriedade era uma construção antiga com um muro branco composta de uma portentosa coluna de entrada atrelada ao portão aberto, e em sua lateral, seguia até o fim de um pavimento de pedras e gramíneas.

Recostado nessa construção, um grande salão com amplas janelas de vidro atenuava um pouco o estilo austero, assim, as luminárias de lampiões, os sofás e as poltronas proporcionavam um ambiente descontraído para encontros e celebrações.

Foi um jantar intimista para me felicitar sobre o ocorrido, um jantar de boas-vindas para celebrar minha coragem, me parabenizando pela boa sorte e vida após me expor ao súbito risco.

Conversamos e rimos, e quando bem relaxada por taças de vinho, pude contar minha aventura com a fera parda.

Há muito tempo que eu não era eu mesma, era uma mulher de salto alto em tudo, na carreira, entre amigos e na relação, dificilmente saíamos de reuniões sem críticas ácidas, inclusive eu. Ali, de jeans e bota, rindo alto, sem travas e amarras, era, enfim, uma mulher livre.

Mas quando pude, fiz minha discreta e secreta verificação visual: ele estava ali! Por ter sido a atenção da noite pude pouco notabilizá-lo, mas eu gostei de revê-lo! Vestido em trajes despojados, pude perceber que se tratava de um homem muito bonito.

Novamente ele ouviu toda a história do incidente daquela noite, e ali, era a "heroína que pusera uma fera em retirada", onde a única diferença é que eu fazia meu relato sorrindo. E o que ninguém desconfiava é que Ele havia passado a noite me confortando...

Imensamente grata, eu me despedi de todos, e nas despedidas finais, ele, com todo cuidado para não ser percebido, beijou minha mão, devolvendo-me ao espaço. Confesso que fiquei um pouco estonteada, o suficiente para ir para casa com uma sensação quente de cobertura sobre o meu degelo.

Pouco antes de partir, a esposa do médico falou sem maiores pretensões que a moça da gruta possuía uma intuição curiosa e que eu deveria procurá-la, uma vez que eu estava à procura do meu cão perdido, o Loban!

Assim que pude, fui à casa da gruta estancar minha curiosidade.

A jovem estava sozinha e havia velas espalhadas pela casa, pedras negras sobre a mesa, e a fumaça de alecrim incensava o ambiente.

Minha visita repentina foi recebida com um sorriso e sem perguntas entre ambas, ela espontaneamente começara a entoar um estranho cântico.

Com o tom de voz diferenciado, falava ao meu respeito e usava frases ditas por mim, como uma reprodução de mim mesma! Disse que eu deveria partir e que minha vida seria assolada por inúmeros perigos.

Meu Deus, eu não tinha sossego! Correndo perigo! Acabei sendo afetada pelo *"revival"* que tanto evitei.

Sair deste aconchego! Voltar...! Que isso? Quando eu parti por mágoa embebida em ressentimento, eu só queria esquecer!

Não queria mais dramas, gangorras, danos morais. Eu queria resgatar minha autonomia e definitivamente ser respeitada.

Meu renascimento ocorreu quando dei às costas absoluta e definitiva para aquele estilo de vida.

Qual perigo poderia ser maior que este? Permitir que um homem coma seu coração aos poucos! Não, eu já estava decidida! Não voltaria!

Muitas vezes me acomodei por medo de mudar e espanar a poeira. Revolver o lodo do assoalho. Eu tinha receio de pôr à prova e realmente validar a resistência.

Até o dia que tomei coragem e não fiquei para ver o resultado, chegando até aqui!

Perigo e ameaça? Testarei minha valentia! Pus minha arma por perto, meus cães e a minha bíblia.

As lembranças inconvenientes vinham à baila, e subtraiam minha tranquilidade e doçura de até então.

Com isso, precisei de algum bálsamo para devolver minha alegria. A amargura cederia lugar para a envolvência que eu permitira com gosto!

A mulher que antes de tudo sabe emergir depois de submersa em um oceano escuro e abissal pelo tempo das mudanças, tempo da esperança, que findou em palavras secas, atitudes ásperas e a sensação de ter tardado minha saída.

Assim, a amargura cedeu lugar à envolvência e isto aconteceu no jantar na casa do chefe de polícia, outro evento que reunia moradores locais para confraternizar como era de costume.

A música alegre, juntamente com pães, azeite e vinhos, temperava a noite com o toque peninsular.

Nessa noite não falei tanto, nem era eu a atração! Estava confortável preferindo o recanto da cozinha, degustando as delícias sem culpa e sem olhos.

Fui para detrás da casa onde havia uma série de lençóis estendidos e assim contemplei a imensa parede de pedras cravadas de heras.

O céu estava "transilvânico" e eu estava ali! Entregue à paisagem. Desejava intimamente ser espreitada, tocada e surpreendida.

Até que vi a aproximação da sombra no chão, e fui me refugiar em meio aos lençóis brancos agitados ao vento.

A sombra crescia... quem mais nesta noite teria tal atrevimento?

As mãos taparam meus olhos e eu senti o peso de seus dedos, e toquei no seu braço, e em seguida seu cabelo. Era ele!

Abraçou-me contra seu corpo. Eu ainda não tinha tanta certeza, mas gostei de sentir a força com que me tomava para si.

Beijou meu pescoço e as costas, e o volume dos lábios coincidia. Nenhuma palavra ainda.

Quando atravessou seus braços ao redor dos meus ombros, constatei então os pelos loiros daquela pele clara. Era ele!

Estranhamente, ele me achava nestas ocasiões, exposta e absorta.

Ficamos assim, num ensaio inocente de intimidade. Eu sentia sua respiração e o cheiro da sua boca. Tinha cheiro de homem e teria o mesmo gosto.

Mesmo olhando esquiva, percebia os lábios cobiçosos, onde seus dentes formavam uma combinação sensual de pouco caso.

CAPÍTULO II

APROXIMAÇÃO

Um homem, outra história, sem passado ou menção de futuro. Apenas o toque que poderia me levar para bem longe... há quanto tempo eu não sabia o que era isso!

Era cedo para mim! Não precisava ser nessa noite, ainda que fosse promissora.

No entanto, Ele detalhou o endereço para o encontro e partiu na frente, e eu fiquei "deliciando" a sensação de ter apreciado seu toque.

Quando parti da festa, não estava certa do meu rumo, apenas achei que era a ponta de um novelo que resgataria o desejo que resfriou no meu corpo.

Tomei o caminho de casa, no entanto, a curiosidade me conduziu à velha estrada, e sem levar muito a sério, rumei na direção que ele havia proposto. Apenas conheceria o lugar que ele morava. Eu pensava tentando me convencer em voz alta!

A estrada sem iluminação não definia o endereço, mesmo que a estrada só oferecesse moradia em uma das laterais, pois o lado oposto era tomado por uma cadeia de morros que seguia adiante. Uma grande árvore indicava uma reentrância na estrada, e mais ao lado um portão aberto, ladeado por dois pilares brancos, sugeria ingresso fácil.

Reparando a propriedade rústica, adentrei mais por certa curiosidade.

Haviam cercas brancas, tomada de árvores e a beleza que um pouco da decrepitude permite.

Eu já tinha visto o bastante e nem estava certa de estar de fato no endereço exato. Na retomada do meu juízo, fui saindo apressada, pois já estava satisfeita louvando que estivesse no endereço errado. Eis que deparei com Ele no caminho!

Meu Deus era ele! Esperando-me, certo da minha presença, sinalizando que fosse adiante.

Convidou-me para entrar e confortando que estaríamos a salvo de qualquer presença.

Apresentou-me o interior da casa, marcas do passado e muito pouco sobre sua família.

Ele não pertencia a este lugar! Havia vivido em muitas cidades e, assim como eu, estava retornando de alguma vida.

Ficamos sentados na calçada de uma ampla varanda, ouvindo ao longe um som de banjo e apreciando a beleza bucólica daquele lugar.

Dissera-me que há muitos anos não pertencia a ambiente algum e como sua rotina estava integrada a um orgânico biorritmo e como alguns hábitos o havia escravizado.

Eu não conseguia ler bem quem era aquele homem de vida tão interessante que não tencionava me impressionar.

Recostado na parede, brincando com a ponta dos meus dedos, foi parando de falar e apenas me olhou.

Meu Deus, a qualquer momento eu seria beijada. Pensei, sustentando aquele olhar que me invadia a alma e desnudava a mente!

Abastecemo-nos de olhares, erguidos e bem-intencionados, o belo campestre ao redor, o som da noite emoldurava esse cenário de cortejo e os pensamentos que corriam frouxos fluíam inadvertidamente.

Ele beijou minha mão, meus dedos, meu pulso, e voltou a me encarar. Senti vontade de tocar seu pescoço, seu ombro, e ser abraçada por ele.

Decidido e resoluto, me puxou pelo tornozelo, deslizei suavemente pelo chão sendo encaixada entre suas pernas. Ficamos assim, com o rosto face a face sentindo sua respiração, só que agora de frente, fitando os olhos verdes e bem perto da boca. Eu começava a ser beijada.

Eu estava beijando e minimamente sentia a delícia daquela boca depravada, o lábio farto e a língua quente em minha boca.

Ele deitou me trazendo sobre seu corpo e percorrendo minhas costas, desceu sua mão pesada contra meu quadril e percebi o tamanho e a pressão da sua ferocidade.

Carregou-me em seus braços para o quarto, e eu não havia dito que sim, também não havia dito que não!

O quarto era iluminado pela pouca luz de mercúrio que vinha do lado de fora e, em sombras, fui deixada sobre a cama.

Ele retirou a camiseta e o reflexo da luz vinda da janela deixava impresso naquela pele o desenho da grade pantográfica.

Sentou na beira da cama e, diante dele, percebi o tamanho da intimidade que nos amealharia, e no meu mundo, estas questões eram tratadas e recebidas com propostas e acontecimentos.

Ele percebeu o revés dos meus impulsos, e sorrindo, vestiu sua camiseta, pondo sobre mim um cobertor.

Gostei da sensação de aconchego e cuidado, e no aconchego consegui adormecer.

Despertei bem, som de pasto e berrante ao longe. Cruzei salas, corredores, cozinha e nenhum movimento pela casa.

Não saí na ponta dos pés, também não chamei pelo seu nome, que a propósito é Allan.

Voltei para casa e para as atividades costumeiras com uma deliciosa sensação que me embalava. Sem pressa ou pressão, eu voltaria a vê-lo!

O ritmo nesta região era outro: longe da rapidez e do imediatismo que me impulsionava a eficácia do relógio.

Eu conseguia mastigar, dormir, sonhar, trabalhar longe dos "olhos" da cobrança e da eficiência que dificilmente era atingida: avaliações e metas.

Consegui ficar longe disso! Agora, quem determinava o começo, meio e fim era eu mesma!

Eu conseguia perceber de perto as manhãs e tardes, pois o sol me abrasava, ao contrário de quando o via apenas pela janela.

Contemplar o céu e nitidamente ver nuvens pesadas e seus passeios ao redor da lua em tons violáceos com bordões dourados num espetáculo que só a natureza pode oferecer.

Poder sentar no degrau da porta da soleira e saborear meu próprio café, e nunca mais, nunca mais ter a destemperança de um homem para aguar meu dia.

Meu Deus, ser feliz é isso, é bem menos do que imaginei e é bem mais do que sonhei. É ter liberdade, é ser livre de amarras, cordas e correntes, medos e anseios.

Por estarmos na primavera, era de costume a criadagem aparar as copas das árvores para a floração com sol.

Era um dia de serras e facões, a mim sempre coube juntar as folhas e fazer a fogueira, mas nesta tarde, ousei um pouco mais...

Estava do lado errado quando um pesado galho partiu em minha direção, e a árvore que eu me apinhava começava a tombar.

Meu Deus, minha queda seria alta e o tanto de madeira que viria depois e também sobre mim. Poderia a minha vida encerrar.

Os empregados, assustados e pouco a fazer, tentariam me aparar ao chão.

Mal pude perceber ele chegando, ou como ali chegou? Subiu veloz na árvore e resgatou-me em suas costas, e em seguida as toras cederam ao chão.

Eu seria uma mulher coberta de madeira, folha e dor. Mas ele me salvou e ninguém entendeu como!

Na queda, rolamos pela grama e envolveu-me com seu corpo em formato de concha, abatendo em suas costas os galhos que caíram.

A sensação do susto estava presente, mas seus braços estavam em mim. Suas costas amorteceram a queda de porções das árvores. Ele veio para me salvar!

Os empregados retiraram as toras de madeira que estavam sobre nós.

Suas costas tinham lanhos de sangue e ainda assim ele sorria. Sorria de satisfação: satisfação que só houvesse formigas e joaninhas sobre mim.

Abraçamo-nos forte e apertado, um abraço jamais recebido ou dado. Um abraço de ser salva e de ter vida. Um abraço de gratidão e desejo.

Desejo de possuir um homem corajoso e audaz. Desejo pelo homem que me salvou.

Ali, sentindo o cheiro do suor e o calor da sua pele, percebi um homem! O mais intrépido que conheci! Destes que conseguem se manter no controle. Tudo seria diferente agora. Eu poderia ser eu mesma. Eu nunca mais precisaria me esconder de mim, criar defesas ou bloqueios, por medo de decepcionar ou melindrar o outro.

Ele era um homem e diferente de todos. "Só ainda não sabia o quanto!"

Os empregados, os cães, os curiosos foram se afastando, e de repente, éramos somente nós!

E na privacidade do meu quintal com o chão coberto de galhos e folhas, ele foi levantando minha blusa e beijando meu corpo, e assim eu não vi mais nada!

O peso do seu lábio e o toque de sua mão em meu seio me mostrou o caminho. Eu queria muito aquilo! Ali se encerrava a etapa da mulher contida e reprimida. Fomos para meu quarto.

O crepúsculo anunciava a languidez do sol, mas ainda assim eu fechei as cortinas.

Eu arranquei minha roupa de frente para ele. Eu não perderia o brilho lindo daqueles olhos, assim coloquei meus dedos naquela boca perversa e sacana.

Ele retirou sua calça e vi de perto o que já sentira em minha mão. Um membro que combinava com ele: claro, pelos loiros e descomunalmente dotado.

Sem nenhum pudor, eu pus minha boca querendo sentir o mesmo gosto que senti em sua boca: gosto da viril juventude.

Esta espécie de homem não tem os vícios da maturidade que descamba para os despropósitos da crueldade que é falta de porvir.

São de uma ousadia ingênua movidos pelo extinto extrapolando o poder de seu potencial sem nenhuma prepotência, sendo naturalmente delicioso.

Ele subiu sobre mim iniciando uma penetração intensa e cadenciada. Eu nunca mais havia feito... eu nunca havia feito assim. Eu o via abrir e fechar os olhos na medida do prazer.

Na medida em que estocava no meu corpo aquela potência.

Eu olhava seu peito, liso, forte, poucos pelos loiros pelo braço e a pele ia avermelhando pelo atrito. Ele era lindo!

Ele encostou-me na parede pondo minha perna em seu ombro, e tudo que tive foi uma sensação completa de invasão. Era o sexo mais puro e animal que alguém poderia fazer.

Ele era intenso e ininterrupto, aquilo me excitava a um ponto jamais esperado! Tê-lo resistente, mais e mais... exausta e tão possuída, adormecemos abraçados.

Foi uma tarde que logo virou noite, transformando-se numa madrugada de vento forte, seco e quente. Foi uma noite de viração.

Diferentemente do último encontro, quis mesmo acordar em seus braços, fui tomar banho sentindo sua presença na casa, sentindo o cheiro bom de waffle e geleia de amora que ele preparara para mim.

Há muito tempo eu não dava bom dia já bem tarde, sentindo o gosto do café e doce.

Ele se tornou meu protetor, meu mimo, meu guardião, um tipo mais que namorado... eu só não estava absolutamente feliz, porque ainda faltava o Loban.

Pena que toda história e toda moeda tenha dois lados, e este foi o lado bom.

Ficamos assim, por um tempo, nos revezando entre o meu quarto e o dele.

Ele vibrava ao sol nas manhãs, e até o entardecer, era um homem disposto e feliz. Contudo, fui percebendo que alguns dias ele apresentava um tipo de ansiedade contida, misturada a uma melancolia velada.

Ingressava numa destemperança melancólica e arredia, falava em tom de despedida e tristeza, falava em dores e náuseas. Ele precisava da minha presença e do meu controle mental. Isso só veio a ser realmente compreendido certo tempo depois!

Certa vez, na praça do mercado, fui abordada por um grupo de rapazes que ostentavam tipos estranhos. No entanto, não se tratava de um tipo flerte. Agiam de forma indiscreta e inoportuna.

Repentina e providencialmente, Allan apareceu bem ali! Não parecia surpreso e posicionou-se de frente para os demais. E numa troca de olhares, o grupo se dissipou.

Percebi que havia algo errado e estranho. As oscilações emocionais e depressivas cederam lugar a mistérios e segredos.

Maturei, quais possibilidades? Entretanto, de algo eu tinha certeza: ele me amava e queria me proteger. Eu ainda não sabia de quê!

Eu não tinha medo dele e da relação. Não era consumida pela ansiedade curiosa.

Vivia cada dia a dádiva do meu presente, do meu momento, compreendendo os altos e baixos, aceitando o que minha intuição corajosa ditava e não mais a razão vacilante ou um coração trêmulo.

Passei a ver com frequência os rapazes que me seguiram na "Praça do Mercado". Estaria eu sendo observada, vigiada? Como uma ronda e uma espreita. Mas por que aqueles rapazes estavam agindo assim?

Os transtornos foram ampliados quando passaram a rondar o meu quintal. Respondi à altura, mostrando-me atenta e destemida. Meu comportamento surtiu o efeito desejado, pois eles recuaram. De certo, a real intenção não era me fazer algum tipo de mal. Entretanto, eu também não sabia o verdadeiro motivo de estarem espreitando minha propriedade.

Como nos enganamos com a aparência! Um erro crasso! Pensei que por serem jovens bem trajados, então não deviam ser maus! O que obviamente não os isentava de serem estranhos e ameaçadores.

A frequência e a insistência atrevida daquele grupo limitaram minha paciência! Naquela noite eu não me contentaria com dúvidas, eu quis respostas!

Num ímpeto de fúria, desci armada e apontei em direção ao grupo. Mirei disposta a não errar e perguntei com a voz altiva: o que queriam de mim? E fui cinicamente respondida com outra pergunta.

Com a mira certa para não errar, fiz a pergunta que calou minha voz e congelou meu estômago. Minha pergunta foi um brado que retumbou como uma flecha para mim.

Perguntaram-me de forma fria e pungente o que Ele, meu Allan, fizera com meu cão, o Loban! Nesse instante, faltou-me o ar! Eu os via irem embora em galhardia, levando com eles pedaços meus. No semblante, carregavam um contentamento mórbido. E minha arma, fincada no chão, mal escorava a mulher que se desmontava de tristeza e desilusão.

Qual a razão de Allan ter feito qualquer mal a meu Loban? Eu não voltaria a vê-lo! Eu sentia raiva e pavor!

Ele percebeu ou intuiu de alguma forma, e não nos vimos mais até então.

Retomei minha vida mais uma vez. Tentava minorar a insanidade de todo o enredo para não aflorar sentimentos obscuros. Prossegui.

No átrio da igreja, uma celebração santa ocupou os cristãos. As flores, o fogo das tochas e toda a ornamentação tornavam o rito ainda mais sacro e a paz havia sido restaurada.

Saí das cercanias da igreja e fui ao cemitério aproveitando a iluminação das chamas para deixar flores no portal.

Encontrei Allan, e por instantes, fiquei sem saber o que fazer. Apenas nos olhamos!

As dores causadas pelas maliciosas e desconexas revelações me fizeram ir até ele.

Visivelmente perturbada em sua frente, eu percebia em sua face um misto de vergonha e pesar.

Não sabia se sua contrição seria acompanhada de explicações. O que sei é que não haveria motivações ou desculpas para tamanha maldade!

Eu ainda com o ramalhete na mão, açoitei o seu rosto! Toda raiva, toda dúvida e toda desilusão estavam ali impregnados, entre os espinhos das rosas que laceravam seu rosto.

Fui embora para casa, vociferei aos prantos, e me perguntava muito amargurada o que Allan poderia ter feito ao meu cão? Decidi que não passaria mais nenhuma noite mergulhada em farpas de dúvidas pouco insolventes. Eu não iria ter de me reerguer novamente após os destroços. Não queria ter de buscar forças, não estava disposta a fugir de mim ou tentar me encontrar em outro lugar.

Imaginando que ele já estivesse de volta, reuni forças e peguei a direção da colina. Subi a estrada velha. Nada me deteria. Eu pensei!

Durante o percurso, o caminho estava escuro e me virei para tentar visualizar alguma coisa. Em meio às árvores, escutei um revirar proveniente do mato. O barulho se repetiu, e a cada passo, ficando mais pronunciado e parecendo me seguir.

Ao atravessar a propriedade, escutei cães uivando ao longe, mas eu já estava próxima da casa. Escutei uma mistura de uivos e gemidos! O ímpeto curioso me levou à Casa das Ruínas, e ele, Allan estava lá!

Acorrentado a uma grade num canto da parede, estava Allan. Havia uma luz lânguida e muito feno espalhado. Tentei imaginar o que estava acontecendo naquele cenário tão perturbador. Deduzi tempos mais tarde: mulheres nervosas ficam estúpidas! Tratei de sair sem ser notada. Quando de repente, com a voz transtornada e numa espécie de transe, ele me chamou. Aquilo não estava normal.

Com ordenança falou para eu me trancar em sua casa! Com orgulho falei que partiria. Com rogativa falou que não haveria tempo! Com muito pânico eu vi o "porquê"! Ao sair à porta, os rapazes vinham em minha direção, trazendo loucura nos olhos. Vinham para um acerto de contas. Vinham rápido demais para que eu pudesse mirar nos quatro acertando um a um.

No mais que pude, no voltar dos passos, no puxar da porta e atravessar-lhe os ferrolhos, eu fiz! Escorada na porta, recobrando a lucidez, eu esperava por explicações e ordens.

Ele olhou seus punhos e sinalizou a chave acima. Livre das correntes, saiu do local por uma portinhola no chão escondida pelas caixas. Tudo que ouvi dele foi: "não olhe, não escute, não saia daqui!". Tudo que ouvi após foram: gritos, urros, berros, pancadas, tremores, e no auge da minha aflição, perdi os sentidos.

Despertei com os raios de sol na fresta do telhado, escutando vozes de pessoas ao longe. Meu Deus, que bom, algo humano. Peguei minha arma e agora eu poderia sair. Tentei o subsolo mais o escuro e o cheiro me deteve. Destravei a porta da frente e deixei vagarosamente o local. O caminho era um rastro de sangue e roupas rasgadas. Não retornaria mais a este lugar, nem por mim, nem por Loban!

Descansaria em meu quarto e quando, de fato, me sentisse pronta, eu procuraria saber quem era Allan! Passei um tempo assustada e ao mesmo tempo grata que naquela noite funesta mal algum me acometera. Eu não sabia do que se tratava ainda...

Na medida em que o tempo passava e no limite do possível, fui voltando a frequentar as reuniões e festas dos convivas da cidade. Eu tentava não transparecer nenhum tipo de amargura e preocupação, mas eu tinha um propósito: desvendar discretamente tudo que pudesse a respeito de Allan!

Faria à moda antiga: iria perguntar para as pessoas que o receberam em suas casas.

Na loja de flores, comprei mais que os meus jarros poderiam suportar. Era meu passaporte para visitar a florista e investigar Allan.

Entre cortando e gentil conversa do adubo e da horta, perguntei-lhe sobre Allan na "festa das flores".

Tudo que tive foi um sonoro: "que Allan?". Em seguida, tive que descrever seus olhos e suas formas. E nada!

Marquei uma consulta alegando dores! Entre os procedimentos de rotina, eu tentava extrair da memória do médico as pessoas que foram ao jantar em minha homenagem. Ele não lembrava! Havia tempo! Reticente e compenetrado nos exames.

Desisti dos rodeios e precisamente perguntei sobre Allan. Tudo que ouvi foi: que Allan? Descrevi seu cabelo e sua tez. Ele, o médico, me atestou analgésicos.

Procurei o chefe de polícia sob o pretexto de um registro e, aproveitando a oportunidade para elogiar a festa, me imbui de coragem para perguntar de onde conhecera o Allan. Tudo que ouvi foi: "que Allan?". Sem registros ou ocorrências, me apressei em desculpas e parti.

Em casa, reuni os empregados e perguntei quem era o rapaz que eles viram tocando banjo na festa do equinócio. Na inocência das suas lembranças, eram tantos os convidados que de todos não lembravam.

Ainda irritada, insistia com todos que não era possível! Ele estava na festa, falava com todos. Salvou-me da queda da árvore.

Tudo que ouvi foi: "Senhora, o moço que a salvou era o mesmo da festa! Somente o conhecemos aqui no dia que a salvou da queda na árvore. Lá, na festa, era apenas um forasteiro".

Fiquei por algum tempo analisando e custando a entender. Ele, o Allan, era um completo desconhecido. Sem vínculo, sem referência, sem laços. Apenas alguém que por alguma razão, em todos estes lugares, se aproximou de mim. Certo e certeiro.

Eu teria de voltar naquele lugar! Ainda que não quisesse reviver as últimas lembranças de horror, acessar aquela estrada velha e ir à propriedade que eu estivera muitas vezes até ele partir.

Fui até aquela casa e lá chegando, bati na porta e gritei por alguém. O curioso é que nunca houve alguém ali, além dele e de mim.

Procurei a origem da propriedade uma vez que era antiga. Parecia insanidade minha, mas não era. Haveria uma explicação.

Seu último dono fora um sacristão que doou a propriedade a uma jovem que morava no exterior, talvez falecida, talvez com herdeiros.

E para meu alento, fui vista sim, com um jovem homem pela cidade algumas vezes. E era sabido que o mesmo esteve ocupando a propriedade por algum tempo. Antes de mim, ele, Allan, possivelmente não fora visto por mais ninguém.

Sem mais respostas e esclarecimentos, recorri ao último degrau do meu desespero, fui procurar a jovem sacerdotisa.

Não me preocupei com mesuras e desculpas. Fui direto ao ponto. Afinal, tempos atrás ela me alertara para estranhos acontecimentos que de fato tomaram série.

Mas tudo que eu ouvi, foi: "não foi nem o começo!". Tudo que eu disse: preciso de respostas! Ela encerrou dizendo: "clame por ele!".

Com esperanças, eu fiz! Eu gritei seu nome em meu quarto e no meu quintal. Fui até a velha estrada e, incansavelmente, gritei seu nome! Gritei por Loban! Gritei por quê?

Tive tempo de revolver pensamentos e maturar possibilidades. O tempo e a lacuna deixada mantinham tudo isso numa espiral sem fim.

Perturbada, me tranquei em casa sobrevivendo das reservas. Confusa e perturbada, fiquei sozinha e doente.

Foi aí que, de longe, os empregados cheios de vícios e erros, de perto hábeis e sábios. Fui salva fraca e febril, por eles!

Despertei com a luz das cortinas e com movimento no quarto. A rota clareza não definia a pessoa que comandava meu retorno ao juízo. Fui resgatada pelo homem que convivi na cidade e ele estava presente pelo aviso dos caseiros me amparando no caos.

Não imaginei reencontrá-lo em pretéritas circunstâncias, sendo benevolente e compassivo.

Revigorada e lúcida, ele ficou comigo um tempo. Veio para me levar embora, veio para me levar com ele.

Contar meu caso com Allan e as estranhas incursões mostraria minha insanidade. Ele me obrigaria a voltar ou ficaria ali comigo.

As condições me tentaram a voltar, mas eu precisava saber o que aconteceu com Loban. Eu precisava fazer isso sozinha! Nem quando era mais jovem fiquei tão deprimida e consumida. Não se tratava de saudade e desejo. Tratava-se do mistério que envolveu a minha vida e a vida do meu amado cão.

A questão é que minha razão estava à prova. O medo desolador crescendo a cada dia e a angústia do desaparecimento de Loban.

Tudo que eu poderia fazer foi feito, e a minha impotência não era conformismo. Nada mais poderia ser procurado, sugerido e investigado.

Na igreja, a luz amarelada entre os cristais das luminárias, as paredes violáceas cinzentas e em cada pintura, em cada vitral, a esperança me movia.

Prossegui sob a fé e a crença que as coisas não terminariam assim! Eu encerraria, sim, com todo esse mistério.

Nunca mais havia subido a estrada velha da colina e evitava aquele acesso, aquele lugar me trazia lembranças e calafrios.

Contudo, para retomar a frente dos negócios, foi necessário atravessá-la. E era um dia de sol bem forte.

Garanto que evitei olhar a propriedade, mas por um golpe de sorte do destino, há tempo pude ver um campeiro com ferramentas adentrar o portão.

Na espreita, deixei-o seguir e pude ver os reparos iniciados na casa. "Este elo eu não perderia".

Esperei seu retorno e descobri onde morava: casa, família, bichos, tudo normal.

Observei o "campeiro" durante dias, eu o segui até a sua casa e o espreitava até o apagar das luzes.

Ele prestava serviços para uma casa funerária e para a igreja matriz da cidade vizinha. Recebeu ordens para realizar reparos na casa de Allan, mas ordens de quem?

Pesquisei os proprietários, pesquisei sobre o padre e, por acaso, percebi sua constância na Santa Casa e passei a vigiar seu retorno do hospital e a sua maleta.

Certa noite, eu consegui invadir seus aposentos na igreja e revirei sua mala.

Foi neste momento tão lúgubre que eu perdi o medo, ficando disposta a tudo.

Eu estava diante de algo definitivamente anormal. Na mala, havia objetos sacros, documentos e uma caixeta contendo um coração humano. Eu cercaria esse padre, eu tinha uma arma.

Ele voltou ao seu quarto, guardou os papéis, pôs o "macabro" na geladeira. Ele sofreu a mira da minha arma. Confrontei e ameacei.

O padre acendeu um cigarro acompanhado de uma taça de vinho. Eu mantinha a mira, eu não hesitaria um certeiro disparo.

Sem temer e sem dificultar, ele relatou e advertiu! O padre contou que há alguns anos, o Monsenhor implorou por cuidados a um jovem. Pediu segredos e avisou que era especial. Eu só não sabia o quão tanto!

Ficou aos cuidados do mosteiro e do convento e tudo correu normal até certa idade. Até que vieram os transtornos tratados como demência e possessão.

Sem medicamentos, seu organismo fluía livre com força num vigor inumano. Até que relatos de ataques e mortes na aldeia levantaram suspeitos contra ele. Assim, o deslocamento e os remédios pareciam soluções pautáveis e imediatas.

Durante um tempo o problema foi estabilizado, "parecendo ter ficado no passado", e a missão sacrificante parecia ter chegado ao fim.

Curado, culto e adulto. Ledo engano! Desaparecimentos misteriosos continuaram a ocorrer. A memória cada vez mais falha registrava cada vez menos lembranças.

A vida sacerdotal pôde afastar paixões sensuais, porém sua necessidade de sangue aumentava.

Meu Deus! O que eu estava ouvindo? O padre calou a voz, cessando o relato. Eu o intimidei com o gatilho, eu insisti!

O padre, em desânimo e cansaço, alertou minha perda de tempo afirmando que ele não deveria lembrar mais de mim. E não seria por mal.

Eu cerrei os dentes e contei sobre Loban, meu amado cão.

O padre falou em conformação e que a sua bravura talvez tenha preservado minha vida. Isto, só aumentou meu ódio!

Antes que o padre negasse contato recente com Allan, exigi explicações entre a funerária e o órgão na geladeira.

O padre contou que alguns indigentes dilacerados precisavam de restaurações e sepulturas, soando apenas como bondade cristã! Mas quanto ao coração, habituara a este ritual, pois ele poderia aparecer a qualquer momento.

Enfim, o padre falou o que eu temia: perdera o contato com Allan.

Perguntei abaixando a minha arma se nos últimos tempos, ou se na última estação, ele havia se servido desta refeição!?

O padre falou que soube da sua hospedagem em casa de sua herança, mas o contato resumiu-se numa única noite. Ele estava esperançoso e feliz. Um abraço e nada mais!

Contei-lhe sobre a noite na Casa das Ruínas, mas o padre não demonstrou interesse no meu particularismo e afirmou que não havia outros como ele.

E numa sonora e inocente interrogação, eu perguntei: "O que há então com ele...?". O padre já embriagado gargalhou, respondendo em latim.

Fiquei frustrada por não perguntar como encontrar Allan, sabia que nenhuma arma em punho faria o padre contar.

Esgotada, me escorei na cruz e na bíblia. Eu rezei até recuperar a minha crença. Pagã ou não, eu tinha força e fé!

Não deixei de seguir o campeiro e ele não ia mais à propriedade na casa da colina, mas poderia ser a chave para chegar até Allan.

Certa noite, eu esperei sua ceia com a esposa e o cessar das luzes. Cheguei perto do seu quintal. Era um cercadinho de madeira e plantas ornadas. Cães ladrando e eu buscando algo que sinalizasse Allan.

Os cães mestiços só queriam cuidados, mas havia um próximo ao canil de bambus, tão passivo e quieto. Aproximei-me apenas para conferir se havia maus tratos e fui percebendo a magreza e inércia, em pelos negros e castanhos.

Vagarosamente, abri a portinhola e um rosnar forçado não deteve a minha curiosidade.

Ao deparar com seu focinho e olhos e a pelagem farta no pescoço, meus sentidos enfraqueciam e meu raciocínio freava meu ímpeto de frenesi para que não fosse em vão.

Mostrei meu punho, fazendo os sons de costume, chamei o nome num ato de credulidade. Chamei o de Loban. O rabo tremulou fraco, o rosnar virou choro e, cambaleante, chegou mais perto. Meu Deus, depois de meses era Loban ali!

Nesta vida eu não desejaria mais nada, estava ali encerrada minha missão de busca.

Eu reencontrara meu cão de guarda, vivendo mal pela gente conluio de Allan. Ele estava decrépito, mas estava vivo. Eu reencontrava meu cão amado. Tirei meu casaco e envolvi meu cão. Ele estava tão magro e leve que pude amparar em meu colo. Fomos nós dois para casa.

Adeus campeiro, adeus padres, adeus mistérios mal resolvidos. Adeus loucuras!

Eu e Loban fomos para casa de caminhonete, e nesta noite, ele dormiu na minha cama com o veterinário a caminho.

Agradeci tanto a Deus, e o maior presente que recebi no mundo foi ter Loban de volta e vivo!

Cuidei do meu amado cão, tão fraco, tão magro e adoentado. Mas agora estava ali comigo! De volta ao seu lar!

Eu recuperava toda a intranquilidade perdida desde o dia que sumiu. Eu recuperava a dignidade que perdi quando soube que Allan tinha participação nisto.

Não sabia a razão dele separar Loban de mim, mas a latência de minha dor sarou com seu retorno, pois do contrário, não sabia do que seria capaz de fazer com seu malfeitor!

A felicidade estava instalada ao redor do meu quintal de onde, novamente, eu recolhia as frutas das árvores, recolhia o tomate e a abóbora e batia no chapéu do espantalho, pondo tudo num tacho de cobre.

Dormia cedo e despertava feliz, com minha xícara de café, abria a porta da cozinha em companhia dos meus cães e com Loban sempre do meu lado.

Livre de mágoas ou lembranças, com o corpo respirando liberto das paixões sensuais. Eu não era apenas uma mulher livre, era uma mulher em liberdade. Algumas mulheres se acostumaram ao peso e ao fardo masculino entranhado em seus pilares que até estranham quando se sentem livres e leves assim.

Prossegui tranquila e dócil até a tarde, quando fui buscar minha encomenda no correio.

Era fim de tarde e o sol findava no horizonte largando rasgos laranja no céu já violeta. Por acaso, fiquei observando o trem chegando até o desembarcar dos passageiros e no balcão da cafeteria, mantinha meu olhar na estação estendendo saborosamente meu café.

Vi alguém descer as malas, aquelas do tipo bem antigo. Minha mente torpe não bem definiu as semelhanças até confirmar quem era o regressante!

Trajando o agasalho castanho e jeans, voltava assim, de vestes habituais, sem crime ou pecado algum. Do balcão do café, por detrás da pilastra, eu o observava.

Atravessou a estação indo em direção à rua, embarcando num carro de praça. Fiquei surpresa sentindo um misto de mágoa e espanto.

Chegando em casa, coloquei meus cães por perto e fiquei em guarda com a arma na cabeceira, mantendo Loban no quarto. Ainda assim, só consegui dormir ao amanhecer. A felicidade pode nos custar à borda de um abismo, mas como poderia saber... agora as palavras da jovem sacerdotisa faziam algum sentido, ainda que eu achasse muito exagero. Eu não sabia ainda o que estava por vir!

CAPÍTULO III

O CONFRONTO

Uma feira sazonal era o acontecimento que reunia pessoas e curiosidades, onde o contato era enriquecedor em diversas formas.

Ficávamos mais ricos, respeitados e informados. Todos se divertiam.

Em meio à multidão avistei Allan, pesou perceber que minha alma se acendeu com dor. Ele me olhava e seu semblante era de contemplação e constrangimento.

Adiantei minha retirada em plena posse de minhas compras e percorri as ruas em busca de distanciamento.

Ele, visivelmente determinado, me seguia. Nitidamente diligente. Eu sem minha arma. Pensei!

Caminhei para os limites dos trilhos onde a calma facilitaria tais demandas.

Não acredito que como muitas mulheres decididas e resolutas, sucumbem ao homem tão somente porque eles resolvem reaparecer de súbito. E eu, justo eu, seria uma delas?

No esforço de cada passo o meu coração acelerava pelo meu esforço físico e pela repentina surpresa. Na mais ampla honestidade interior, eu necessitava, sim, de explicações e maiores esclarecimentos. Intimamente, isso soava como um absurdo para mim, no entanto, não carecia de explicações "açucaradas" no amor!

Assim como dois homens esclarecem pontos e diferenças, eu precisava saber daquele que compartilhou da minha intimidade e confiança, esclarecesse tamanho obscurantismo, nem que fosse para eu fazer minha justiça e reparação.

Já longe das pessoas, no silêncio ermo das linhas de trem e sob a mística luz dos postes antigos, pude, enfim, diminuir o ritmo dos meus passos. Ele finalmente me alcançou! Até ali, pensou que eu fugia dele!

Continuei caminhando e sentia seus passos bem atrás de mim. Eu não desejava falar e sim ouvir o necessário para abrandar a dor latente de uma ruptura que ocorrera de forma vil.

Allan repetia meu nome diversas vezes! Não tinha um tom imperativo! Somente o prazer de chamar meu nome silenciado por ele, por quase uma estação inteira!

Eu parei de caminhar, e permanecendo de costas, eu perguntei o quanto de verdade seria possível de se obter de um homem como ele? E avisei as consequências de qualquer tentativa ardilosa e fraudulenta! Eu quis saber de fato o que ele havia feito ao meu cão! E sem me virar, eu aguardava a resposta!

Ele respeitou meu espaço, falou sem pressa e sem arroubos. Disse-me que durante muitos anos acreditou que o amor poderia curá-lo! Que levou muito tempo para perceber o mal que o assolava e que sua salvação talvez estivesse na morte.

Até ali, era só mais um homem organizando desculpas para atos imaturos. Então minha impaciência gritou mais alto num basta! Virei para ele e nesse momento cai no fundo abissal daqueles olhos verdes.

Sua testa franzida e seu lábio pressionado entre os dentes cerrados exibia a relutância causada pela inocência de minha indagação. Ele apenas falou que a presença de Loban na casa denunciaria... e ficamos assim, sem falar, nos entreolhando e pensando no que fazer e dizer.

Eu já vivera muito a reticência masculina, não embarcaria novamente neste dilema onde um sabe onde reside a dúvida e oferece o silêncio e o vazio de respostas. Soprei a minha angústia me retirando da frente do repetitivo modelo homem e mulher.

Num impulso, ele ateve meu braço com força, me olhou nos olhos e mandou-me ouvi-lo atentamente. Ele iniciava sua fala e eu ouvia a seguinte fábula: "existem alguns como eu, e onde estou, existe sempre um pequeno bando! Procuram viver por perto, pela necessidade de coexistir entre "Iguais" e para não levantar suspeitas quando algo foge ao controle, pois amontoa o quantitativo de culpados".

"O pecado entre meu pai e minha mãe foi a primeira herança maldita, onde nem o batismo seria permitido devido a tamanha heresia. Antes do meu sangue se renovar, fui atacado por cães selvagens, sobrevivendo algum tempo aos ferimentos e aos pruridos que me manteve doente por algum tempo".

Pensei: quanta falácia desse astucioso. Tentando efeitos dramáticos num misto de má sorte, destino cruel e infecção canina!

Eu queria saber por qual maldade afastou Loban de mim, e ele contava sua tragédia particular. Meus pensamentos foram detidos por uma assombrosa confissão:

Deixo Allan falar: "Acabo matando mulheres que se envolvem comigo, não tenho intenção, mas durante o transe habitual ou num golpe de má sorte, acabam vítimas de minha fúria insana".

Meu Deus, o padre contara-me sobre desaparecimentos na aldeia, sobre o apetite medonho e nefasto. Negligente, eu minimizei a confissão do padre! Allan era pateticamente insano! E eu estava diante dele, naquela linha férrea deserta, onde meus gritos não seriam ouvidos por ninguém.

Estava face a face, ouvindo o deslumbre de um assassino sem escape ou cilada! O pânico devia estar estampado no meu rosto, até que o interrompi dizendo: "está tudo bem!". Eu fingi normalidade diante de tais confissões!

Ele puxou meu braço, trazendo meu pescoço para perto de sua boca. Enroscou meu cabelo em suas mãos e começou a me abraçar sensualmente.

Disse que lamentava muito pelas mortes e que a cada incidente perdia ainda mais a esperança de sua cura!

Pensei, que tipo de louco pus em minha cama? Continuei tentando fingir alguma calma, disfarçando meu temor para conquistar espaço para fuga. Eu desejava sumir dali!

Allan prendia-me ainda contra seu corpo, segurando meus braços.

Olhando nos meus olhos, perguntou-me o que ele era? Mantinha a pergunta e esperava a minha resposta, esperava meu entendimento.

No auge de minha ignorância, disse apenas que nada precisava ser compreendido! Ele pronunciou vagarosamente próximo ao meu rosto: "Eu não sou humano!".

Pensei em correr, mas não teria vantagem e ele me alcançaria. Talvez o padre tivesse razão quando abordou sua sanidade. Meu silêncio momentâneo atiçou sua confissão e ele aguardava minha reação.

Deixo Allan falar: "Você imagina o que sou?".

Sem tempo de avaliar comportamentos humanos, pensei em instantes que se tratava de uma estratégia para embaçar a realidade através dos despistes insurgentes, embora uma estranha impressão induzisse algo incomum neste trato.

Deixo Allan falar: "Você sabe o que sou?".

O padre ponderou sua sanidade em explicações turvas...

Deixo Allan falar: "O que você acha que sou?". Disse-lhe que era muito doente e que devia precisar de muita ajuda!

O que Allan me disse ressoou como se arrastasse todas as minhas crenças para longe.

Deixo Allan falar: "Eu sou um lobisomem!".

Em desalento, tive a oportunidade de perguntar se me atacaria? Ele afirmou que na forma humana, nunca! Perguntei-lhe quais seriam as minhas chances de partir sem riscos guardando seu segredo?

Deixo Allan falar: "Ao afastar o cão, minorei a minha presença da sua casa, afastando assim os Iguais atraídos. O cão foi levado por ter na sua natureza um dom sobrenatural que registra memórias. Um cão nocivo para quem precisa afastar a presença de lobisomens, pois este é um cão Guardião. A ordem dada ao campeiro era que o cão fosse devolvido após o equinócio de outono".

Eu começava a compreender o que anteriormente havia tomado pela mais pura maldade!

Perguntei a Allan a razão de seu regresso e ele disse que não tinha mais forças para ficar afastado. Acreditou ter sido prudente ao partir e que sua ausência extinguiria meus riscos. Disse-me que a temporada ao meu lado foi a porção mais feliz da sua vida.

Que se algum sentimento ainda restasse e se eu quisesse partilhar da sua vida, por mais estranha e ameaçadora que pudesse ser, estaria disposto a empenhar o melhor de si e guardaria minha vida e felicidade mais do que qualquer preciosidade, mais do que a ele mesmo!

Ouvindo assim, palavras tão sentidas e tão sinceras e não encontrando crueldade no seu ser, fui tomada do mesmo sentimento inicial, do momento que nos olhamos até o compartilhar de nossas vidas.

Apesar da mais bizarra confissão e sem compreender ao certo a natureza do seu destino, uma espécie de bálsamo suavizou a angústia que devastara meus dias desde que Allan sumiu no nevoeiro e sua presença deixada para trás, como uma espécie de fumaça, onde parecia que eu tinha convivido com uma miragem.

Não relataria meus dias mais sofridos e também não lhe diria que o amava com tal intensidade e que minha vida seria única e somente sua!

Meu Deus, incompreensivelmente sentira falta deste homem diante até do obscuro.

Ouvi isto observando minimamente o movimentar de seus lábios entre o cerrar dos dentes que formavam uma estonteante tentação.

Allan estava com a voz embargada e não consegui definir bem o que era, mas estavam presentes sentimentos de amargura, tristeza e paixão.

Assolada pelo medo de suas confissões e do seu tom de voz, comecei a aguardar o seu avanço, e o desfecho, sinceramente, não sei qual seria?

Nesse momento, percebi quão é estúpido se arriscar por míseras palavras e explicações!

Quando achei que as coisas poderiam piorar bastante e que eu corria toda a sorte de riscos... Allan me beijou com tal arrebatamento que não pude manter os olhos abertos por muito tempo, nem tinha forças para descontinuar aquele ato tão devastador.

Retorcendo o corpo, inclinava-me para dificultar sua investida. Eu tentava racionalizar e tudo que eu conseguia era deixar ele ainda mais instigado, mais obstinado.

Ele era tão forte, as mãos tão grandes que seguravam meus punhos atrás das costas sem dificuldade alguma. Eu desisti de tentar estancar o desejo quando senti sua mão entre minhas pernas me alcançando com seus dedos que desvendaram minha excitação.

Ele me suspendeu, sentando-me numa mureta e me penetrou com força e intensidade, onde combinava cuidado e desespero. Aquilo, de fato, não era humano!

Comprazendo-me e admirando aquele homem e o tamanho do nosso desejo através do atrito de nossas línguas, apelos e súplicas, reacendia ainda mais o desejo entre ambos. Eu pedia mais! E ele dizendo que me amava e que jamais quis me deixar! Eu me perdia naquela boca depravada, pervertida e sacana!

Ah, como eu gostava de sentir a sua entrega pronunciando meu nome! Eu fiquei com as pernas flexionadas para o alto e Allan encostou o rosto em minha coxa; com carinho e saudade, ele pôs sua boca em mim e eu pedia para ele não parar.

Eu estava trêmula, e num êxtase pleno, ficamos ali abraçados, quietos, tentando entender...

Eu não compreendia bem como a força da sensualidade, a voluptuosidade conseguia dispersar os atos maldosos dos homens, mas desconfiava que êxtases assim trouxessem alguma reparação.

Exausta, Allan ergueu-me dali. Carregou-me em seus braços até a cidade. Encostada em seu peito, me deixava conduzir, quieta e pensativa. Havia respeitado os ditames do clamor do meu corpo e do meu coração.

Na cidade, noite alta! Ninguém além de nós! Quando Allan me colocou no chão, estava sorrindo e parecia feliz! Como era lindo! Ficamos por uns instantes a nos olhar silenciosamente.

Havia tanto a ser dito... e ninguém arriscou absolutamente nada. Não invalidaria nossa noite de reencontro onde Allan havia sido assombrosamente extasiante e arrebatador.

Ao dormir naquela noite, tive sonhos agitados e acordei diversas vezes, mas procurei manter-me adormecida, evitando avaliações morais dos meus atos onde a razão cobrava a conta dos meus desatinos.

Enquanto eu tomava meu café, digeria meus impulsos tão infames, minha razão exigia respostas. Nada havia ficado muito claro para mim!

O alvoroço dos cães levou-me ao portão e não esperava pelas respostas assim tão cedo! O alarido dos cães era pela presença de Allan.

Minha matilha mostrava os dentes, contestando bravamente sua presença, então pedi que entrasse enquanto segurava suas coleiras e ele simplesmente falou que não poderia!

Pediu que eu fosse até sua casa! Quão dispare! Parece até que não houve um hiato entre nós. O mais curioso é a naturalidade dos pedidos. Parecendo ter percebido meu descontentamento com a proposta, corrigiu o convite e pediu que o encontrasse antes do anoitecer. O local eu já sabia.

Pensei se não deveria abstrair tudo isso e ignorar, mas para tal eu deveria estar completamente alheia ao caso, às conjecturas, às circunstâncias, às possibilidades e, principalmente, à real condição dele e a minha!

Não, definitivamente eu não tinha estrutura para fingir descaso.

Quando atingimos determinada maturidade, temos o direito e o dever de extinguirmos os maus entendidos e poria um ponto final no lugar de tantas interrogações.

Uma súbita aversão de minha parte inibia qualquer ternura, mantendo a distância necessária para ouvir e "dar os ombros", e sair se necessário fosse!

Encontrei-o no mesmo ambiente da última vez, só nós, as árvores da copa agitadas pelo vento formando um teto de folhas verdes e, naturalmente, uma forte bebida para suportar.

Enquanto olhava e aguardava seu intento, na minha mente havia uma certeza: "eu queria entender o fundamento do todo!". Queria os primórdios à procedência, e acima de tudo, o vínculo de tudo isso com o desaparecimento do meu Loban.

Ele pôs uma caixa sobre a mesa mostrando que ali estava a minha proteção. Ele ainda não sabia que a minha proteção eu trazia debaixo do meu casaco. Pedi que levantasse a tampa bem devagar.

De fato, a surpresa desmobiliza uma mulher! Dentro da caixa havia uma arma antiga e prateada. E as minhas decisões e indagações foram retardadas por novas interrogações.

O que deveria fazer com a arma e o que faria em sua vida? Ele apenas respondeu que era um Lobisomem e que sua munição mataria os da sua espécie!

Ele falou que nunca fizera tal revelação e que faltavam algumas noites para a metamorfose. Contou que no tempo em que ficamos juntos, a euforia e a felicidade conteve suas transformações, mas foi enfraquecendo com a chegada dos Iguais.

Naquele momento, passei a duvidar de todo o ensino da vida. Tudo que aprendi e acreditei. Eu pressentia que algo ruim seria revelado e estranhezas o envolviam. Era algo acima de suas forças.

Procurei não esgotar toda dúvida, toda confissão, pois haveria tempo e, passo a passo, conheceria todo assombroso mistério. Era natural que no confronto de tanta informação algumas pontas ficassem soltas, procurei descansar um pouco e ajustar tais dúvidas para depois. Algo eu já sabia... eu precisava ficar alerta!

Precisando esclarecer imprecisões suspeitas, fui até a sua casa. O portão sempre aberto, o caminho de cercas e as árvores: sempre tão bonito e bucólico e, apesar de tudo, respirava outra atmosfera. Agora, Allan estava aqui!

Recebeu-me sorridente, quase me desarmava! Ocorre que este moço não era só um homem bonito, era um Ser! E era perigoso!

Temendo a noite e a escuridão por vir, perguntei rápido por qual razão sustentou o seu afastamento e o de Loban, uma vez que o bando estava liquidado? Dessa forma, eu não precisaria mais de proteção!

Com calma, relatou que não conseguiu matá-los, apenas os feriu e debandaram. E Loban já estava entregue aos cuidados de confiança e mantido assim, não seria rastreado. O cão reconhecia a sua espécie mantendo a impregnação da presença destes seres e também era reconhecido por eles. Pondo Loban afastado, minorava a vinda de Iguais para a minha casa. Eu seria esquecida e todos estariam a salvo.

Então, eu estar a salvo era a sua meta? A dúvida quase se encerrava! Então por que voltou? O que iria querer de mim?

Allan falou que minha mente era forte e poderia controlar a metamorfose, ao menos minimizar a intensidade e frequência. Disse que me amava e que nunca quis me deixar. Eu continuei achando que não era só isso! Como mulher, desconfiava das intenções nobres de um Lobisomem!

Pude ficar com Allan alguns dias antes da lua cheia. Novamente de volta, àquele quarto, àquela cama... nós dois, novamente um casal. Senti a proporção da sua saudade pela linguagem mais simples entre um homem e uma mulher. A vontade de estarmos juntos. Eu estava feliz novamente!

Na última manhã da lua crescente, nos preparamos cedo para a demanda noturna. Allan reforçou os ferrolhos que o prenderiam na Casa das Ruínas, juntou palha seca, beladona e absinto e os incensou como forma de aliviar as dores da metamorfose. Eu deveria manter distância, pois uma mulher por perto é sempre uma possível presa.

O sol se punha no horizonte e eu retornava da igreja para seu encontro municiada com balas de prata. Escutei seus martírios e gritos, mobilizando minha razão para finalizar com seu sofrimento. Ele viveu anos assim... Não seria eu a dar um "tiro de misericórdia". Enfim, quase amanhecia e a transformação não fora concluída. No raiar do dia, fora de perigo, retirei Allan do cativeiro.

Era a primeira mulher a conhecer seus segredos, resgatá-lo e ampará-lo. Pobre Allan! Desdobrei-me para dar cabo de minhas tarefas e fomos descansar pela manhã e recuperar forças até o pôr do sol.

Mais uma noite de lua cheia e a mesma rotina ensaiada, mais uma vez gemidos e gritos, urros tensos e prolongados que culminaram com o declarado uivo.

Pensei em ir embora e nunca mais voltar, mas não tinha coragem de deixá-lo. Não por piedade, mas por amor! Esse amor seria testado ao adentrar o cativeiro da Casa das Ruínas e deparar com algo muito diferente de Allan. Com a arma em punho, abri vagarosamente a porteira e a luz do lampião dificultava a nitidez do que meus olhos assustados buscavam.

Todo meu corpo estava alterado. Respiração, batimentos e o sangue gelado. Não estava confiante em meus estímulos, eu só sabia que um de nós poderia se ferir ou morrer. Diante do inusitado, poderia travar minha coragem!

Eu já estava arrependida de assumir tamanha missão! Fui ouvindo a respiração ofegante, e da porta, com distância razoável, aguardei seus movimentos.

O roçar do corpo na palha e o ronronar não eram ameaçadores e meu avanço consistiu em chamar seu nome. Ele não respondeu! Fiquei em guarda, com a porta aberta pela minha perna e a outra no local de fora. Mantinha a mira cerrada da arma para onde Allan estava acorrentado. Era a garantia de nossas vidas.

Respirei fundo buscando coragem e adentrei para ao menos ver Allan transformado, desloquei com o pé um toco de madeira para manter contato com o exterior. Com meio passo, senti odores estranhos, agora precisava confirmar a reação. Foi quando entrei no abrigo, me atendo aos grunhidos e movimentos. Finalmente, vi o que Allan era: um Ser!

Não me causou pavor de imediato e me agachei para angular a luz, permitindo a visão. Meu Deus, era mesmo uma transformação! Ele não me encarava, ele era acanhado e estava exausto, mas ainda assim, mantive cuidado!

A pele branca não era mais vista pelo excesso de pelos, suas mãos ficaram maiores e todo o corpo ficou mais dilatado, e o rosto pronunciado do cenho ao queixo. Pude ver a boca ampliada com dentes pontiagudos, e os olhos verdes de Allan ficaram "amarelados", mantendo apenas um aspecto desolador.

Encostei-me à parede, me apoiando da exaustão, pensando o que o destino havia me reservado. Peguei o lampião e, ao chegar mais perto, observava com cuidado! Não parecia ameaçador, mas era assustador. A criatura até me ignorava em gestos peculiares, parecendo não estranhar minha presença.

No entanto, não ousaria mais, pois uma besta estava na minha presença. Pobre Allan, reduzido ao aniquilamento e a um cativeiro! Fiquei mobilizada por arrastadas horas e indecisa entre passar a noite no abrigo ou sair, deixando-o concluir a transformação. Bem à minha frente figuravam-se duas personificações: uma do bem outra do mal.

O instinto curioso e protetor me fez ficar acordada e acesa, pontuando o espetáculo da aberração à minha frente. Eu estava profundamente ligada a Allan por laços fortes e indestrutíveis.

Foi sereno e tranquilo, sem avanços e sustos, e os espasmos e gemidos retornaram ao amanhecer, e isto eu poderia assistir bem de perto!

Com a alvorada, a metamorfose se desfaz. Alguns pelos caem, outros recuam. Seu corpo contrai e a ossatura da face retoma a forma original.

Ele desmaiou por alguns instantes no final da transformação, talvez por despender esforços. Quem explicaria tamanho fenômeno e aberração. Meu Deus, Allan era mesmo um Lobisomem!

Eu notifiquei seu ciclo num processo minucioso e exaustivo. Entre o terceiro e o quarto dia de lua cheia, a metamorfose é plena, antes disto, é uma ameaça possível e ele precisa estar acorrentado. Quando a lua começa a declinar para o minguante, ele permanece humano. Mesmo o plenilúnio sendo mensal, não ocorre o ano inteiro, sendo variante nas estações do ano.

O outono é a estação em que ocorrem menos metamorfoses, "transformações"; no inverno, a baixa temperatura o mantém imune, e na primavera inicia o ciclo das transformações; no verão, a manifestação ocorre quase nos 20 dias de lua cheia.

Sua fome é percebida pela agitação e no prolongado uivo, e para alimentá-lo, tive a ajuda do padre. Ele ficou aliviado em dividir o fardo que agora era somente meu.

A ideia de viver num lugar frio não traria a cura, pois o organismo se adaptaria com o tempo. Então, fomos conduzindo nossas vidas no ritmo biológico de Allan. Nada era comum, nada era normal, mas algo eu sabia! Nada era comum e normal com qualquer humano que eu tivesse conhecido.

Allan nunca pediu promessas de permanência, embora temesse meu enfado. Seu temor era não retornar da metamorfose, condenado para sempre a viver como um lobo.

Quando foi difícil conviver na rotina inconstante, pior foi sobreviver ao inesperado. Os meus temores pretéritos consistiam no retorno da assustadora matilha, de um eventual ataque de Allan e qualquer desatenção que prejudicasse Loban, do mais eu não tinha medo!

No entanto, foi na rotina da cidade que presenciei algo novo, iniciado como um ligeiro incômodo. Homens diferentes, e isto representava uma ameaça. E não eram lobisomens oriundos de outras regiões. Eu já os conhecia pelos olhos e pelo cheiro. Eram apenas homens, e não menos ameaçadores.

Estes homens odiavam criaturas e reconheciam tais seres, e mais ódio do que tinha daquilo que caçavam, eles tinham daqueles que os dava proteção. Neste caso: ninguém menos do que eu! Estes intrépidos e audazes homens eram vorazes caçadores de lobisomens.

Os caçadores são atraídos por regiões habitadas por lobisomens e, no caso de Allan, que se estabelecera tempo demais nesta região e como sedentário, foi fatalmente percebido.

CAPÍTULO IV

A CHEGADA! QUANDO O CAÇADOR CHEGOU, ACONTECEU ASSIM

No retorno das atividades na cidade, quase toda noite, parava no bistrô para meu habitual café com licor e tomar conhecimento das mais recentes novidades.

Era uma forma de estar inteirada, afinal de contas, viver com Allan e seus segredos me legavam tais cuidados. Cautela e informações o manteriam longe de problemas.

Quando o perigo ronda e espreita, com a vida por um fio, presas e predadores sabem reconhecer uma ameaça! Foi assim que reconheci o homem sentado no fim do balcão. Capote escuro e olhar pensativo. Um caçador! Precisaria parecer alheia a qualquer relação com o submundo, pois caçadores reconhecem os que mantêm elos com as criaturas incomuns.

Os caçadores mais perigosos são os natos, pois possuem sentidos aguçados e intuição poderosa. Reconhecer-me-iam no ato!

No entanto, este era um militar desligado de suas antigas funções que se envolveu com o sobrenatural. Era apenas um combatente a serviço do bem e ao mal de Allan. Minha missão consistia em pôr esse caçador em retirada para outra direção.

Esse caçador instalou-se num chalé para montar sua armada contra lobisomens. O local era um vale repleto de pinheiros e riachos.

Enquanto eu não tivesse um plano para despistar o caçador, permitiria que a lua cheia executasse sua natureza, afinal, ele estava numa área favorável para o ataque de uma fera. Assim não seria rastreado.

Allan precisaria atrair outros Iguais, isto o manteria a salvo. Eu precisava nortear as atitudes que nos permitiria continuar vivos. Eu temia a minha coragem para poder manter a vida de Allan. Precisava de um plano, caso contrário, o caçador pagaria o preço.

No dia seguinte, procurei a jovem sacerdotisa que invocava ao meu acólito. Concentrada ao ritual, iniciava os pronunciamentos sem que eu fizesse uma única pergunta. Falou sobre a vinda de muitos e do sangue vertido e que o pecado e o perdão estavam juntos. Disse isso e nada mais!

Eu não permitiria meu Allan na floresta, pois ele poderia atacar o caçador. Ele era um lobisomem fraco por se alimentar de forma contrária à sua natureza.

Uma emboscada contra o caçador não seria a solução contemplada, mas era preciso atrair os Iguais, as matilhas, isto sim manteria Allan a salvo.

A transmitância era algo natural entre bandos, ocorrendo da forma mais comum que seria estar livre na relva espalhando fluidos e uivos, mas para isso, eu precisaria desacorrentar Allan na noite da transformação, caso contrário, o retorno de uma matilha seria algo sem previsão e a nós faltava tempo.

Passei a observar a rotina do caçador e perceber os passos do inimigo. Caçadores são homens taciturnos e solitários, no entanto, gostam de mulheres. De maneira inevitável, tive que me aproximar dele sob o pretexto de uma caçada.

Foi entre o orvalho e a neblina da manhã, com minha arma em punho e vestes apropriadas, que preparei o cerco. O caçador se aproximou desconfiado e também munido de sua proteção, e assim iniciamos uma conversa solta mantida a distância.

Contei-lhe que um felino rondara minha propriedade em contato com meus cães alertando outros tipos de animais e outros ataques no território. A conversa promoveu uma imediata aproximação e selou amistosidade entre nós. Ele apertou minha mão pronunciando seu nome e eu fiz o mesmo. A sorte estava lançada.

Tomamos café matinal no degrau da sua varanda e, enquanto isso, fornecia todas as pistas e orientações contrárias. O caçador era um homem robusto, cabelos escuros e olhos claros, seria bonito se não fosse nocivo. Fui embora tendo a certeza que desbaratei alguns dos seus planos.

Incensaria a casa de Allan, abrandando o odor, e me prepararia para a liberdade inaugural de Allan.

Fui ampliado o contato com o caçador durante a lua crescente porque no apogeu da lua cheia, Allan estaria à solta e eu estaria distraindo o caçador.

Eu e Allan reconhecíamos os riscos da minha missão durante a lua cheia. Assim, deixei-o livre para a metamorfose, e neste ínterim, estaria na companhia do caçador. O desfrute seria meu trunfo.

Estava pronta para qualquer fatalidade, assim resolvi surpreendê-lo com uma investida de sedução. Levei comigo numa visita inesperada uma cesta de pães e vinhos. Falei sobre minha solidão, desilusão e desejos. Pouco a pouco, ele desistia da arma, da porta e de partir.

No entanto, em minha pauta, uma boa bebedeira combinada com drágeas, induziria o caçador ao sono. Nunca tive dificuldade em seduzir e entreter e, após algumas horas, o resistente homem estava dormindo. Passei a revista na munição e armei a troca imediata nos compartimentos, tambor e no reserva. Troquei a prata por festim, mas ele só perceberia isso tarde demais.

Eu não poderia partir na escuridão, pois poderia deparar com Allan metamorfoseado e esta era uma etapa da nossa relação que ainda não havia crescido.

Esperei os primeiros clarões da aurora, seguindo em caminhadas pela floresta em direção à casa de Allan. Ele poderia estar desmaiado em qualquer parte. Proteger Allan tornou-se minha missão, e minha força provinha da necessidade de mantê-lo vivo, não somente pelo amor que nos unia, mas também não o deixar à mercê de uma maldição!

Na alvorada, o movimento de pessoas era escasso e por isso não temia que outra pessoa o encontrasse em circunstâncias estranhas.

E foi na subida da colina, entre a cerca e as gramíneas, que o avistei escorado num tronco ainda desacordado. Desci entre as cercas e o alcancei no transe final. Seu corpo gélido, a saliva inundada em seu rosto, seus olhos revirados e a respiração alterada.

Não havia como escorá-lo em meu ombro, então fui o aquecendo com meu agasalho. Allan não retomava os sentidos! Puxei Allan pelos braços até a gruta de uma árvore e o camuflei com folhas. Rapidamente, fui e voltei de sua casa com cobertores e absinto. Allan gradualmente recobrava os sentidos. Não poderíamos facilitar com a possibilidade de sermos vistos, pois o quadro era de fato sugestivo!

Fomos para casa e descansamos até o entardecer. Em muitos anos, Allan não sofria uma metamorfose livre de amarras e correntes.

Ele refletiu sobre o processo de encantação, onde obtendo a plenitude genuína, no desbravar da relva, ainda assim não perdera toda a consciência humana e buscava a segurança no caminho de volta para a casa.

No entanto, no decorrer do apogeu da lua cheia é que sua transformação era mais intensa. E não haveria como sedar o caçador novamente! Allan deveria permanecer livre e solto para atrair o contato com os Iguais. Porém, os riscos eram de duas pontas.

Como o habitual, ao cair da noite, Allan foi para a Casa das Ruínas e eu me tranquei em seu quarto. Embora estivesse utilizando a munição do caçador, somente lançaria mão deste recurso em última instância.

No bradar do intenso uivo, percebi que ele ganhara a tão almejada liberdade. Nesse momento, eu chorei e rezei! Um caçador sem munição, ávido em uma floresta e um lobisomem recém-liberto. No fim das contas, meu Allan seria vitorioso, assim eu esperava!

Depois que passei a assistir as metamorfoses de Allan, foi a primeira noite que dormi por não ter mais o que fazer e o que oferecer. Despertei antes do sol e segui a estrada da colina, Allan retornava cambaleante, porém mais lúcido!

Seu corpo continha manchas de sangue que não eram suas! Assim como não sabíamos se era sangue humano ou não. Allan estava diferente e forte!

Não se lembrava de nada, mas os acontecimentos chegariam até nós, e assim esperei por uns dias e procurei o caçador no vale. Estava certa que não o encontraria, mas não esperava encontrar a cabana vazia, sem qualquer presença de ocupação recente. Entretanto, algo começou a me incomodar! Isso não estava normal! Com toda certeza, outros viriam no seu lugar! E eu deveria estar preparada!

Contava com poucos recursos e não poderia acomodar Allan em deslocamentos durante o plenilúnio, tão pouco o confinar nas correntes do esconderijo, pois estava estabelecendo contato com os Iguais.

Eu deveria estar preparada contra caçadores em grupos e caçadores natos. Deveria estar preparada para enfrentar qualquer um! Precisava de algo que os despistasse, pois em breve a cidade estaria infestada de Lobisomens e a presença deles ocultaria meu Allan. E isso era tudo que eu precisava.

O cheiro da saliva de um lobisomem traz todas as mensagens odoríferas, e o padre aprendeu que o formol utilizado na preservação dos corpos eximia a relação entre as vítimas atacadas e dos protetores que encobriam o sinistro.

Uma parte do problema estava resolvida e a outra parte eu iria buscar com a jovem sacerdotisa.

O que poderia controlar minha mente e sublimar meu espírito atormentado pela maldição de Allan?

Procurei minha deidade e levei junto com meu desespero um singelo colar de pérolas como reconhecimento e gratidão àquela jovem que tanto nos ajudou, atendendo de forma amável aos meus apelos.

A moça queimou ervas e defumou o ambiente, e nós duas ficamos entorpecidas. Ela abriu um livro de recortes entoando cânticos e palavras.

Meu torpor aumentava e durante o transe, recostei entre o tapete e as almofadas. Saindo do meu estado natural, começavam as alucinações!

Ela despertou-me com torrões de café, diminuindo a sensação de sedação. Seu sorriso exprimia confiança e colocou no meu pescoço o colar que lhe ofertei! Não por desfeita, mas pela satisfação em simplesmente me amparar. Não questionei e obedeci!

Antes de reencontrar Allan, fui para casa e remexi em cartas e fotos, brinquei com meus cães, dei instruções aos criados. Nos últimos tempos, era quase uma visita em casa!

O propósito de atrair a matilha findara e agora era aguardar as ilustres presenças. Fui reassumindo o comando das minhas forças, lutaria contra homens, contra seres, contra criaturas, mas no final de tudo, eu precisava era encontrar a cura para meu amado Allan.

O solo sagrado o protegeu, então amontoei terra da igreja e do cemitério ao redor da casa. Sem certezas, só esperanças...

Convenci Allan a partir com o padre. Era questão de tempo, pois novos caçadores não tardariam cobranças, afinal, um caçador desaparecido seria motivo de revanche. Assim, Allan temia que na sua ausência a temporada dos Iguais me causasse algum mal. "Com sorte, a temporada seria de Iguais confrontando com caçadores recém-chegados". Entretanto, seu risco era maior que o meu! Eu não conseguia me separar de Allan, mas seu afastamento era também sua sobrevivência.

Eu não mostrava fraqueza a ele, só coragem, assim ele partia... Na estação, nos despedimos. Allan partiu com o padre e assim fiquei olhando seu rosto ir desaparecendo com a distância do trem na estação. Meu coração partia junto. No fim, eu chorei!

O jeito era esperar os acontecimentos, mesmo sem o devido preparo ou uma boa estratégia. Algo deveria me ocorrer... fui para casa recuperar o fôlego.

Meus caseiros comemoravam a safra entre familiares e amigos. Era bonito vê-los! Fogueira acesa e viola, e um jeito calmo de ser alegre! Ali, entre eles, eu seria a convidada, jamais a patroa. Havia amor e alegria entre eles. Estar ali seria contaminá-los com o peso da maldição que pairava sobre mim! Mas ainda assim, agasalhei-me, peguei uma garrafa de licor e fui estar com eles. Fui afrouxando minha ansiedade com a genuína música, a bebida quente e a abrasadora fogueira. Assim, eu inseria calma no meu coração agitado por uma urgente carta de Allan.

A cidade organizava-se para a festividade da igreja, à qual eu deveria me implantar com a finalidade de me pôr a par das correspondências que chegariam com a letra do padre com falsas postagens e informações codificadas. Ninguém poderia perceber que eu me encarregava disso ou que fosse do meu interesse.

Fui até a cidade na expectativa de uma carta, embora sua partida fosse recente, estava esperançosa e ansiava por notícias.

Fui à igreja sondar o grau de dificuldade que eu teria para estar a par das correspondências na sacristia. Estar num salão sagrado e ter ideias tão impróprias mostravam o desacerto que estava a minha vida, embora o motivo fosse do maior embaraço. Eu pedia a Deus para conduzir meus passos e não me distanciar de tudo que julguei certo um dia.

Entrar no escritório, vasculhar a estante, localizar as correspondências não foi algo difícil. Algumas beatas passavam por mim sem menção de desconfiança e até sorriam. E lá estava eu, em posse de contas e cartas! Como lamentei não encontrar nada de Allan! Fui embora sabendo a rotina que manteria meus dias ocupados.

Por que nós mulheres temos sempre de experienciar esta teimosa ponta da negligência masculina? Meu egoísmo era igual ao de qualquer outra mulher! Ele estava longe, era lindo e nem todas as noites seriam de lua cheia. Mesmo sabendo que meu homem estava em guerra ou mesmo em apuros, eu não conseguia me livrar de pensamentos perturbadores. Mesmo ciente que Allan vivia a difícil saga de um Lobisomem.

Parti tentando controlar minha solidão e vazio, atacando meu gene sórdido de impaciente compreensão.

CAPÍTULO V

A ESPREITA - A CHEGADA DE HOMENS PERIGOSOS

Passados alguns dias, estava na rotina de minhas compras e, antes que a aglomeração do festejo ocupasse a Praça do Mercado, algo de repente chamou minha atenção! Eram dois homens bem trajados em disputa por um pacote de cortiça. Com minha boa intenção para resolver a contenda, dispus-me a oferecer o produto. Obtive o olhar momentâneo de ambos para mim, e em seguida, eles se afastaram, se entreolharam em posição de ataque.

Num canto, ficaram seus pertences e desfizeram-se de suas vestes destilando raiva e ironia.

Meu Deus, debaixo de trajes tão elegantes, vi dois titãs de dorso nu! O loiro possuía musculatura avantajada e exibia um sorriso largo de "pouco importa", e o mais jovem, que não perdia em robustez, emblemava a expressão de "agora mesmo!". Ninguém ousava dispersar os dois gigantes!

Não contive minha curiosidade e fui verificar a sacola de feltro que fora relegada durante a briga e encontrei dentro dela uma cruz ortodoxa. Isso despertou minha atenção e tentava não ser notada enquanto tocava nos objetos.

De repente me olharam, recolheram seus pertences e desistiram de imediato da peleja. Retiraram-se do ambiente sem raiva ou rancor.

Ainda transtornada devido ao incidente daquela manhã, fui à igreja em missão própria. E nada! Nenhuma carta ainda! Eu soubera que caçadores traziam consigo símbolos cristãos e que os caçadores natos reverenciavam o cristianismo e esse tipo de cruz.

De volta a casa, mantive meus cães em guarda e Loban bem resguardado, mesmo sabendo que isso dificultaria a aproximação dos Iguais. Não estava disposta a oferecer risco ao meu cão, nem mesmo esperava mais a vinda de uma matilha. Allan estava longe, Allan estava em segurança.

A cidade estava em festa e no coreto tocava uma suave música que se anunciava aos casais. E eu, aliviando a tensão na taça do licor, deparei-me ao acaso com os olhos azuis e fortuitos de um homem. Assim, apressei-me em sair do ambiente dançante, porém, fui pega por um braço firme, e mesmo determinada a não fazer parte daquele baile, sua ousadia e força impediu meu recuo, e resoluto, mantinha-me contra seu abdômen.

Era o mesmo homem que pela manhã quase brigara na Praça do Mercado. Assim, sustentei meu olhar na altura de seus olhos, e de alguma forma, eu sabia que ele teria muito a dizer e não seria apenas uma contradança. Ele deslizou a mão pela minha cintura o quanto quis. Soprou meus cabelos, tocou seu lábio na minha nuca e apertava sua perna contra a minha e me curvou nos seus braços.

Sem que eu desse conta, meus olhos se encheram de lágrimas e ele viu uma mulher assustada em subjugo! Ele beijou minha face, e bem próximo dos meus lábios com a boca entreaberta, me reportou uma surpresa: desculpou-se de sua hostilidade matinal e falou sobre o desejo de me conhecer melhor.

Meu Deus, eu dançara com um caçador, um caçador nato que não me reconheceu!?

Diante da ingênua ignorância e livre do perigo iminente era só um homem e uma mulher. Eu poderia obter as vantagens, e a maior delas seria desvendar os poderes e neutralizar este grupo tão nocivo a mim e a Allan. Por ora, eu poderia e deveria me aproximar e aproveitar ao máximo deste espécime de caçador.

O belo e forte louro que de alguma forma sucumbira ao meu encanto era meu inimigo, e embora ele ainda não soubesse, eu o exterminaria antes que atentasse contra meu Allan.

Parti tangencial e discreta antes que pretensões fossem ampliadas após a dança. Seria normal deduzir que o caçador apenas fingia não saber a respeito da minha saga.

Estava preocupada em saber onde o caçador estava instalado e deveria ficar alerta à sua caserna, pois se tratava da "raça" mais temida de caçadores.

Certa tarde, o encontrei saindo do mercado e não cometi a tolice de segui-lo, mas ousei saber aonde entregavam seus pedidos. Era um sobrado dividido em cômodos e ele era o único morador, o prédio tinha estilo de época onde a traça do tempo desfez sua beleza, mostrando agora certa decrepitude.

Adentrei o ambiente e não havia chaves nem trancas; além de poucos itens pessoais, não encontrei nada além de suas armas de luta! Também não exagerei na busca devido à escassez de tempo e pela marca pessoal que eu poderia deixar naquele recinto mofado.

Já em casa, na companhia de meus cães e de Loban, pensava na vida simples que poderia levar, pensava em milagres... pensava na cura de Allan.

Haveria a procissão da igreja no meu vilarejo que se encerrava com o rito no cemitério, tudo próximo da minha propriedade. Caçadores natos se envolvem com ritos religiosos e eu estaria bem próxima de sua pretensa missão!

Fui à igreja da cidade em busca de notícias e aproveitei para divulgar a procissão que ocorreria no meu vilarejo. O bom das cidades pequenas é que as notícias se espalham rápido e chega a quem queremos.

Não estava certa se ele apareceria na igrejinha, mas se este homem tinha um acerto de contas, os cálculos passariam por mim!

Antes do início da missa, vi quando ele chegou e se acomodou num dos bancos. Eu estava ocupada com as tarefas do cortejo e fiz parecer que não o notei. Prolongaria sua cobiça, e assim, ofereci a imagem do anseio masculino de forma interessante e razoavelmente acessível.

Eu contava com poucos elementos: a coragem, a intuição feminina e o clamor que eu não me desse mal!

Ao findar a missa, foi iniciada a procissão até o cemitério. Caminhava à sua frente e imaginava que ele estivesse me observando, e era de propósito: meu vestido e o cabelo solto! Tudo na medida para encantá-lo!

O incenso, as flores, as velas e toda a beleza do rito, cada qual na sua particular história! A minha seria desvendar a fraqueza do caçador. Estava comprometida a construir e destruir tudo que precisava para a sua queda, assim eu seria a isca!

Nas despedidas finais e no dispersar da multidão, fiz meu percurso em passos lentos para que ele me alcançasse adiante.

Quando a multidão ficasse para trás e fosse possível escutar os passos em minha retaguarda, eu viraria o olhar nessa direção e o reconheceria fazendo parecer que estava surpresa pelo encontro.

Ele me alcançou como o previsto e utilizou uma abordagem gentil e até um tanto tímida! Carregava ansiedade no falar, exibindo intenções nítidas, porém singelas.

Estávamos à beira da estrada, ladeada de cercas que caracterizavam aquela estrutura rural. A luz ficava menor à medida que nos distanciávamos da igreja, e o percurso adiante encerraria toda a iluminação. Para evitar nos manter no escuro, ele procurou, assim meio desconcertado, estabelecer um local para conversarmos.

Eu não poderia levá-lo para minha casa e a casa dele oferecia o dobro do risco. Nenhuma das duas casas eram apropriadas para o restante de nossas horas.

Novamente, o bucólico bar da estrada, rodeado de árvores com suas folhagens que formavam uma copa alta, nos ofereceu o abrigo para o desfrute calmo da conversa embalada pela bebida.

O caçador falou pouco sobre a sua vida íntima e deixou claro que estava na cidade para um acerto de contas.

Assim, meio desconcertado, ele tentava estabelecer uma conversação mais profunda, onde relatou que, inclusive, o embate na Praça do Mercado fora postergado.

Minha euforia aumentou! O outro homem loiro não era um caçador, mas sim um "Igual". Aquela noite, livre na floresta, rendera frutos ao meu Allan! Agora todos estavam entregues à sorte. Eu pensei!

Mantinha o controle da minha mente. Ali, o homem na minha frente, com poderes sobrenaturais, de nada desconfiava. Estava sozinha e vulnerável e tudo que eu precisava era ouvir e ganhar sua confiança.

Ele levantou para pegar mais bebida e eu já me preparava para o corpo a corpo. Seria meu momento de ingerir o pequeno vidro de erva verbena para neutralizar minha mente da repulsa do asco.

De repente, uma sensação gradual de regresso começou a descortinar minhas mais remotas lembranças... meus pais, a escola, as músicas, aromas misturando-se com a euforia da juventude... e em seguida, eu estava diante de um homem lindíssimo.

Não era mais um caçador, um inimigo. Era uma figura máscula e loura, de tez bronzeada e olhos de um azul fulgurante. E ele tinha um nome, era Thomas. Ali mesmo de pé iniciamos um longo e ardoroso beijo, onde ele me inclinava maliciosamente e me suspendia à altura do seu desejo. O único entrave naquele momento era a conclusão do ensejo... era onde terminaríamos aquilo!?

O caçador me pegou no colo e me conduziu com ele. Pegamos o acesso à floresta quando fui reconhecendo o lugar, a tensão se fez presente!

Era o mesmo vale que o outro caçador habitara! No entanto, ele mantinha sua mão na minha e me olhava com ternura, desfazendo a possibilidade de uma emboscada e revanche.

Ele me levou na mesma cabana e eu mantinha o medo sob controle! Acreditei que a jovem sacerdotisa me legara alguns dons, entre eles, eu pensava em invencibilidade e impenetrabilidade. Depois, vim saber que a inundação de imunidade era ainda mais poderosa! De fato, quase nada na vida é por acaso. Todavia, algo ficara claro: os caçadores mantinham contatos e preservavam estratégias.

Desta forma, frente a este caçador, a minha ruína poderia advir em decorrência de clarões na minha mente e do pesar da minha essência. Ainda assim, eu tinha um poderoso aliado: o punhal de platina escondido no meu cinto.

A cabana cheirava a eucalipto, e ao passar a vista rapidamente, pude constatar poucas mudanças desde a última vez que ali estive.

Agora caberia ao destino e à sorte o quanto de informações relevantes eu obteria. Como manipularia as fraquezas e de que forma conseguiria me aproximar ainda mais e conhecer as verdades? E o principal: o que eu realmente deveria fazer para minimizar a angústia e estender a vida de Allan até que obtivesse a cura desta maldição?

Fiquei de pé próxima à luz do lampião e retirei minha roupa na sua frente. A verbena ainda mantinha seu efeito em meu organismo e eu transmitia sutileza diante dos olhos azuis.

Ele sentou na beira da cama conduzindo à boca um frasco de uísque, mantendo a expressão séria e observadora. Eu não conseguia compreender seus planos.

Por fim, ele me puxou pela cintura e fiquei com o quadril bem próximo do seu rosto. O cheiro deixado pelo Lobisomem estava depurado com óleo ungido, mas ainda assim eu tive medo!

Eu completamente nua e deitada ao seu lado. Sem tirar os olhos de mim, testa cerrada, sem sorrir, ele foi retirando sua roupa, e a cada veste que descia era uma oportunidade de vida, pois entre tantos casacos, poderia haver a arma que me torturaria até a morte.

Por Deus, o caçador ficou livre das roupas e a ansiedade pôde dar lugar ao desejo. Nós iniciamos o prelúdio do contato intenso e forte. Ele me beijava como um náufrago despontando todo meu corpo.

Com os belos cabelos claros em desalinho, emoldurando o rosto perfeito, exibia com malícia uma parte do tecido que encobria a parte mais clara do seu corpo que formava o detalhe tentador, e com a outra mão, tentava trazer meu rosto para seu colo! Resisti a esse ato!

Ele acatou o meu pudor e eu compensei beijando seu abdômen com suavidade, prolongando a noite.

Antes que ele me penetrasse, eu protelei mostrando desconforto e que existia uma razão pela qual estava constrangida.

A intenção nessa atitude nos remeteria a falar, conversar e estender. Com isto, fui aguçando sua simpatia e curiosidade a meu respeito. Começamos a rir e, após algumas tentativas suas de adivinhação, ele apontou para o banheiro e eu concordei.

Ganhei sua preocupação em melhor me acomodar, assim ele foi esquentar a água e pegar toalhas. Abrandando o furor daquele apelo sexual, nos espalhamos em outros cômodos e me mantive longe da cama. Eu vesti sua camisa sabendo o efeito que isso causa nos homens.

Mantive a porta entreaberta enquanto tomava o banho de balde, e após isso, ele veio até a mim cuidadosamente para me secar. A intimidade nos aproximou, e por não ser intrépido e apressado, ficamos na cozinha e bebemos chá.

Ele me fez perguntas triviais e eu as respondia como uma mulher comum. Fiz perguntas apropriadas, sem parecer invasiva: "o que um homem tão bonito faz no meu condado? E por que este homem tão elegante estava prestes a brigar na rua?".

Sem nenhuma cerimônia, disse-me que a briga seria estendida para um campo que eu jamais compreenderia e que até o pior inimigo sabe aguardar a hora certa. Que daria extermínio a todas as criaturas que não eram de Deus e que tinha o dom divino de reconhecer essas criaturas e o poder para destruí-las.

Mantive minha ingênua ignorância, perguntando-o se não era uma tarefa muito árdua? E como parecia difícil a missão de ser a mão esquerda de Deus!

Ressaltou que era membro de um poderoso grupo que prestavam ajuda mútua, convencidos de que era para o bem comum. Descreveu a hierarquia de sua misteriosa "Ordem", onde o principal líder não era acessível, e explicou-me que as necessidades eram supridas de acordo com o êxito da missão.

Mantive a mesma postura, ingenuidade e ignorância: essa combinação definitivamente confunde os homens! Discorri sobre ganhos materiais e quão mal seriam tais criaturas infelizes?

O caçador sorriu estupefato diante de tanta docilidade que foi quase didático para atender a "mocinha" à sua frente. O caçador disse: "a riqueza das criaturas é captada, conquistadas e deduzidas. Estes seres conseguem fazer fortuna no obscurantismo e se faz necessário abatê-los para não propagar mais o mal".

Explicava-me tudo com amabilidade incontestável.

Antes que esgotasse sua paciência e o desejo retornasse, perguntei se não era indevido apropriar-se de bens tão amaldiçoados? E o que eram essas criaturas? Ele ia me elucidando e continuou: "a riqueza é repartida entre os membros mais valentes e os que mantinham a "Ordem" há séculos, e que as criaturas foram homens que se afastaram da face de Deus".

Sentando-me em seu colo, tratei de perguntar se algum dia ele seria o Líder da Ordem? Ele encerrou explicando ser muito complicado atingir tal posição e que havia critérios e mistérios em torno deste assunto.

Começou a me acariciar por baixo da toalha e era seu primeiro toque entre as minhas pernas. Eu estava trêmula. Tomou-me nos braços e me conduziu para a cama. Talvez por ter percebido que estava assustada, ele disse: "acabo somente com as coisas ruins do mundo, mas a você farei todo bem!".

Deitada sobre a cama, ia aos poucos abrindo a toalha que cobria meu corpo, e me desnudando de forma sedutora, perguntei quais eram as "coisas ruins do mundo". Ele, já tomado de prazer, cerrando os olhos e molhando os lábios, disse apenas: "mato lobisomens"!

Este homem não fez sexo, este homem fez amor comigo. Seu toque, afago e beijo tinham a ternura de quem procurou pelo amor a vida inteira. A verbena propagou a libido e deteve o pesar do meu momento e da minha realidade.

Adormecemos, e, pela manhã, temia uma apresentação diferenciada quando a erva perdesse o efeito. Ao despertar, senti apenas o perfume do eucalipto misturado com café. Na dispersão da manhã, eu mantive a mesma essência e não havia nada contra mim.

Nessa noite, tive uma sensação de calma e de paz, levei doces aos meus bons caseiros, fiz festinha para meus cães e fiquei com Loban no quarto. Há muito tempo não reclinava na cama e assistia a um filme comendo bombons. Tentaria manter o sossego ao menos nessa noite e adormeci tranquila.

No fim de tarde, fui à igreja em busca de pacotes e cartas que chegariam à sacristia. Esse momento era sempre tenso pelo medo de ser flagrada e pela frustração de nada encontrar e saber sobre meu amado Allan. Ainda assim, sentava nos bancos para rezar e clamar, mas minha ansiedade por respostas eram tantas que precisei ir à casa da minha deidade.

A casa de Lorena, uma gruta cercada de heras, arbustos e ervas que emanam o suave aroma de incenso que sobe ao céu como fumaça. Eu me sinto bem estando ali!

Essa amiga em forma de anjo foi aos poucos ganhando importância em minha vida, tanto pelos "nós" que desatou quanto pelas tentativas em nortear e iluminar meus caminhos.

Os fartos cabelos loiros emolduravam um rosto perfeito e seus olhos iluminam meus caminhos quando estou perdida.

Nesta ocasião, ela acendeu velas e a lareira, pediu que eu me despisse e lançasse sobre as chamas as plantas secas retiradas de uma caixa. Abrimos os olhos com o estalar das brasas e a fuligem que caía sobre mim formava um desenho sobre a minha pele onde ela tentava fazer uma leitura.

Pondo a mão na minha testa e a outra sobre meu coração, ela discorreu numa forma de canto: "minha ação não seria condenável, o meu gosto estava perpetrado e sem escolhas, o caminho seria o do bem, portanto, esse caminho seria de três e não mais de dois".

Ao sair do transe, disse que haveria sangue e que o meu amado retornaria! Ela percebeu que eu havia compreendido a sua mensagem. Eu já amava essa deusa!

No fim da tarde, fui buscar as contas deixadas na caixa do meu portão e encontrei um bilhete de Thomas que pedia que eu o encontrasse no bar da estrada.

Poucos dias haviam se passado e esse homem sentiu-se impelido a bater na minha porta, e no meu ponto de vista, isso significava: oportunidades. Lancei mão das poções que neutralizavam a estranha presença e ingeri boa quantidade de verbena. Jamais poderia me esquecer desses cuidados que já eram necessidades básicas.

Era natural que, a cada contato, a minha mente afoita creditasse algum confronto, mas Thomas me aguardava tranquilo e me chamou para um passeio. Fomos para uma região montanhosa e o caminho era repleto de coníferas, o som do riacho nos acompanhava, assim a neblina nos alcançava. Descemos numa área repleta de pinheiros, e numa pequena encosta, havia uma cabana. De certo mais um ponto de caçadores.

Começava a anoitecer e já estava esfriando, por isso fomos nos acomodar nessa cabana. Ele foi organizando o ambiente, preparando os lampiões, aqueceu a lareira, preparou uma ceia para nós dois. Depois de algumas taças de vinho e o efeito da poção, tempo e pessoa foram superados da ordem de seus dilemas! E eu conseguia a fuga de mim mesma.

Ficamos próximos à lareira, e no tapete da sala, mantínhamos certa intimidade em tom de boa conversa. Eu vestindo apenas sua camisa, ele com a calça jeans semiaberta.

Não tardou para que viesse até a mim, começando a me beijar os pés e subindo até as minhas pernas, me beijou a boca e subiu sobre mim descendo sua calça. Ele me fitava nos olhos para ver o tamanho do meu prazer e buscando cumplicidade.

Estava embevecido por mim e demonstrava isso nos elogios e palavras soltas quando me possuía mordendo os lábios, fitando-me com seus olhos azuis e me fazendo as perguntas mais perversas! Eu respondia e dizia que sim! Dizia que o queria e como era bom! Realizei sua cobiça tomada de torpor e ele adormeceu colado ao meu corpo.

Acordei com barulhos e abri a janela, e em meio à névoa, o vi atirando com arco e flecha, além de também acertar em cheio com os dardos. Fiquei observando atentamente o quanto era hábil e certeiro.

Fui ao seu encontro para observar seus outros talentos e ele me cumprimentou na posse do seu machado, e com pouco esforço, lascava um enorme tronco com golpes precisos e sem vacilações.

Este homem seria um inimigo muito perigoso! Pensei no quanto me arriscava estando ali! Eu apenas com um punhal na bolsa.

Cumprimentou-me com um sorriso terno e não havia nele sinais de desgaste ou cansaço! Abraçou-me e voltamos para a cabana para preparar nosso café. Exibia o desejo de permanecer mais tempo comigo, mas precisei explicar a minha necessidade de retornar mesmo querendo permanecer ao seu lado.

Naturalmente, a verbena perderia o efeito no meu organismo e eu não poderia correr esse risco, desse modo, procurei manter nossos encontros na cidade, mas evitava o avançar das horas e buscava retornar sozinha.

Nossos encontros aconteciam numa discreta taberna, e entre taças de vinho, já relaxado de suas defesas, confessou segredos inconfessáveis!

Sem embaraço, contou-me sobre um covil de lobisomens estabelecido ali nos arredores e que o ataque ocorreria na próxima lua cheia.

Meu Deus! Isto não estava distante, e em poucos dias Allan poderia estar retornando. Eu teria que tomar providências, pensava!

Imaginava a razão de caçadores não conversarem com mulheres, nem terem companheiras. Que mulher normal escutaria assuntos tão perturbadores?

Impostei uma indagação: talvez o Conselho tenha boas razões para obedecer a tais tradições?

O caçador demonstrava respeito ao "Supremo Líder" e o seu profundo conhecimento no que tange ao submundo dos lobisomens. Ele contou: "existe nesta alcateia um Lobo Iniciante que, ao ser exterminado, poria fim ao surgimento destes seres".

Eram séculos de conservadorismo e este homem entregara sua juventude à missão do extermínio de lobisomens!

Impostei outra indagação: "talvez não seja fácil chegar a esse 'Lobo Iniciante', talvez o Líder tenha interesse em embates, mantendo assim o Conselho, a fortuna e a existência de um líder poderoso".

Ateei querosene ao fogo e falei o que talvez não devesse ser dito! Ele tomou uma taça de água, abaixou a cabeça, e ao levantar o rosto, o seu olhar ficara imponente.

Recompondo a expressão fisionômica, respondeu num tom sereno e firme: "Os líderes deste Conselho têm ética e não são gananciosos, mediante o completo extermínio de lobisomens, poderiam se ocupar de outros fenômenos do mal!".

Continuei minha ponderação mesmo percebendo que toquei em alguma ferida!

Impostei minha última indagação, já preocupada em ser arrebatada como folhas secas num vendaval: "como pode ter tanta certeza dos valorosos princípios do seu Líder? Mantém contatos pessoalmente estreitos?".

Respondeu-me que o "Chefe da Tribuna" era quem repassava as resoluções dos superiores e que, por esta razão, almejava tal posição, para poder, adiante, caçar os lobisomens que presumia ser os mais perigosos e nocivos. E que os caçadores guardavam a consciência de segredos e valores éticos como princípio nobre.

Em meu íntimo turbilhonado, pensei: "preciso mais do que nunca deste caçador! Ele poderá ser a chave para o fim da maldição de Allan".

Convidou-me para a sua casa, o sobrado na cidade, ou seja, era próximo dali e ele nitidamente desejava ampliar nossa intimidade! Eu sabia que não poderia adentrar no domicílio de um caçador nato sem que ele decifrasse meus pensamentos.

Busquei em minha mente uma força vinculadora que convencesse sem deixar dúvida. Eu estava encurralada, sem respostas, sem verbena e sem poder recusá-lo!

Sem nenhuma declaração plausível, usei a desculpa mais antiga: disse que receberia meus pais em casa, pela manhã, bem cedo. E que os empregados já haviam adiantado as tarefas, mas eu precisava pôr ordem nos detalhes.

Ele me olhou num misto de surpresa e desilusão! Ele constatou que eu tinha uma família!

Meu Deus, quem me dera ter meus pais ainda! Eu ouvia isto dos amigos e sempre tive vontade de dizer o mesmo! Meus amigos diziam isso com um semblante de quem cumpre uma missão, e eu via nisso um desperdiçar de amor!

Despedimo-nos, e na minha cama, pensei se algum dia na minha casa e na minha família haveria espaço para festas e ceias. Se eu teria uma família...

Acordei tão mortificada pelas frustrações pessoais que preparei um assado, canapés de todos os tipos e um bonito bolo sob uma toalha branca e adornada com velas vermelhas na mesa. Eu teria ao menos a sensação de receber uma visita.

Só que meu desejo se realizou de outra forma! Por que os homens apaixonados são tão inoportunos? Lá estava Thomas, no meu portão, na certa aguardando participar da demanda familiar. Novamente eu estava numa situação complicada. Todavia, precisaria receber esse homem. Utilizei todos os recursos neutralizantes e besuntei o pelo do meu Loban. Pedi para a criada que ficasse com ele no quarto.

Ele trouxera flores para mim e para minha mãe! Sua expressão era de felicidade por poder fazer parte do meu ambiente.

Da minha sala, ele vislumbrou todo o recinto, admirando toda a arrumação para as visitas, mas não viu meus pais.

A princípio, para minha sorte, diante do cenário montado, consegui passar a ideia de um imprevisto na cidade e de uma repentina mudança de planos. Nada pareceu mentira ou desculpa, apenas um eventual contratempo. Fizemos a refeição juntos, e movido pela alegria do momento, ele falou de si e não do caçador de lobisomens e de como viveu só ao assumir tal fardo.

Falou que almejava o sossego de um lar, sem visões e revelações, sem ordens e sem armas. Era só um homem cansado!

Naquele momento, mais uma vez, eu lamentei não ter pais. Lamentei que estivesse iludido por mim, lamentei a vida incomum que eu levava! Todavia, não perdi a oportunidade de perguntar como fora iniciado na sua missão e estimulei-o a outras revelações. Ofereci mais vinho!

Sem hesitações, ele foi descortinando sua intimidade: na infância, eram sonhos e vozes, e à medida que se tornou rapaz, tiveram início as imagens de pessoas e lugares que surgiam em sua mente! Ocasionalmente esbarrou num homem e, ao observá-lo, viu um lobo embaixo do rosto. Disse que naquela região ocorriam mortes misteriosas e as mulheres eram sempre as presas preferidas destas bestas.

Tempos depois, foi procurado por um sujeito mais velho que dizia conhecer tais habilidades! Disse-me também que com o tempo e experiência nos reconheceríamos pelo que éramos e que ele precisaria fazer parte do Conselho.

Naquele momento senti piedade desse homem que me enxergava como sua gentil dama, sem imaginar que eu protegia o seu pior inimigo: um lobisomem! E que propositalmente o seduzi para descobrir seus segredos na tentativa de encontrar a cura da maldição do meu amado Allan.

Atemo-nos à sala e à cozinha, mostrei um pouco da área verde da casa. Ao contrário do que pensei, ele não queria subir o andar de cima. Ele estava mais que satisfeito!

CAPÍTULO VI

EMBOSCADAS

Fui até a cidade em busca de uma carta de Allan na sacristia. Faltavam poucos dias para o início do plenilúnio e seria arriscado ele voltar nessa fase lunar.

Foi a primeira vez desde que Allan partiu que eu não desejava encontrar o tão cobiçado pacote! Isso por puro instinto de proteção a Allan, nada mais!

À tarde, fui conferir como ele se preparava contra os inimigos. Encontramo-nos na cabana e, pela quantidade de armadilhas projetadas no caminho, ele achou pertinente me buscar na subida do vale para evitar riscos de acidentes. Ele estava vestido para a caça e munido de armas e amuletos.

O chalé estava coberto de tochas e as armadilhas atravessavam todo o caminho, desde o chão móvel com estacas, até redes caídas das árvores. Tinha um grande arsenal de guerra: lanças, armas, arcos, todos munidos de nitrato de prata, e por fim, um lança tochas. Eu imaginava tudo isso numa explosão de incontida revolta! Ah meu Deus, que meu Allan jamais caísse na fúria assassina desse caçador.

Os lobisomens quando soltos na floresta são animais sedentos de sangue com pouco raciocínio e muita força. Poucos têm capacidade para discernir tais perigos e dissuadi-los. Agem por instinto de sobrevivência e com pouca tática, talvez fossem raros os lobisomens que consigam tal façanha motivada por uma inteligência cognitiva.

Ele me abraçou e havia ternura em seu toque e estima pela minha presença, talvez ele precisasse dessa dose de afeto. Consegui retribuir sinceramente todos os seus bons sentimentos. Ao abraçá-lo, senti o cheiro do seu perfume, o suor na sua pele, mas também senti cheiro de medo.

Fui para a igreja pedir por Allan. Pedi também por Thomas e pelo pobre lobisomem que talvez fosse abatido nessa noite. Por hábito, talvez por algo maior, tal como um pressentimento, fui até a sacristia vasculhar documentos.

Meu Deus! Só poderia mesmo ser uma ironia do mau destino: um pacote com data anterior estava lá, em meio a outros papéis, e eu anteriormente não havia notado.

No jardim da igreja fui rasgando e abrindo quais notícias continham neste atrasado envelope! Era o que eu mais temia: Allan estava voltando! Não sabia como! Não sabia por quê! As palavras e a tradução estavam quase todas codificadas, mas algo eu compreendia, ele estava insurreto, só não sabia a razão!

A noite caia e eu me preparei também para uma caçada de vida ou morte. Vesti meu colete, armas e amuletos. Não poupei sequer Loban. Esta noite, ele seria o guardião da minha casa. Esta noite, ele mostraria que ali vivera um Lobisomem. Os Iguais não fariam mal algum a ele, pelo contrário, Loban os traria para perto, traria o caçador, e eu exterminaria o que oferecesse mais perigo a Allan.

Fui para o vale e já conhecia o caminho e as armadilhas, fiquei de tocaia aguardando o momento que algum lobisomem aparecesse. Foram algumas horas de chuva fina, corvos e raposas, e finalmente, ao longe, fui ouvindo um uivo. Escutei o atritar na folhagem da floresta e não parecia um animal pequeno! Já poderia estar ouvindo as batidas do meu coração.

Infiltrei-me entre as brechas nas raízes do solo e ouvi no sentindo contrário os passos a caminho. O embate poderia ser na minha frente. Os sons de grunhidos e do ajeitar da carabina se faziam mais próximos. Meu Deus, eu pude ver o corpanzil da fera já presente, farejava e bufava, poderia ser pela minha presença e eu poderia ao menos acertar-lhe as patas.

Entretanto, eu não via o dorso e o rosto, seria essa a única forma de identificar meu Allan. Ouvi o disparo e a besta urrou atormentada. Aproveitei para melhor identificar a fera. Foi quando a tocha o assustou, e tendo perdido a visão do meu alvo: o lobisomem! Agora ambos estavam bem próximos, o caçador e o caçado!

Eu desisti de me esconder e de espiar de dentro da grota da árvore. Avancei entre ambos e quando o monstro urrou para meu rosto, mostrando todo o ódio em seus dentes insalivados, eu pude ver que não era Allan! Graças a Deus! Disparei tiros de nitrato de prata, jorrei água benta naquela besta, e antes que a fera sucumbisse, o caçador lançou a flechada fatal.

Quando o Ser estava no chão e abatido, eu olhei Thomas nos olhos e ele estava surpreso e confuso. Eu desmaiei...

Acordei no chalé com Thomas diante de mim. Seu olhar não era bom e sua expressão exigia respostas: quem realmente eu era!

Ficamos assim em silêncio e esperei que ele tomasse a iniciativa de me inquirir, mas ele pegou na minha mão, a beijou e me agradeceu. Finalmente, ele perguntou o porquê!? Eu transferi a resposta para ele numa coletânea de possibilidades e ele sugeriu que eu fosse uma caçadora. Sugeriu que eu tentava protegê-lo. Sugeriu que eu protegia um Lobisomem.

Ponderei que de tudo ele poderia estar errado! Ele apenas disse que me amava e o que quer que eu fosse, que eu não o fizesse mal. Não pelas costas!

Eu apenas lhe disse: "Atirei no animal que o atacaria". Ele me abraçou e agradeceu pela sua vida, mas deixou a seguinte ponderação: "Você acertou na Fera certa, na Fera que a mataria?". Ainda abraçada, disse-lhe que não fazia parte de nenhuma Tribuna ou Conselho. Era só uma mulher defendendo o que era meu! O que eu deveria proteger!

Naquele momento eu calei o caçador, calei o homem, calei quem se apaixonara por mim!

Nós tiramos a roupa e eu estava pronta para fazer amor com ele, num misto de remissão e perdão. Sem ingerir verbena, mas ainda com Allan imantado na minha alma, no meu ser! E eu fiz amor sim, em condições ímpares eu me deitei com Thomas, o caçador nato. Ele me amou com tamanho arrebatamento e ele quis tudo de mim.

Ali, eu era uma mulher dúbia e confusa. Era uma mulher que quase foi entregue à sorte das garras de um lobisomem. A fúria de um caçador juntamente com a misericórdia de um homem que me amava e que poderia nos ajudar: a mim e a Allan!

Pela manhã, fomos juntos recolher o que restou da fera, e na incompleta metamorfose, notei que era mesmo o jovem loiro do dia da briga na Praça do Mercado. Jogamos cal no corpo e ateamos fogo do que sobrou daquele Ser e o enterramos. Este não seria o fim do meu amado Allan!

Antes de ir para minha casa, fui à Casa das Ruínas. Nada de Allan! Fui para casa reler a carta e compreender o seu retorno e isto me deixava apreensiva, não poderia viver de tocaia na floresta.

Retornei com Loban para o quarto para sua segurança e chorei muito a nossa sorte! Não saber o que fazer e não ter o poder de transformar a realidade à minha volta, junto com um desejo absurdo de saber o futuro.

Mantinha minha sensação de impotência, e diante tanta pequenez, percebi que era humana e que iria errar e aguardar o que o destino me reservava, driblando as dificuldades! Era essa a única opção que me restava.

Poucos dias depois, me encontrei com Thomas na taberna, e claro, sua postura estava diferente. Estava disposta a revelar meus segredos e se algo fugisse ao controle, seria comigo. Allan estava distante e seguro. Minha certeza é que acertaríamos as contas, os dois, pois nem mesmo ele queria obedecer ao Conselho.

Ele me contou que o jovem lobisomem abatido era dono de grande fortuna e que alguns lobisomens prestavam serviços para contravenção, apenas lobisomens que se mantinham conscientes após a metamorfose eram requisitados para este fim, mas poucos conseguiam isso!

Perguntei se este era o caso do jovem loiro. Ele me disse que não! O Conselho alquilara a riqueza do lobisomem abatido como sempre faziam.

Havia possibilidade de ele ser o novo chefe da Tribuna dos Caçadores e isso era algo muito desejado por ele.

Foi então que peguei em sua mão e perguntei o que ele queria de mim, e ele respondeu: Que eu fosse sincera. Perguntei se a minha sinceridade colocaria alguma vida em risco? Ele respondeu que me devia parte da sua vida!

Contei que eu era uma agente de galeria de artes na cidade e vivia com luxo e conforto. Tinha a propriedade e que vinha apenas para as demandas de ocasiões. Contei que por razões pessoais resolvi deixar a cidade e me dedicar ao lugar que outrora só fazia em temporadas.

Neste lugar, existia vida em todos os sentidos: ervas, musgos, arbustos, borboletas, cães amáveis e pessoas que me olhavam e sorriam, sem exigências e sem cobranças.

Observando os traços fisionômicos, dei continuidade ao meu relato: “Numa ocasião, em meio a festas e reuniões, percebi que um certo homem jovem tinha presença constante, mas eu relutava ao flerte. Desisti dos homens!

Contei que um felino atacou em minha propriedade e que foi algo inusitado e assustador, e que repentinamente, meu cão amado havia sumido e o mesmo homem que mostrava presença constante numa certa ocasião me salvou gloriosamente da queda de uma árvore. Então nos tornamos amantes.

Depois vieram as maledicências de forasteiros que insinuavam relação entre o sumiço de Loban com Allan. Com isso, Allan se afastou como se pressentisse o conflito e adiante nos encontramos em ocasião dos ritos da igreja.

Fui até a sua casa para um acerto de contas e me deparei com um quadro espantoso e intenso, onde os forasteiros surgiram insurretos. Fiquei confusa e assustada e desmaiei em seguida.

Depois disso, Allan sumiu! A princípio, foi um alívio, uma vez que estava possessa pela a intriga que envolvera meu cão! Entretanto, o mistério do seu sumiço e o desejo de encontrar meu Loban fizera-me rascunhar todas as ocasiões em que estivemos juntos. E para minha surpresa, nenhuma das pessoas conhecia o homem que fizera par comigo na cidade, nenhuma das pessoas o convidara para tais ocasiões!

Com isto, seu afastamento tornou-se também minha obsessão, mas eu sabia que muito desta busca frenética se devia ao resgate de minha própria lucidez e da vida do meu amado cão, Loban!

Pensei que esse homem poderia de alguma forma ter intenções próprias comigo que iam muito além de um desejo... ingressei em um estado emocional estranho e recebi a preciosa atenção de meus empregados e a ajuda do antigo relacionamento que tive quando vivi na cidade.

Consegui meio que por acaso encontrar uma pista que se tornou a chave para desvendar o mistério que envolvia Allan e Loban.

Analisei, investiguei e acompanhei de perto um empregado fiel. Uma igreja. Uma funerária e um padre sem fé.

O padre que conhecia Allan e que fez parcas e confusas revelações sob a mira de minha arma.

No entanto, a minha insistência me levou até Loban e foi o dia mais feliz da minha vida!

Quando descansada e com a alma em paz, num eventual café na estação de trem, vi esse homem voltar! Fiquei surpresa e assustada. Não tardou o nosso reencontro e estava certa que a única resposta que eu aspirava tratava-se da ousadia de roubar meu Loban de mim!

Num diálogo difícil, obtive as mais bizarras confissões, onde tive muita dificuldade para compreender, mas enfim, o relato que esclarecia todo o mistério era referente à sua natureza incomum, e nisso confessou que era um Lobisomem.

Dessa forma, fiz parte da sua vida e registrei cautelosamente sua metamorfose e o mantive preso em cativeiro e alimentei-o de forma condizente com a sua natureza, e somente soltei-o na floresta para atrair os Iguais em virtude da presença de um caçador que conheci.

As explicações de Allan para o debandar dos Iguais (os que me fustigaram!) e para o sumiço de Loban, foram ambas para o meu bem!".

Thomas ouvia tudo atentamente, sem gestual e sem interromper. Perguntou apenas se eu era batizada? Disse-lhe que não! Disse que rezava e utilizava água benzida.

Disse então que eu era pagã e que não era comungada sob a égide de um sacerdote. Respondeu friamente que um poderoso demônio poderia segurar um crucifixo e banhar-se em águas ungidas.

Falou também que minha casa, entre a igreja e o cemitério, era um escudo para um metamorfo e que presumia a razão de Allan ter afastado Loban de minha casa.

Contou que alguns lobisomens vivem enquanto homem o dobro da fase adulta comparada a alguém normal e com isto acumulavam experiência, maturidade e fortuna. Tudo isso com a aparência jovem.

Considerando a juventude de um lobisomem, em alguns anos eu seria idosa demais para ele e um incômodo também, e que fatalmente ele se livraria de mim!

Eu bradei que ele estava enganado! Que ele estava bem protegido e que os postais endereçados eram contrários ao seu esconderijo na "cidade das centenas de mosteiros e conventos". Que ele amava a vida e queria descobrir a cura para o seu mal.

Calmamente, Thomas respondeu que ele deveria me amar e que seria assim por algum tempo, mas a natureza dos lobisomens era traiçoeira e que quando eu não respondesse aos seus intentos me tornaria um estorvo fácil de eliminar.

De fato, este caçador conseguiu fragilizar as minhas convicções. Duvidei das intenções e duvidei do amor de Allan!

Este caçador, sem dúvida alguma, abriu uma lacuna entre mim e Allan onde penetrou uma irritante areia de desconfiança e medo.

Thomas perguntou quantos segredos eu tinha mais: falei-lhe apenas que não tinha pai e mãe e que a ceia servida não fora para enganá-lo, até porque não o convidara, mas serviu para acalentar minha solidão familiar.

Thomas perguntou por nós, o que seria inevitável! Respondi que na manhã que o encontrei em um embate na Praça do Mercado reparei sua figura e atitude. Quis guardar seus pertences por um instinto de proteção, e naquele instante, entre os dois homens relativamente parecidos, apenas um manteve a linha e a mira da minha visão. Seu rosto, seus olhos azuis e toda a máscula coragem que só um caçador poderia ter.

Disse também que fiquei surpresa ao reencontrá-lo na cidade e encantada ao dançar com ele... e que no meu íntimo o desejei.

Confidenciei também que tive dificuldade de me envolver com Allan em detrimento do meu antigo relacionamento e que isso era um traço da minha personalidade.

Disse que na noite que fizemos amor, eu havia ingerido verbena e que eu sofria, rezava e chorava. Em algumas noites, eu adormecia à base de vinho, e em outras noites, à base de drágeas. Esses eram meus segredos e essas eram as minhas mentiras. Mas que meu nome era Veronica!

Então ele abaixou o olhar e aguardei a decisão que tomaria em relação a nós, em relação a mim! Segurou minha mão e me convidou para dormir no sobrado.

Fomos para o sobrado e eu não sabia se tratava de uma despedida ou de um desafio. Atormentada pela tamanha exposição, me mantive, então, em alerta.

Ele abriu as janelas que dava para uma encosta, onde uma grande pedra ladeada de herbáceas era tão próxima que dava para tocar com as mãos.

Abriu a sacada, mas manteve as cortinas, e eu respirava naquele quarto o ar renovado, retirando o cheiro de umidade e madeira antiga.

Sentamo-nos num baú na beira da cama e bebemos nosso chá, e ficamos assim, bebendo e nos olhando, e calmamente eu aguardava meu destino chegar: ser entregue ao Conselho ou ser morta pelas mãos de Thomas.

Ele confidenciou-me que nada lera em minha mente e não havia nada confuso em minha face. Nenhuma mensagem ficara imantada antes e depois de minha partida e que minha casa exalava alegria.

Perguntou-me como uma mulher que oferecia proteção a um lobisomem permanecera tão sublime?

Pensei que minha amiga sacerdotisa me dotara de poderes neutralizantes. Pensei que meu Allan era um homem bom sendo castigado. Pensei também que era boa e que, assim como Thomas, tinha uma missão para o bem!

Em voz alta lhe disse: "desde cedo pratico o bem. Ninguém tem culpa de carregar uma maldição, uns são maus, mas outros são bons, e se Allan for bom, ele terá a cura e a salvação; e se você for um homem bom, salvará a Tribuna e o Conselho!".

Ele me olhou franzindo a testa, suspendeu o olhar até o lustre e disse: "eu salvarei!". Thomas exibiu o abdômen definido e com algumas cicatrizes que falavam por si.

Fazia questão de me mostrar como se fossem medalhas de suas caças, não para me amedrontar, mas para valorizá-lo e enaltecê-lo! Abriu o botão da calça e a metade do zíper, ficando encostado no móvel. Cuidadosamente, me despi na sua frente, mostrando que ali havia uma mulher que o desejava sem verbena, com falhas e defeitos, mas que o desejava porque ele era muito, muito bonito, e mais do que isso, já havia se escrito uma história entre nós.

Ele me beijou com firmeza e doçura, tocando-me com a intensidade de quem comandava meu corpo, e na intensidade do seu torpor, disse que me amava!

Eu dormi um sono profundo, talvez por um instinto de dedução de que estivesse perto daquilo que traria a libertação e de que estivesse perto de respostas reveladoras.

Thomas tornou o ambiente agradável para o nosso café, colocando flores em louças brancas e mantendo a janela aberta para que eu contemplasse o verde tão úmido e bonito. Minha alma estava mais leve e ele também estava confortável. Por conseguinte, eu o admirava enquanto me servia e imaginava que ele presumia ser o melhor para mim! De certo poderia ser, mas meu coração já tinha um dono e era Allan.

E ele me cobraria explicações e jamais aprovaria que eu estivesse dormindo com outro homem. Dormindo com um caçador, mesmo que em nome da sua salvação!

Thomas cuidadosamente perguntou quando Allan voltaria e contei que no último envelope parecia ser breve seu retorno e que temi que fosse durante o plenilúnio em que o Igual foi abatido, mas que em todo caso, deveria estar próximo o seu regresso.

Tive vontade, mas evitei perguntar se confrontaria Allan, pois naquele momento ele poderia misturar a missão da sua vida com despeito da ocasião.

O comando da Ordem talvez o conduzisse para terras distantes, afinal, ele almejava ir adiante e obter poder para maiores enfrentamentos, o que daria a mim e a Allan uma trégua.

Alguns dias haviam se passado e estava em casa sob a rotina das demandas quando Thomas me procurou. Não foi preciso qualquer simulação, recebi-o normalmente e ele estava como que de partida.

Seu comportamento era formal e isso eu já esperava, no entanto, não imprimi pergunta alguma, embora quisesse saber "como" para "onde" e "se algum dia"...

Preparada para o abraço final, ele pediu sorridente para ver Loban! Surpresa e desarmada, trouxe meu cão que representava parte da minha história. Meu cão Loban desceu vagarosamente as escadas e em seu gestual canino confraternizou com o homem diante de mim, e afetuosamente, Thomas se abaixou para abraçá-lo.

Eu não sabia a razão para Thomas selar tal contato com Loban, mas devia haver algum motivo. Quando de forma séria e concisa, Thomas me olhou e disse: "agora sei o porquê!".

Imediatamente, revidei a leviana afirmativa que ele deixara no ar! "O que o senhor caçador pode saber que eu não saiba!? Que não tenha me contado!? O que o pelo de um cão pode repassar-lhe uma vez que a ama do animal nem fora desvendada?

Naquele momento, insultei a natureza e a sensibilidade do caçador que, misturado ao seu orgulho, foi me devolvido a seguinte resposta: "às vezes, a fêmea é tão contaminada pela bestialidade de uma criatura que pode ficar indecifrável e assim o cão Guardião é quem retém as informações da maledicência que rondara o ambiente!".

Eu poderia com mais humildade obter revelações valiosas, mas minha arrogância impediu o tanto que eu precisava saber para sobreviver.

Oferecendo-me as costas, ele caminhou sozinho para a porta! Pensei confusa, o que eu poderia fazer e dizer? Pensei que poderia soar apelativo, mas aquele homem era a única fonte de informações. Ele era o meu contato com os dois mundos.

Fui até o portão principal e Thomas estava bem adiantado à frente, ainda que com passos calmos, sem me olhar enquanto eu o chamava. Eu me pus à sua frente e me desculpei. Ele friamente me respondeu que eu esperasse por Allan e vivesse um dia após o outro. A vaidade ferida tinha peso e eu poderia pagar alto preço.

Pedi que ele me ouvisse por alguns instantes e lhe disse: "pensei que se importasse com vidas!". Ele diminuiu o ritmo dos movimentos e recuperei sua atenção.

Minha feição era de desesperança e desorientação, e assim, Thomas retornou até a minha sala para retomar o contato de forma mais branda.

Subitamente, lágrimas invadiram meus olhos, eram emoções misturadas e era nítido que estava perdida num mundo intrincado e perigoso e seria obtuso se me negasse esclarecimentos por uma vaidade arranhada.

Thomas enxugou as lágrimas do meu rosto e tocou no meu corpo, havia sim um misto de ternura e posse naquele momento. Ainda convalescente da agitação, fiquei passiva, mas não fui permissiva quando ele descia a alça do meu vestido desnudando meu corpo.

Eu o olhei com retidão e brandura, eu mirei no fundo dos seus olhos azuis e meu olhar dizia que não me entregaria por possíveis informações e moeda de troca.

Que a mulher de má sorte tinha um nome e era Veronica, e que ambos tínhamos uma história diferente.

Ambos em outro tempo e espaço, haveria vida e futuro, mas nesse contexto, ainda que de conflito, já havia uma forma de amor. Ao encerrar meus sentimentos e pensamentos, ele viu nos meus olhos a honestidade e valor.

Ele suspendeu a alça do meu vestido e beijou minha testa e pediu que eu me sentasse. Pronunciou com certo receio pela falta inteira de convicção de que Loban guardava uma memória de horrores e que, normalmente, o cão Guardião não teme o Lobisomem que o resguardou para desativar a presença local.

Disse que não queria realçar qualquer precipitação, mas que encontrará incongruências no motivo que usou para afastar o cão Guardião.

A partir desse momento, Veronica se ausenta do seu "eu" em seu relato porque uma lacuna se reabre, isto, pois, nunca foi devidamente preenchido e no mais recôndito do seu ser, possibilitava que pudesse existir em Allan outras motivações para essa torpe atitude. Ela foi insistente e imperativa em suas dúvidas sobre essa versão dos fatos. Queria que Thomas esclarecesse o que de fato ele sabia, não importava quantos motivos existissem, ela queria entender todas as razões que há nesse mundo tão intrincado em que ela estava envolvida.

Thomas disse que preferia ouvir dela a versão que ele contara e que seria cauto em elencar possibilidades.

"Foi essa história que Allan contara-me tempos atrás, como justificativa para separação de mim e meu cão: que a casa, Loban e eu fossemos esquecidos por Lobisomens vindouros. Nunca aceitei bem essa explicação, não só pela crueldade de afastar Loban de mim, mas porque ele também se afastou, indo embora.

Deixou-me sozinha e vulnerável e a razão para procurar-me novamente consistiu em amor, saudade e que no nosso tempo, ele conseguiu controlar a sua metamorfose".

Tinha certeza que Thomas não quis confundi-la, nem embaralhar suas certezas quanto a Allan, até porque, desde que ela e Allan voltaram, este sempre foi o incômodo e a "pedra no seu sapato" quanto a franqueza do retorno de Allan... Thomas não sabia disso, mas devia presumir.

É curiosa a natureza feminina quando perdemos a certeza, a convicção e a confiança na lealdade e no amor do nosso homem, o manto da admiração e do respeito se desfaz e a imagem do outro se estilhaça, e a memória se esfumaça... e o homem à nossa frente se torna mais que um ídolo, se torna um herói. Nesse caso, o próprio Thomas!

Ainda sob o choque de que poderia estar sendo " marionete" de um Lobo Mau, senti um desejo incontrolável de rumar para a cidade e voltar a ser uma mulher normal.

Olhei a minha sala, olhei a mobília, olhei o espelho e vi a mulher que estava sendo escorada por um belo homem. Com tanto mistério e assombro na vida, tinha um rosto juvenil, com olhos e cabelos de amêndoas e uma aura que seduzia.

Desviei meu olhar do espelho e olhei para o rosto de Thomas, um homem especial, e eu o beijei profundamente e minha língua esfregava na sua com força e desejo. Ele foi se desfazendo da roupa enquanto me beijava, e ali naquela sala me entreguei com ardência, e fui de fato a mulher que todo homem espera.

Em uma entrega total, eu desci minha boca naquele abdômen perfeito e cheguei meu rosto bem perto e senti o cheiro de alfazema e homem. Foi então que contornei seu membro e o insalivei com gosto e delícia.

Ele estava realizado e eu confusa, mas a felicidade é este caramujo encasulado que passeia de um lado para o outro e retorna mostrando o tímido rosto aos poucos.

Ficamos na cozinha, conversamos e, talvez por sentir-se mais encorajado, contou que esperava a vinda de outro caçador para assumir seu posto e confirmar o abate do lobisomem.

Ambos demarcariam o local com salitre e prata, o que impunha a presença e autoridade aos Iguais. Depois disso, partiria para o Conselho e assumiria sua liderança na Tribuna. Thomas me tranquilizou quanto ao dever do próximo caçador, pois seu papel se limitava ao protocolar o caso e nada mais!

Ele me convidou para pernoitar com ele no sobrado e sabíamos que após este encontro perderíamos o contato.

Choveu nesta noite e a janela que dava para a encosta mostrava o deslizar da água da chuva sob a pedra com alguns musgos. Nesse momento, pensei na minha vida, em minha felicidade e no Allan.

Deitados lado a lado, Thomas me fitou com a expressão de encorajamento. Beijou meu rosto e tocou na minha mão. Nós dormimos até o amanhecer, até ele seguir para o vale em compromisso. Não poderia acompanhá-lo.

Para ele, estava difícil a despedida; e para mim, estava difícil a partida. Ele se tornou meu "norte" em tempos de desorientação. Eu perguntei o que seria de nós. Vivia num mundo que precisava de orientações e precisava da sua proteção.

Ele foi determinado ao afirmar que voltaria para me buscar e eu sabia que não iria a lugar algum sem me resolver com Allan, e no meu íntimo, ainda existia esperança. Sem mais despedidas e delongas ele colocou uma carta em minha mão. Quis ler na sua presença e, de forma didática, extrair dúvidas e oferecer esclarecimentos, entretanto, ele não quis!

Ficamos assim, com as mãos unidas e a carta no meio e ele dizendo apenas: "depois!". Eu via seu rosto no retrovisor, e ainda me olhando até certa altura do nosso horizonte de visão. Adiante, o vi retomando a fisionomia de futuro.

Quanto ao meu futuro, aguardaria o retorno de Allan torcendo por sua segurança, mas agora tudo estava turvado e fragilizado. Havia espinhentas dúvidas que foram acentuadas dentro de mim!

Allan nada confessaria, pois ele era como qualquer homem: pressionado, não fala! Sairia da minha vida se percebesse que eu estava enovelada por dúvidas que punham à prova seu amor, lealdade e franqueza. Por minha vez, já sabia que haveria dois caminhos, um seria disfarçar meu tormento e o outro seria simplesmente deixá-lo.

Haveria, sim, uma terceira via, mas muito mais difícil para uma mulher como eu: tentaria ler notas no rodapé das suas ações e palavras, jogaria para poder obter informações e quando já acumulasse o suficiente, poderia encurralar Allan, não deixando saída.

Tentaria, assim, fazer Allan confessar as verdadeiras razões da sua partida e o porquê de levar Loban para longe de mim. No entanto, o que garante que a junção de informações provocaria a confissão de segredos? No final, acabaria mesmo num amontoado de dúvidas e o espírito atordoado de aflição.

Foi assim o retorno da minha manhã em que Thomas partiu. Muitos pensamentos e perguntas, e o retomar do meu cotidiano de esperas...

Quando tudo estava conturbado ao meu redor, o melhor que eu fazia era adiar as responsabilidades, escurecer o quarto e dormir um pouco mais.

Estava cansada para resolver e decidir tudo sozinha, e tentar esgotar de uma única vez todo o emaranhado que minha vida se tornou. Meus dias foram de repouso, meditação, trabalho e de volta à sacristia, à procura de alguma carta. O envelope que encontrei "perdido" era de fato a última mensagem de Allan e ele deveria estar regressando...

A carta de Thomas ficou em minha gaveta, e como ele mesmo havia dito: "depois!". Obedeci! O esmorecimento da minha parte não me conduziria a uma leitura voraz. A possibilidade de ampliar minhas dúvidas e não ter ninguém para esclarecer, conduziu-me à maneira mais cômoda: manter a carta em repouso até existir condições de explorá-la.

Na solidão de minha casa, avaliei a minha vida, o último ano e as últimas semanas. Percebi uma mulher submetida às circunstâncias: amou, ousou e usou em circunstâncias tão próprias, tão impróprias. Eu ainda teria o perdão de Deus?

CAPÍTULO VII

RETOMANDO

De acordo com a carta que fora encontrada ao acaso sob a mesa da sacristia no mesmo dia que Thomas preparava a caçada a um Lobisomem, meu Allan estaria voltando.

A data não era assim tão recente e o conteúdo exibia o latim usual entre nós e dava a impressão de que ele estava afoito!

Esperava assim, meio saudosa, às vezes apreensiva e temerosa o seu retorno.

Mais uma vez fiz analogias com Loban e pensei nas parcas explicações embasadas por supostos pretextos.

Eu precisava de certezas que nem mesmo eu compreenderia de que forma as obteria.

Às vezes, sentia vontade de abandonar tudo e que Allan ficasse à sorte dos caçadores. Quanto mais eu ficasse, mais responsabilidade eu teria.

A lua era minguante, as possibilidades de hoje nos vinculavam às sombras de ontem! Teríamos tempo de esclarecer o que ocorreu na sua ausência turbulenta.

Não seria apenas um relato infatigável sobre meu envolvimento racional com um caçador, onde na tentativa de nossa redenção e no esforço de coletar informações para sua sobrevivência e a construção do nosso bem, mas sim, o contato com um dos maiores predadores, um caçador nato e, possivelmente, conhecedor da sua origem.

Antecipava a sua aflição purgativa e isto implicaria em mágoa, dilaceração e desarmonia.

Eu poderia correr perigo até que houvesse o entendimento de todas as questões. Eu só saberia ao me expor!

Recorrer aos unguentos para despistar não seria uma boa opção, pois além de não surtir efeito, poderia ampliar sua raiva por tentar enganá-lo.

Minha honestidade me obrigaria a testar seu fino apuro e reconhecer de fato o perigo que este homem poderia representar.

Os dias se passaram assim, com Veronica fazendo e refazendo suas ponderações. Diante do espelho, no fim de tarde, ela ficava até o anoitecer sem perceber a passagem do tempo, perdida em divagações.

Certamente ela sentiu vontade de ler a carta que deveria ter tantas informações e possibilidades, mas naturalmente isso não a ajudaria sem ter uma forma, um meio ou alguém para confirmar o que pudesse estar escrito e que poderia pairar mais suspeitas sobre Allan.

Como essas dúvidas corroem o espírito e comprimem do amor a parte mais agradável que existe. Compreendendo que lidava com forças incompreensíveis, buscou crer que não deveria ser nocivo e mau, pois definitivamente ela o amava arrebatadamente.

Assim, meio que ao acaso, ela encontrou um papel preso ao portão e a letra era do padre Patrick dizendo que Allan já se encontrava em casa.

Impressionada com a sutileza que o padre tratava o retorno do seu amado Allan, só lhe veio à mente quando esses dois retornaram?

Imediatamente ela partiu para a Casa da Colina e percebeu as malas deixadas pelo caminho, e com delicadeza, abriu a porta e encontrou o padre na sala ansioso pela sua chegada.

Disse que chegaram de madrugada e que descansaram o possível; ele abriu uma maleta contendo frascos, mostrando o que ela deveria fazer em explicações mínimas, e com pressa disse que precisava partir.

Veronica percebeu sua importância ainda que o padre mal a olhasse nos seus olhos enquanto ele acendia seu cigarro. Cada um daqueles frascos eram as substâncias que Allan precisaria e ao olhar ao seu redor viu que estava naquele mundo porque o amava.

Ela caminhou até o quarto que Allan estava e o encontrou dormindo, e sem coragem de acordá-lo, permaneceu na porta o olhando com a luz que vinha do corredor.

Não demorou para que ele acordasse e visse que ela estava à sua frente, e assim sonolento, ele sentou na beira da cama e acendeu a luz do abajur.

Veronica permaneceu de pé na entrada da porta e Allan permaneceu sentado à beira da cama passando a mão pelo rosto na tentativa de despertar.

Vou arriscar o pensamento dos dois, Veronica deveria sentir vontade de correr para abraçá-lo, porém, duas razões a mantinha sorridente e estática à sua frente: a "trava" surgida pelas possibilidades do sumiço de Loban que empederniu sua espontaneidade e confiança na relação, e a sua conduta questionável ao dormir com outro homem, embora esse fato estivesse relacionado ao interesse de encontrar uma forma de compreender a maldição do seu amado Allan.

Quanto a Allan, doses de poções causam esse torpor que vagarosamente se desfazem. E de onde ele esteve, em algum momento, quando ele escreveu a carta, pressentiu que algo se aproximara demais de sua Veronica, algo que ele percebeu como uma ameaça.

Apesar de sorrirem um para o outro, estavam reticentes e formais, e Allan pediu que ela o aguardasse por uns instantes; assim, ela fechou vagarosamente a porta e foi para a sala.

Allan estava vestido para recebê-la e ela o encarou com um sorriso, mas a ansiedade já a corroía por dentro, embora ela tentasse controlar.

Quando ele sorriu mostrando contentamento, olhando com contemplação enquanto tocava levemente a ponta dos dedos em seus braços parecendo confirmar a presença real com ternura.

Ela sentiu seu corpo esquentar sob um toque afetuoso e amável após essa temporada afastada.

Percebeu no olhar doce e esquivo a subtração da intimidade e a ausência de volúpia e que isso era uma pequena amostragem que denota a certeza de que alguma coisa aconteceu nessa estação.

Allan a puxou para si e aproximou-a contra seu corpo, e continuou a olhando até que se aproximou do seu rosto para beijá-la.

Deixo Veronica contar:

Senti o peso daqueles lábios e do seu gosto. Senti em seu abraço a saudade causada pelo afastamento. Allan foi retirando meu vestido e beijando cada parte desnudada, afastou o móvel e me deitou sobre o tapete, e assim, nua e explícita, ele desceu até meu quadril e cheirou minha pele palmo a palmo, e em seguida, me ergueu pelos braços para melhor me olhar e vi nitidamente em seus olhos um mar de tristeza: contemplativos e desoladores.

Eu presumi que assim que constatasse em mim algum cheiro ameaçador ou a presunção que tive outras experiências ele poderia a qualquer momento interromper o desenrolar do ato. Estes reflexos instintivos faziam parte da sua natureza.

Esperei uma reação condigna dos homens, mas tudo o que tive foi uma demonstração de impotência onde se repetia seguidas vezes: "o que te fiz passar? Não merecia se expor!".

Ouvi de Allan as seguintes palavras: "desejo demovê-la deste sortilégio! Nunca submeti mulher alguma a isso, tão pouco tive alguém que fosse tão cúmplice! Quero libertá-la, isentá-la, desejo que retome sua vida sem riscos e anormalidades".

Ao ouvir tão sentidos e sinceros argumentos, percebi a grandeza neste homem, ainda assim estava incerta acerca dos fatos que envolviam as histórias contadas para retornar à relação. O que sabia é que não confiava mais em ninguém, tão pouco na minha intuição.

Ele sentou no sofá mantendo as mãos sobre o rosto para esconder a sua indignação; ao levantar-se, ficou de costas e em silêncio, tentando antecipar minha partida. Pensei em sair e retornar quando estivesse mais calmo.

Mas o tempo se esgotava como numa ampulheta embalada pelo ciclo da lua que poderia arruinar o homem que estava imantado nas reentrâncias do meu coração e esse homem me remetia ao céu e ao inferno.

Então o abracei num suplício onde sabia que também precisava ter dele minhas certezas, e assim dei início minha confissão:

"Passei um tempo com um certo caçador, desses que nascem com o dom. Recorri a recursos e poções para o convívio íntimo sem que ele percebesse o ultraje que significava para mim. Conquistei sua confiança e obtive preciosas informações sobre as espécies de lobisomens".

Antes de eu conseguir dar maiores explicações, fui interrompida com fúria; me assustei com todo ódio que pude ver em seu rosto!

Ele vociferava as seguintes palavras: "então vai me dizer que ingeriu poções? Por quantas vezes? Uma, duas talvez... depois, certamente, foi ele quem ganhou sua confiança, e provocando dúvidas sobre mim ao se manter solícito e protetor.

Duvido que não tenha irrompido dúvidas em você! Ele por acaso sabe a cura? Não foi esse o seu sacrifício? A minha cura?

Pois saiba bem de uma coisa, caçadores matam minha espécie e você se envolveu com um que se considera muito esperto. Não tardará muito para que este local esteja infestado deles e foi você e sua boa intenção que entregou todo meu sacrifício.

Passei anos acorrentado, aprisionado para não matar! Mas quanto a este caçador, faço questão que me encontre na floresta, pois ao invés da minha cabeça, será a dele que estará exposta.

Ausentei-me para nossa proteção e não para você decidir como nos proteger! Não para você dormir com um caçador!".

Allan gritava com furor! E Veronica não o encarava diretamente, mas sim, através do espelho da sala. Via seu rosto vermelho e seus lábios protusos, e a saliva sair junto com as palavras de esbravejo.

De algo ela tinha certeza, ele estava possesso! Coexistindo fúria do homem que se sentia traído pela mulher que amava e o despropósito em expor de forma desleal um lobisomem a um caçador.

Fiquei temerosa ao ver o estado emocional de Allan após revelações tão complicadas, e quando ele se manteve em silêncio e de costas para mim, resolvi pegar minha bolsa e saí de sua presença com uma sensação de vazio.

Queria tanto beijá-lo para estancar minha saudade, mas ele estava alterado e não poderia estender aquele estado de aflição.

Tive medo de perdê-lo e, ao mesmo tempo, raiva de mim por me sentir assim tão vulnerável, afinal, havia lacunas da nossa vida que não estavam esclarecidas. Agora ficaria difícil descobrir mais sobre a natureza e a realidade de Allan.

Havia alcançado o porão de minhas experiências e observações. E chega a um ponto que tantas dúvidas, questionamentos, indagações, mistérios, temores e tudo tão insolúvel que parecem caixas num enorme depósito prontas para desabar sobre minha cabeça.

Quando amanheci em minha casa, sabendo que Allan estava logo ali, na Casa da Colina, e que não tardaria a lua cheia, e isto nos afastaria e nos colocaria em estado de vigília.

Eu havia decidido o meu direcionamento e não iria rever Allan, e isso significava romper com a paixão que me envolvia, mas também representava estar livre de possíveis mentiras e de conflitos que me levariam a confusões.

Durante sua ausência, eu me dediquei à arte de seduzir para descobrir sobre um mundo estranho e obtive mais dúvidas sobre Allan que abri um leque de questionamentos e isso não me fazia bem!

Havia abandonado na cidade um homem confuso e conflitante, onde em dias de tristezas, me punha na sacada do meu prédio com taças e cigarros, aguardando que o bom senso o trouxesse de volta, mas isso não acontecia!

E via as luzes da fria cidade desaparecendo e dando lugar ao dia, e no auge da minha exaustão, me banhava em águas tórridas sem querer sair do chuveiro.

E nesse despertar, bebendo meu café amargo, exagerava na maquiagem para disfarçar o peso da noite anterior impresso no meu rosto, e assim ia trabalhar.

Cuidadosa no meu salto, com o marchand, com o cliente, cuidadosa nas peculiares explicações artísticas.

E o homem que causava essa confusão não se apiedava e não evitava provocar outras noites como esta! Não havia desculpas, propostas ou promessas. Havia paliativos de noites melhores, viagens mais longas e mimos mais doces e caros, apenas isso!

Até que o próximo ciclone fosse reinstalado em minha sala e debaixo de uma tormenta de reclamações e queixas que vinham junto com meu pedido por mudanças, e esse era o motivo que o levava à porta e não adiantava medir forças nas palavras, nas expressões, na maçaneta. Ele partia cheio de si e só retornava à sua conveniência, e neste ínterim, eu ficava abatida e negligenciada pela omissão do mundo masculino: em não ouvir com amor a angústia individual de uma mulher!

Foi não aguentando o ego masculino cheio de razão e arrogância, e nesta espiral que não mudava, que impedi de me transformar numa "mulher de plástico", impedindo também a amargura e o declínio que vem nesse bojo, e finalmente me resgatei!

Fui o orgulho para meus amigos e não dei vantagem aos invejosos que concorriam no meu mundo. Fiz uma afetuosa festa de despedida e parti para o lugar onde se troca as sandálias de salto por botas, saias justas por jeans e homens complicados por majestosos jovens musculosos que só nos admiram e nos ajudam na labuta de um cotidiano quase rural.

E aqui fui feliz com meu trabalho, minha horta, minha casa, meus cães e até conhecer Allan: um delicioso namorado e amante, e que se não tivesse o pequeno problema de ser um Lobisomem, talvez pudesse ser um excelente companheiro para a vida.

Restava-me apenas começar a fazer calmamente a minha mala e sair desta casa. Na bagagem, uma história incapaz de ser relatada a alguém. Segredos do mundo sobrenatural e do convívio com alguém que era mais ou menos um homem: era um Ser! Levaria também o gosto doce de um caçador que me protegeu mesmo sabendo que eu abrigava o pior inimigo: um lobisomem! Este homem partiu pedindo a chave do meu coração, prometendo voltar para me buscar. Partiu para assumir seu cobiçado cargo. Esse homem foi Thomas!

Sabendo que iria embora e carregaria desse lugar as melhores lembranças e sufocaria dúvidas impertinentes que resolvi abrir a carta que Thomas havia me deixado, afinal, parecia ser o momento certo.

Como Allan iria compreender que tudo que fiz foi para chegar à possibilidade de descobrir uma forma de findar a sua maldição?

Abri a gaveta e quebrei o selo de cera que ele timbrou na carta de papel pesado e li as seguintes linhas:

Carta de Thomas:

Caríssima Veronica, de certo quando ler nessas pautas estarei longe de você sem poder lhe explicar as dúvidas que lhe surgirão na mente.

Primeiro quero lhe pedir perdão por ter implantado dúvidas quando não poderia lhe oferecer certezas, pois estava de partida. No entanto, me senti na obrigação de informar aquilo que não era correlato com a história que você contou sobre o homem que ama, e que é um lobisomem, com o que senti no seu estimado cão que é um Guardião.

Seu raro Loban tem o poder de registrar a presença de um lobisomem e isso atrai outros lobisomens para o local. Esses seres costumam gostar de conviver por perto para confundir e sobreviver, ainda que não formem grupos. São atraídos pela presença marcada por odores e isso acontece quando deixado fluidos nas florestas, quando um Lobisomem permaneceu tempo demais em uma região ou quando um cão como o seu Loban impregna a presença destes seres.

Isso explica que seu amado tenha retirado ele de você para desativar a presença dele na sua casa, e assim, nenhum outro lobisomem rondaria o lugar que mora.

Você relatou uma maldição associando conjunção carnal entre entes familiares e ocupações clericais e que disso resultou um Lobisomem protegido por um padre.

Existem lendas desse tipo! Aliás, existem lendas de todo tipo em vários lugares e isso possibilita que Lobisomens sejam perfilados por mulheres e segundo as próprias lendas, uma casa entre a igreja e o cemitério também os camuflaria e você seria o par ideal para eles.

Quando toquei no seu cão, não senti a presença de um lobisomem dessa natureza, isto é, essa natureza menor! Costumam ser chamados de Lobisomens Betas.

Surgem nesse contexto lendário ou quando mordido por outro Igual, um Lobisomem Beta ou outra linhagem de lobisomens mais poderosos: os Lobisomens Alfas.

Os Lobisomens Alfas são a prioridade de minha busca, e durante anos, tenho exterminado sua espécie, e antes de mim, outros caçadores mais antigos que deixaram registros e diários.

Se estiveram sendo exterminados há séculos, era para estarem extintos e não é isso que acontece!?

Existe considerável número de acordo com os registros e relatos em várias partes do mundo, o que nos leva ao segundo ponto, se não desaparecem quando abatidos, são formados de alguma forma!

Caríssima, sei que agora está confusa, tentando enquadrar seu amado num desses tipos que citei.

Lobisomens Betas são seres desafortunados, geralmente surgidos por mordedura e sobreviveram ao acaso, são eles que partem em busca de outros lobisomens Iguais para conviverem, e sem a ajuda de um humano denominado "Patrono", não sobrevivem muito tempo, pois os caçamos e os abatemos. Não são dotados de inteligência e seu tempo de vida é quase o mesmo de um ser humano.

Diferentemente de um Lobisomem Alfa que vive quase o dobro do tempo de um ser humano. Possuem raciocínio enquanto transformados e são ligados a homens poderosos que os utilizam para fins escusos, já que são seres extremamente fortes e pensantes, sem os lapsos de memória que os Lobisomens Betas possuem.

Tive alguns cães como seu valoroso Loban em minhas mãos e notifiquei a presença de Lobisomens Betas ao tocá-los, e curiosamente não passam temor em suas aguçadas mentes caninas. O que já constatei diferente da presença de Lobisomens Alfas com cães guardiões, esses transmitem uma lembrança de temor que sentimos ao toque.

Anteriormente, presumi que seu amado fosse uma vítima desafortunada do destino e, sinceramente, teria piedade em abatê-lo, sendo ele importante para você!

Deduzi, assim, que Allan fosse um Lobisomem Beta, porém, quando toquei no seu cão, percebi a memória que já havia registrado em outros cães guardiões que tiveram contato com Lobisomens Alfas. E sendo ele um Lobisomem Alfa, não seria um desafortunado vítima de consequências lendárias ou acidentais, mas sim de um convite que envolve certo ritual que já foi notificado, e que creio eu, estou bem perto de verdades que não poderia relatar, pois vai muito além do seu mundo onde você está vivendo um caso passional tentando entender de forma romântica o sumiço de seu cão e do seu namorado, enquanto eu estou em busca daquilo que cria Lobisomens Alfas, que parece um exército interminável e não exterminável.

Perceba, minha cara Veronica, Lobisomens Betas são criados por Lobisomens Betas em mordeduras, esses também são criados da mesma forma por um Lobisomem Alfa. Agora, quem cria os Lobisomens Alfas?

Deixarei apenas um pequeno registro de determinada possibilidade com base em rituais que recebi de relatos de antigos caçadores: um homem adulto, por vontade própria, bebe o sangue e recebe a mordedura de um Ser que o transforma em Lobisomem Alfa, essa criatura, que alguns de nós chamamos de Lobisomem Iniciante, e isso seria difícil relatar nestas laudas que lhe dedico apenas para esclarecer onde está sua dor!

Não sei qual a natureza de Allan! Não percebi em Loban a memória de um cão tocado por um Lobisomem Beta, assim como também não percebi nada em você, e de acordo com minha natureza, sou um caçador incomum, sou um caçador nato! Eu sentiria em você algum contato com o sobrenatural, isso você mesma falou para mim e é verdade, não reconheci a "ama do cão"! Não tenho todas as respostas, mas algo eu sei, se seu namorado for um Lobisomem Alfa, você corre grande perigo! Não pergunte, não deduza, você jamais saberá e se souber ele a matará! Tive muitos casos de amantes de Lobisomens Alfas. Então apenas se afaste!

Sei que o ama e é corajosa, mas, por favor, não se sinta tentada a confrontá-lo, pois seria o mesmo que enquadrar um assassino, pois é isso o que eles são!

Peço a Deus que a proteja e seja feliz.

Seu querido amigo, Thomas.

Ao ler essa carta, Veronica deitou-se no sofá tentando compreender em que mundo vivia e quem era o homem que na noite anterior estava possesso de ciúmes?

Percebeu que poderia estar arrolado com um homem perigoso, isto é, um Ser que tinha conhecimento da sua própria natureza e estaria sendo utilizada como algum tipo de "marionete de seus anseios".

Veronica precisou ler e reler aquela carta e as palavras pareciam saltar da folha. Não foi uma leitura fácil de digerir e compreender, afinal, era a sua vida cercada de mais mistérios do que isso seria possível.

O que estava em xeque era a honestidade de Allan quanto sua própria natureza e seus reais interesses nessa mulher.

Para chegar a descobrir se Allan era um Lobo Alfa, eu precisaria exigir muito de mim. A força propulsora que me pusera em ação e em combate se extinguira.

Para conseguir uma solução, eu teria que ouvir mentiras e assistir ações descontroladas, de certa forma esta "combinação explosiva" não combinava mais no meu mundo! Nem com homens normais, nem com seres sobrenaturais.

Sobressaia as palavras de que eu correria perigo dito por Thomas. Surgia em minha mente as palavras de Lorena sobre "sangue vertido". Ao possibilitar tais riscos e ser a "fantoche" de um monstro, eu decidi que minha vida era valiosa e deveria partir.

Com as mãos sobre a face e ainda amando Allan mais do que ela soubesse, estava em profunda reflexão e isso sempre é obtido com recônditas lembranças que trazemos de forças que existem em nós através da própria vivência.

Na sua infância, sublimou momentos tristes e desoladores utilizando artifícios mentais próprios, defendendo sua mente de lástimas que se tornam traumas, e porque não acreditar que o presente que recebia no natal não era inferior aos brinquedos que as demais meninas da família recebiam com entusiasmo, ainda que o seu fosse minúsculo e inexpressivo, ela conseguisse aperfeiçoar até mesmo um enfeite de cabelo como algo estimável.

Para que serve uma lembrança como esta? Para provar que uma menina no natal com uma mísera caixinha não se deixa abater diante das primas com fabulosas caixas, e lança no seu coração que a presilha de cabelo a deixava mais bonita, e assim cresceu alegre e livre de traumas que fragilizam uma mulher.

Veronica pensa: agora seria apenas eu! Quem sabe algumas festas em prédios aristocratas, num belo vestido marfim esvoaçante adornado com pérolas e acompanhada por algumas taças de champanhe não arrancasse de mim o resíduo de Allan que parecia ter se impregnado em minha alma. Quanto tempo seria necessário?

Eu precisava ao menos começar e separar as malas, explicar as tarefas à criadagem, pedir que cobrissem com lençóis os móveis e os cuidados com os animais, uma vez que apenas Loban iria comigo.

Recomendar que continuassem com o trabalho do refugo e que os lucros fossem enviados para minha conta, e quando os amigos da cidade perguntassem por mim, pediria que inventassem uma boa desculpa para minha partida!

Fui dormir deixando tudo organizado para minha partida de manhã.

Antes que eu arrematasse minha partida, o alvoroço no meu portão foi alarmante. Allan adentrou ao portão principal e caminhou até as escadas de minha varanda como se não houvesse cães na casa, criados ou mesmo uma dona e senhora!

Aguardava as explicações pelo motivo de tamanha audácia! Uma vez que minha partida estava resolvida e a desmotivação de minha permanência tinha um nome!

Olhei bem dentro do seu rosto sem abalo, não tinha medo do homem e não tinha medo do Lobisomem! No ato, ele percebeu que eu estava de partida, indo embora sem despedidas.

Sua fisionomia julgava minha coragem e a minha denotava que eu pouco me importava com sua opinião. Ficamos assim, com o olhar desafiador aguardando quem partiria para o ataque.

A reação de Allan foi chutar as caixas que já estavam na varanda e eu as chutei na direção oposta.

Deixo Allan falar:

"Esteja eu metamorfoseado ou não, mandarei a cabeça do seu caçador para seu endereço".

"Curioso! Parece-me que durante sua metamorfose você não se lembre dos seus delitos! Talvez seja mentira, talvez lembre tudo e de todos muito bem!".

Allan retruca: "O caçador deve saber muito a respeito, inclusive de mim!".

"O que soube é o suficiente para temê-lo, pois a história da maldição contada não confere com a realidade dos acontecimentos".

Allan avança: "Ah de fato! A experiência e a sabedoria do caçador promoveram dúvidas entre nós! Com quais poderes ele ganhou sua confiança? De que nobreza esse cavalheiro dispôs que a fez duvidar de mim? Pena ele não estar aqui para apresentar seus prestimosos à minha frente!".

"Talvez sua maldição tenha sido compactuada e viva o bastante para me usar e descartar. Retirar Loban de mim pode não ter sido pela minha pele, mas pela sua! Seu incômodo não seria pelos Iguais, mas por predadores maiores e invencíveis".

Allan continua: "Ele a serpenteou! Acha mesmo que eu faria algum mal ao cão ou a você?".

"Preciso de algo para minha proteção?".

"Há muitos anos me protejo contendo instintos da transformação em cativeiro. Eu tenho o padre, um pai, um amigo! Não preciso de você!".

"Então não há problema algum que eu parta!? Rompo agora com o nosso elo e deixo para trás esta sórdida história e no meu novo mundo ninguém saberá o terror que eu vivi!".

Allan recua: "Pensei que você tivesse rompido com aquele mundo e que fossemos parte de uma única medida. Tolice a minha! Você está certa! Deve voltar ao seu mundo. Nenhuma mulher merece resquícios de uma maldição!".

Deixo Allan falar: "Ocorre que vim aqui como homem e não como um Ser metamórfico, uma aberração. Sinto uma insuportável ferida e um ciúme devastador por ter se deitado com um homem, um caçador que seja. Vim à sua casa estapear seu rosto para arrastá-la pelos cabelos da escada até seu quarto e saber se foi em sua cama que você o recebeu?

Depois que suplicasse por perdão e conseguisse me convencer, eu tiraria a sua roupa e mostraria a você que não existe homem melhor do que eu!".

Veronica fala: "Existem muitas dúvidas e pontos obscuros que precisamos esclarecer!".

Allan diz: "Talvez as dúvidas existam em você e as deduções existam nos dois. Só não vejo mais sentido em continuarmos juntos. Muito em nós foi alterado, principalmente em mim! Já não posso mais tocá-la sem sentir a presença deste 'outro' impregnado em você! O peso da minha maldição consegue ser menor do que a raiva que sinto de você! E quanto ao caçador, aguardarei ansiosamente a hora de equalizarmos as nossas diferenças".

Veronica diz: "ele não tem a intenção de retornar, ele não quer caçá-lo".

Allan retruca: "Quanta certeza você tem neste estranho, ou quem sabe o estranho seja eu? Lamento o sofrimento que causei ao retirar Loban de você. Tenha certeza que nisso residiu um bom motivo".

Veronica diz: "A minha vontade de ir embora faz parte da pouca força que me resta. Corremos em círculos. Cometi um erro aos seus olhos e não aos meus, embora compreenda o seu pesar e partilho dele consternada. Para recuperar a confiança, necessitarei de você 'provas cabais' para tirar do 'xeque' as suas palavras em detrimento das palavras do caçador! Talvez isto seja demais para você, como já é para mim".

Allan fala: "Enquanto eu estava nos porões do mosteiro você seduzia um caçador por minha causa, minha cura, mas o veneno desta traição, desta sua cumplicidade e concupiscência deixou uma lacuna de dúvidas em você".

Deixo Allan falar: "Não, Veronica, de fato não esclarecerei nada que este caçador possa ter 'embaçado' a meu respeito. Lembrarei que durante o tempo que vivemos juntos você me acolheu, você me protegeu. Lembrar-me-ei da sua luta contra meu terrível destino. Mas não vim te impedir de ir embora, ao contrário, correremos risco no mesmo ambiente.

Não posso mais te oferecer proteção e você também não! Poderemos estar 'jogando' em posições opostas! Prefiro mesmo que você parta".

Sentei no braçal da minha varanda e pedi um cigarro ao meu caseiro. Há muito tempo eu não fumava. Eu e Allan nos entreolhamos e não tínhamos mais nada a dizer e mais nada a fazer. O meu diálogo com Allan terminou. Não consegui proferir mais nenhuma palavra que não soasse repetitivo. Eu tinha razão. Ele tinha razão.

Depois de tanto e depois de tudo, seria melhor eu partir. Estaríamos salvaguardando a nossa segurança.

Antes de anoitecer eu já estava na estrada vendo pelo espelho o que deixei. O que mantinha minha mente reta sem hesitação era a certeza de que promovia a nossa sobrevivência ficando afastados, mas isso não me impedia de chorar.

CAPÍTULO VIII

REGRESSO

Agora estava longe de minhas terras e não sabia que tipo de combate poderia haver. Não poderia ao longe colaborar no tabuleiro dos acontecimentos. No entanto, uma pergunta calava minha voz: o que eu poderia fazer entre um Lobisomem possivelmente perigoso e um caçador ávido do cumprimento de sua missão?

Meu Deus, eu poderia vir a saber da morte de Allan, e se insistisse, eu mesma poderia vir a ser vítima!

Na altura da minha angustiante dúvida e impotência, eu fechei meus olhos e permiti que o céu cumprisse o seu destino.

De volta ao meu apartamento na cidade, caberia agora restabelecer contato com minhas paredes e quadros e cada item que deixei de fora da minha mala quando parti.

Voltar à vida citadina e, por que não, chegar até a sacada do meu prédio e olhar a vista do parque, sabendo agora que existia um mundo estranho, muito além daquele que conhecia antes de partir.

No meu regresso à minha antiga vida, eu estaria tentando me remodelar aos velhos tempos, embora a aura fosse de uma mulher diferente: inconfessável, misteriosa e indecifrável.

Aos poucos, fui restabelecendo contato com meus amigos da cidade e de volta ao meu antigo emprego na galeria.

No trâmite da vida "nonsense" que retomei, reencontrei meu antigo relacionamento, o homem "que compensou seus pecados me fornecendo ajuda quando a febre me abateu nas idas à procura de Loban e de Allan".

Conversamos num café próximo da galeria e ele estava muito feliz por eu estar de volta, e quis dedilhar sobre assuntos referentes à vida que tivemos juntos e pelas razões que me fizeram partir.

Era nítido que pleiteava uma chance ao abordar episódios do passado e reconhecendo faltas e falhas, e eu ouvia com educação o que no passado quis de fato. Silenciosamente me respondia que, se tudo não tivesse ocorrido daquela forma, eu não teria conhecido Allan e não conheceria jamais a mulher forte que me tornara.

Reparei nos seus trejeitos e expressões e que ainda mantinha as mesmas palavras do seu antigo vocabulário.

Acontece no mundo dos amores esses revivais que suplicam por retomar do ponto de partida, talvez por sentimentos genuínos, talvez porque suas vidas deram voltas e voltas sem terem os levados para lugares melhores, e no afã de serem felizes, buscam pela pessoa que lhes deram sorrisos com honestidade e amor.

No rito de uma vida normal, eu participava das ricas festas dos colecionadores, e de acordo com o tema de suas aquisições, geralmente faziam uma festa temática para comemorar. Uma delas tinha como tema uma valiosa obra que era uma tela onde o marrom, vinho, violeta com toques cuidadosos de carmim exibiam pinceladas de um carnaval de época: colombinas; marinheiros; melindrosas; palhaços; mascarados; e cães de olhos vermelhos.

Mecenas, marchands e outros compareceram com as devidas fantasias e usando máscaras para essa festa. Minha intenção era apenas garantir mais vendas, além de tentar me ajustar aos novos tempos.

Era uma propriedade agradável com um vasto jardim ao entorno.

Os anfitriões eram estrangeiros educados vestindo trajes de gala para a ocasião, acompanhados de alguns convidados com a "idade das certezas" iluminados com os mesmos estilos de glamorosas vestes.

A combinação era um convite à permissividade com classe, bem daqueles ambientes onde se avista com o canto dos olhos, e aos goles de champanhe, algum cavalheiro engendrar o extasiante contato que perdurará por horas numa sedução sutil encerrando a madrugada mágica.

Assim, vi máscaras de todas as épocas e motivos, e quando me senti embargada pelo vinho e meio confusa devido às últimas circunstâncias vivenciadas, ingressei numa espécie de transe, e a última visão que tive antes de adentrar ao labirinto ilógico de uma mente atordoada foi a máscara de um lobo.

Eu estava deitada com pessoas ao meu redor tocando meu pulso e minha testa. Sem medo ou esforço para recobrar a consciência, me permiti ir...

Entrei numa floresta, tudo em preto e branco, e esperava me deparar com qualquer Ser ou criatura que já estivesse acostumada. Continuei andando sem saber se seria bom ou ruim. Cheguei até uma cabana num vale, deixava fluir os acontecimentos para não precipitar imagens possivelmente desejáveis, assim, vi um homem que manipulava uma faca sobre a mesa de uma sala e selecionava outras, pondo-as nas botas, no cinto e no casaco.

Eu avistava-o pelo lado de fora e ele saiu pela porta, mas não me via! Sentou-se no degrau da varanda, armou a carabina apontando-a em minha direção e ao escutar o revolver dos arbustos, olhei para trás e era um Lobisomem vindo de sobressalto.

A criatura atravessou meu corpo como fumaça e atacou seu alvo. Senti o peso, as garras, o cheiro da Fera, mas sua fúria era contra o caçador. Confusa, observava o ataque discrepante entre a besta e o homem. Percebi que até ali era uma mera expectadora e aceitei a condição de apenas observar sem intervir.

O tiro foi tardio e para o alto, e o Lobisomem manipulou o homem como se fosse um boneco e desapareceu na densidade da floresta.

Não consegui definir o rosto do homem, de certo era um caçador. Segui seu rastro e adentrei na floresta, mas minha participação nessa visão era de expectadora.

O Lobisomem cavava fundo a terra e encobria com folhas e madeiras. Estava aflito; porém, em passos vagarosos, retomava o caminho, e antes que chegasse a algum lugar, foi metamorfoseando.

Quando tomou a forma humana, o rosto não era do meu amado Allan. Meu Deus! Eu queria ver Allan!

De repente, como de assalto, estava na porta da Casa das Ruínas, Allan acorrentado. Cheguei bem perto e toquei no seu rosto. Estranhamente senti que ele percebeu meu toque. Era tão real e parecia existir tanto afeto e a necessidade entre ambos.

Despertei já no hospital entre amigos que afirmavam ter sido acometida de uma crise nervosa.

Eu pedi que me rendessem por alguns dias, pois eu precisava voltar até a minha propriedade. Apesar de perceberem que eu chegara há pouco tempo, ninguém ousou questionar meu pedido, e na primeira oportunidade, refiz meu caminho para casa.

Durante o trajeto, percebi que o transe vivido não se dera devido à condição de estar impressionada ou algo do gênero, mas sim uma conexão incomum, singular, e na verdade, sobrenatural.

Soube imediatamente que eu não poderia desfazer-me dessa relação como algo qualquer. Eu era o seu suporte, seu amparo e sabia que de alguma forma nossas mentes estavam interligadas.

Cheguei ao anoitecer e fui direto à Casa da Colina, sem certeza de encontrá-lo, e isso não me deteria! Sentindo a imensa vontade de rever seu rosto, e depois de muito bater na sua porta e chamar pelo seu nome, sentindo o típico desapontamento, foi que de repente escutei o destrancar do cadeado.

Allan me olhava assustado e eu tão feliz e saudosa! Sentindo de forma intensa que ali existia bem mais que uma relação; existiam, sim, dois seres em comunhão. O abracei com ternura e prometi jamais deixá-lo novamente. Ele me pegou pela mão e em silêncio me conduziu ao quarto, e ali dormimos profundamente.

Despertei em seus braços, sentindo a alma descansada, e durante o café, expliquei o motivo de retornar deixando claro que eu podia pressentir quando ele corria perigo e que eu precisava angariar forças mentais e adequá-las ao meu novo vigor físico.

Fui então tendo conhecimento da presente força que tomara posse de meu corpo. Eu não sabia ainda se este poder me fora concedido por magia ou pelo íntimo contato com um Lobisomem, mas sabia que estava evoluindo.

Apreciava a evolução mesmo sem saber a procedência dessa estranha força. Procurei minha deidade e confiava em suas palavras, e buscava esclarecimentos sobre o que estava acontecendo comigo.

Lorena asseverou convincentemente que seu marido deveria me versar em atividades, e assim, todas as manhãs eram entregues até que eu pudesse encontrar o equilíbrio.

À noite, eu me refugiava com Allan, recuperando-me da ausência que ele deixou quando partiu e do vazio que ficou quando o deixei.

Foi preciso viver na casa de Allan e meu lar tornara-se uma passagem nessa temporada, pois não poderia pôr as pessoas em risco, e por essa razão tive que deixar Loban na cidade.

Durante a lua cheia aprisionei Allan na Casa das Ruínas utilizando um potente ferrolho devido sua crescente força.

Para o fardo ofício de alimentá-lo, eu era auxiliada pelo padre Patrick, que já não estava só nessa missão!

Não tardaria ter de libertar Allan para caçar e, para tanto, bastava apenas a anunciação da chegada dos Iguais, contudo, nenhum bem vem desacompanhado e isto também atrairia caçadores.

Por vezes pensamos, e indagativa, sentia o súbito desejo de esclarecer em largueza de conhecimentos alguns fatos que outrora ficaram obscuros com Allan: "qual seria a origem de sua natureza?". Quais verdades me reservavam o amanhã? Mas depois me silenciava por dentro!

Torturada por não saber o quanto de nós duraríamos, nem qual de nós poderia ser abatido num confronto. Comprazia-me dos parcos esclarecimentos, uma vez que a qualquer lua cheia os riscos de perder Allan mantinham abafados minhas dúvidas devido ao medo de vê-las encerradas sobre sua carcaça.

Antes do segundo plenilúnio, quando sua metamorfose era mais intensa, eu dispunha-me em ir à cidade comprar elementos necessários para a nossa proteção. Precisávamos de elementos específicos: ferro e prata, além de ferramentas e munições que compunham nossa proteção.

No retorno, eu pegava na igreja óleo ungido e água benta. Apenas não recolheria a terra da igreja e do cemitério para o entorno, pois precisava deixar o espaço aberto para a chegada dos Iguais, os Lobisomens que serviriam de isca para os caçadores.

Este embate não poderia ser um ciclo eterno, mas sim uma forma de estender a sobrevivência até encontrar a cura de Allan! Que poderia chegar a nós por uma constelação de interpretação variada, por minha comunhão com o espiritual e em conformação com os desígnios do nosso destino. Assim pensava eu!

Planejei e organizei as defesas para permitir que Allan ganhasse a liberdade da floresta. A temporada de cativeiro seria extinta até que algo fosse anunciado.

Eu aguardava um contato de Thomas, pois nossos mundos se mesclavam numa esperança de sabedoria, mesmo ele sendo um caçador, tinha compaixão pela minha missão e sabia a importância e a extensão dos desafios que eu teria que enfrentar. Ele poderia ser o condutor do meu novelo por tão intrincado labirinto.

Assim que o "pano do céu" descesse e a lua cheia despontasse, eu teria meu contato com Allan metamorfoseado, o primeiro livre de cordas e correntes.

A ousadia deste encontro tinha a finalidade de manter minha própria vida. Eu estava confiante na minha força e no meu amor!

Allan, por sua vez, havia me prevenido sobre as armas e me ordenado a usar a bala de prata, se necessário fosse. Obviamente eu consideraria tudo antes de uma atitude irreversível, pois jamais me perdoaria por um ato reflexo que atentasse contra a vida do meu Allan.

Quando Allan foi tomado pela transformação, pude ver na claridade do fogo como era assustador, além da força que ganhava estando solto. Quando atingiu o auge em forma de fera, urrou para mim! Meu Deus, foi assustador! O horror inibia qualquer iniciativa e retrai-me o mais que pude! Não saberia lutar contra a fera, e ali dentro ainda era meu Allan.

O Ser que estava à minha frente desconfiava de mim, através de uma intimidação sem me atingir e era um animal assustador e me farejava. Eu chorei, rezei e pensei que fosse morrer.

Só depois que Allan se embrenhou na floresta, fui voltando às minhas condições normais, contudo, permanecia em alerta para a chegada dos Iguais ou caçadores, e para estes eu estava pronta!

Estava disposta a resguardar o retorno de Allan, e, no meu entendimento, o instinto o traria de volta para casa; se não retornasse pela manhã, poderia estar abatido, me restando a busca pelo seu corpo.

De repente, um revolver nas folhagens era o retorno do meu amado e meu dever era assisti-lo e ampará-lo na transição da metamorfose, pois neste ínterim, poderia ser uma fácil presa.

A última vez que Allan esteve liberto do cativeiro com o propósito de atrair os Iguais para distrair os caçadores na cidade, ele estava em minha companhia e sob meus cuidados!

Mas desta vez nos propúnhamos a não só driblar a vida para alongá-la, tínhamos a proposta de viver de acordo com a sua natureza. O sentido da luta era uma confusa certeza de que alcançaríamos a redenção juntos!

O desajeito de Allan sobre sua condição denotava certa inocência, pois desconhecia ainda os fenômenos que cercavam sua maldição. Isso fazia "roer" tudo que Thomas possibilitou a respeito de Allan: que ele poderia estar mentindo, estar me usando, podendo ser um Lobisomem Alfa.

Na cidade, já corriam rumores de ataques, tanto a animais quanto a pessoas, mas eu sabia que era comum ampliarem os fatos. Fiz meu papel de investigar cautelosamente no meu distrito. Recorria às pessoas com as quais tinha contato: o chefe de polícia, o médico, a florista, tentando manter discrição, diferentemente de quando eu percorri o rastro de Allan.

O padre Patrick também fazia levantamento na cidade vizinha. Ambos sabendo que nessa região houvera acometimentos que incidiram sobre um pequeno grupo de pessoas. Havia, sim, lobisomens presentes e Allan não poderia numa única noite estar em duas regiões distintas, então havia mesmo outros lobisomens.

Os caçadores já estariam próximos e para isso eu já teria condições de averiguar. Fiz o que já tinha experiência, embora premiada com uma força sobre-humana. No entanto, um medo advinha: eu poderia já ser a "carta marcada" entre os caçadores.

Com Allan livre de metamorfoses devido à declinação da lua, pude então sair em segurança e me certificar se os caçadores já estavam presentes.

Reconhecer caçadores era um método dedutivo e a despeito da categoria de qualquer um deles, conseguiria enganar inclusive os mais poderosos: caçadores natos! Até mesmo sem o uso de artifícios! Sem certezas lógicas e somente a intuição.

Visitando lugares de frequência masculina, enfim, avistei um homem e a minha avaliação do perfil do indivíduo traduzia um caçador. A estrutura física potente e feição sombria, e este exprimia certo ar de indolência e ambição. Aproximei-me e assuntei.

A necessidade de falar é algo humano e poderia me valer disso ainda!

Este era jovem e tentava impressionar, pois relatava indiscriminadamente que procurava estranhas criaturas. Falar assim tão rápido tinha para mim dois significados: fazer de contas que caiu na minha "cilada" e me emboscar ou um estúpido em missão superior às suas qualidades. Fiquei com a segunda impressão!

Mostrei interesse e o subordinado contava em sentido figurado sua missão e concluí com facilidade sua obrigação. Seus encargos eram na cidade, isto posto, afastava Allan do perigo. Conquistei sua confiança sabendo que não se envolveria com os demais de seu grupo e seria eu a pessoa mais apropriada para a conversação.

Assim, deixamos quase alinhavado nosso contato seguinte! Dessa maneira, saberia seus pontos e seria nos seus alvos que eu o vigiaria. Ficaria atenta ao domicílio do sujeito e o espreitaria. Estava disposta a correr riscos e Allan estava ciente dos meus planos, discordar dos meus métodos não nos traria a cura.

O caçador dormia numa antiga dependência do cemitério da cidade e, no resto do dia, ficava alojado numa garagem, podendo assim organizar sua rotina. O sujeito era vaidoso e não me convidou para nenhum destes lugares.

A cidade possuía uma área verde composta de zona agrícola, matagais e floresta. Porção mais atraente aos lobisomens e eu deveria estar alerta.

Segui o caçador até um outeiro repleto de bambuzais não distando da cidade. De súbito, avistei um homem que foi ao seu encontro, e ali, numa breve conversa, lhe foi entregue uma pasta. O contratante seguiu entre a mata e o morro confundindo minhas conjecturas.

Encerrando a semana da lua minguante, o caçador não estaria mais pela manhã em nenhuma de suas moradias. Restava agora aguardar!

Nas luas seguintes, tratei de meditar e arrumar a casa, e resolver na cidade problemas pendentes desde minha partida. A sensação urbana, acelerada e organizacional, me extraia temporariamente o fardo da minha lúgubre ocupação, porém não conseguia deixar de recordar dos meus antigos problemas que agora eram motivos de risos: dramas urbanos de uma mulher contemporânea.

Na cozinha do meu apartamento pude beber meu café e olhar a sacada e o movimento civilizado, abraçada ao meu cão Loban, e minha expectativa mais otimista naquele momento era diminuir as metamorfoses de Allan sem ter de libertá-lo na floresta.

Ao longo dos anos, as poções perderiam seu efeito e a lua cheia o manteria ativo duas vezes no período e os riscos fora do cativeiro eram mortais, entretanto, era a única forma de atrair os Iguais e confundir os caçadores.

Resolvida as pendências da vida citadina, retornei à noite para junto de Allan que cada vez mais se tornava recluso, privada das atividades simples e costumeiras. Um dia seríamos normais?

A temporada era de caça e não poderíamos arriscar, mas eu poderia, sim, avançar nesse sentido e apesar de não esperar mais pelas mesmas sortes, eis que de repente encontrei o tal caçador na cidade. A dúvida imantada era: uma vez cumprida a missão, não eram substituídos? Se este retornara, sua incumbência não fora concluída.

Quanto a isso não estava correta, entretanto, manteria meu alerta: este caçador se expunha demais, não seria difícil acessar seus segredos. Curiosamente manteve os mesmos endereços de reclusão. Parecia não se preocupar com suas passagens pelos mesmos locais, e com isto, tornar-se vulnerável a ataques. Este caçador parecia confiante, parecia não estar lidando com o sobrenatural.

Passei inúmeras tardes numa taberna próxima à garagem que ele alocava para suas finalidades próprias. Ao cair da noite, ele se encontrou com dois rapazes e ambos configuravam o mesmo estilo: desleixados e apreensivos, denotando submissão ao caçador que exprimia ordem e ironia.

Ao longe, na parte mais distante da praça, eu não tinha uma visão nítida do assunto. Entretanto, minhas conjecturas modificavam o tempo todo, ora se eram dois Iguais, o que fariam em delongas com um caçador? Ora se eram homens comuns, podendo estar a par dos acontecimentos do submundo.

No entanto, a surpresa veio num soflagrante quando outro homem chegou e foi recebido sem nenhum espanto, pois devia fazer parte do conluio. Foi quando os dois infortunados passaram para o caçador e para o seguinte homem recém-chegado uma série de envelopes que, até então, representavam papéis na minha visão distante.

De repente, num ato de coação, eles se lançaram sobre suas sacolas e eu pude ver o brilho de pedras rutilantes, cachos de pérolas e outros itens cintilantes.

Aqueles rapazes tinham a intenção de ofertar suas riquezas? Por que então aqueles tesouros estavam em posses frágeis negociadas no meio da rua, no meio da noite?

Meu Deus, aquilo me pareceu uma extorsão! Algo eu tinha certeza, um era caçador e o outro colaborador, podendo ser caçador também, e os demais foram sumariamente destituídos de suas riquezas por alguma dívida, por alguma razão torpe.

Fui embora questionando o que um caçador interceptaria de homens ou seres? Qual era a ética desta Tribuna? E o que os rapazes deveriam a essa Ordem?

Voltei com dúvidas, sabendo que não tardaria os esclarecimentos de tais negociatas.

Era um problema de pacotes, joias, suborno e quatro homens, e isto o meu punho e astúcia saberiam resolver.

Em casa, abracei Allan e lhe garanti que nenhum mal nos acometeria e que eu estava a passos de verdades. O que eu ainda não sabia é que esses tais passos teriam léguas.

A lua ainda não era o problema e, então, pude me aproximar mais da garagem e ficar à espreita do caçador. O muro da garagem era composto de tábuas e zinco, e numa parte vazada, eu fiquei espiando o caçador em sua acomodação, recostado num velho sofá fazendo anotações, e sobre a mesa, objetos que angariara na noite anterior.

O curioso eram as ampolas espalhadas sobre a mesa e injeções de material metálico que, com certeza, seria para neutralizar algum animal. Eu precisava descobrir se os itens seriam algum veneno ou elixir. Qualquer possibilidade me enchia de esperança!

Meu Deus, eu teria que apelar novamente para convencer o caçador, mas eu prometi que jamais voltaria a ser uma “moeda”. O que ocorrera com Thomas não poderia ser reproduzido.

Depois de fumar vários cigarros como disfarce para me escorar num muro e espioná-lo, finalmente o caçador saiu da “toca” com feição de vencedor. Pude ainda o ver à procura de um bar.

Deve ser da cartilha desses homens, um drink para enfrentar a árdua batalha, pois esse adentrou na caserna e sentou por detrás da pilastra para sua privacidade.

Eu estava com o semblante cansado e pouco atraente. De certo, esse caçador poderia preferir alguém mais interessante, até porque eu não era mais uma novidade. Então tratei de pintar os olhos e lábios, revolvi os cabelos e pincelei pela nuca meu perfume.

Ingeri uma dose de verbena para neutralizar minha natural aversão por essa categoria de elemento e, recostada no balcão, aguardei que ele me notasse.

Debrucei-me elegante sobre a banca para melhor mostrar minhas costas e solicitei uma taça de vinho, pois sei bem o efeito que isso causa nos homens. O artifício deu certo!

Ele saiu do seu esconderijo na taberna e sentou-se ao meu lado contente e confiante de que a noite seria longa. Sugeriu de imediato que partíssemos para a intimidade de seu refúgio, porém, ardilosamente sugeri mais taças de vinho. O pretendente ficou entusiasmado com tamanhas possibilidades...

O farfalhante relatou que extorquia de uma espécie de homens animais que não mereciam viver! Contou que primeiro pagavam pela sua proteção e, na medida em que o cerco ampliava, tributava mais e mais.

Acreditavam que seriam preservados com vida se entregassem outros bandos ou simplesmente alguém. Uma falsa amizade era simulada estimulando a confiança, e quando não tivessem mais utilidade eram abatidos.

Fingi admiração pelo estúpido caçador que fez o relato parecer o típico "jogo urbano" de poder! Só que eu sabia o que ele era e o que ele fazia! Em poucas horas descobri que existiam caçadores inescrupulosos que se beneficiavam da maldição destes seres que, amedrontados, sustentavam a manipulação ilícita desses infames.

Pensei numa forma de eliminar, mas não! Outros caçadores vis continuariam existindo, um após outro. Haveria sim, uma forma mais inteligente de encerrar tal forma de abuso. Decepcionei o "falante" e voltei para casa assim que obtive minhas preciosas informações.

Acordei Allan e lhe contei que havia algo muito ardil no tecido da Ordem que eliminava os lobisomens. Allan não era hostil às instituições, pois se não fosse pela piedade do padre Patrick ele seria uma aberração enclausurada nos porões da igreja até a morte. Apenas um pobre pária!

Allan não estava de acordo que eu me envolvesse na investigação do caçador corrupto, pois só a missão da qual eles eram incumbidos já representava perigo e ameaça, quanto mais relacionado a um caçador que não tivesse escrúpulos contemplados pela Ordem! Talvez seu enriquecimento fizesse parte de um plano individual e escuso.

Pelo visto, o caçador se manteria por mais alguns dias na cidade e eu sabia que ficando no seu encalço obteria informações decisivas.

Certo esmorecimento me acometeu! Poderia ser só um oportunista ambicioso subornando um amaldiçoado ávido por viver ou para obter a cura!

Fui à gruta à procura de minha deidade, talvez ela pudesse ter as respostas que eu precisava.

Na caminhada até sua casa, sua gruta era repleta de beleza e alento e eu já sentia o aroma de madeira incensada. Ao me avistar, aquele belo marido interrompeu o corte da lenha, sorriu e se embrenhou na floresta. Ele sabia que nós duas precisávamos estar sozinhas.

Eu não sabia o quanto deveria me aprofundar em tão negras e assombradas águas!

Assim, ela tocou minha fronte já sabendo que estava desorientada. Deitei próxima à fogueira que queimava toras de carvalho enquanto ela colhia ervas para o preparo. Ingeri a bebida amarga que, em instantes, me conduziu ao prelúdio, onde imagens se compunham como forma de orientação.

Imagens confusas e distorcidas mostravam uma área encastelada, corredores amplos em um ambiente aristocrata. Homens de vestes estranhas e segmentados em salas numa espécie de hierarquia e poder.

O poder parecia não vir da riqueza material, mas sim de uma força ameaçadora. Havia, sim, uma coligação de caçadores mutuados num intento próprio.

Em meu letargo, queria interagir para identificar se tal conluio era com o aval de um membro superior.

Despertei do meu torpor sem conseguir definir se tratava de uma trama de alguns caçadores corrompidos ou se o Conselho consentia a ganância de seus membros.

Ela pôs um trançado de juta em minha cintura para afastar males sucedidos à frente de minha jornada, ornado com loção de lavanda que enfraquece o inimigo e atrai aliados.

Procurava deixar Allan a par das minhas andanças, pois se caso não retornasse, ele saberia onde resgatar meu corpo.

A noite caia e de certo o caçador repousaria no anexo do cemitério, apostava que não seria uma noite de acertos, mas ainda assim fiquei de sentinela.

Uma confeitaria não muito distante da praça me ampararia até o amanhecer, seria uma questão de horas. Ainda na alvorada, o caçador evadia os portões do cemitério e a cidade estava vazia ainda sob a névoa da madrugada e eu o seguia sem que percebesse.

O caçador partiu para sua estada na garagem, talvez para parecer um homem comum, apenas um homem mal instalado ou para assentar suas iniquidades.

Passada algumas horas e eu já quase desistindo, quando de repente avistei os dois homens que vinham na outra calçada portando malas. Aqueles dois não estavam por perto por obra do acaso!

Mesmo no turvo e distante do meu campo de visão, suas silhuetas e vestes os entregavam. Entraram na garagem e saíram pouco tempo depois e livres da mala.

Suas fisionomias eram consumidas pelo desespero e pensei em abordá-los, mas o caráter do entrosamento entre eles poderia estar acima das minhas nobres intenções.

Mesmo que eu fosse a aliada de um Lobisomem, nem todos os Iguais podem ver-se como parte de uma confraria.

Fui para casa, Allan e eu ainda teríamos algum descanso, pois faltava pouco para a lua cheia e eu ainda pretendia confrontar aquele covil reunido.

Com aqueles seres transformados, a orientação do caçador poderia ser alterada e eu perderia o fio da meada.

Pedi ao padre Patrick que mantivesse Allan em cativeiro, pois eu sairia em missão de guerra. Um dos aspectos bons desse padre é que ele não fazia perguntas.

Municiei-me de todos os utensílios de proteção e minhas armas. Esperei o caçador sair de sua morada e o segui, sendo o mais discreta que pude.

Ele pegou uma estrada abandonada desde a abertura da rodovia, era considerada a "estrada velha", um tanto estreita com pouca iluminação e acesso de poucos que queriam contemplar a beleza singular ladeada de árvores e morros.

Num dos trechos, ele desceu e pegou uma pista da estrada de "chão batido". Aguardei uns instantes e desci a pé para não chamar atenção. Sabia que se fosse vista ele não hesitaria em acabar comigo. De algo eu estava certa: era um encontro, uma trama e não havia nobres intenções.

Os homens que desceram eram os rapazes da maleta e, com toda certeza, eram lobisomens. Eles conversavam segurando lanternas e não havia tensão entre o grupo.

O caçador apanhou numa valise ampolas e agulhas e o seu colaborador os mantinha sob a mira de uma arma, mas os dois não esboçavam ameaça ou reação.

Os dois rapazes começaram a reagir da mesma forma que Allan quando estava iniciando a metamorfose: os espasmos e as contrações...

Nesse momento, o caçador aplicou rapidamente a injeção. Meu Deus, eu vi naquilo a possibilidade da cura do meu amado Allan! Aquele caçador "fanfarrão" tinha o medicamento que era toda a minha esperança e eu a teria a qualquer preço!

De repente, os dois rapazes caíram agonizando até a síncope e eles começaram a gargalhar em escárnio a sorte daqueles "dois"!

Os Iguais, até onde pude enxergar, morreram no meio da metamorfose: não eram homens nem feras! Era algo que não se concluiu e, certamente, aquele caçador sabia o que estava fazendo. Eles foram enterrados numa cova no mato e sobre seus corpos lançado cal.

Durante todo o sepultamento, aqueles dois gargalhavam suas proezas. Eu senti tanto ódio da indiferença daquele caçador, mas sabia que de alguma forma eu lhe daria o troco.

Ele haveria de voltar para a cidade e, com certeza, dormiria no cemitério.

Antes que arrematassem a cova, voltei para a cidade e fiquei nos arredores da praça que não distava do cemitério.

Algumas horas depois, o caçador estava de volta para seu tranquilo repouso, livre das criaturas bestiais, mas não de mim!

O portal estava trancado por um forte cadeado. Quis evitar barulhos, e assim, eu pulei o gradeado e essa proeza para mim não era problema.

Uma espécie de mausoléu antigo e suntuoso, jazigo de algum falecido ilustre, era o local do repouso do caçador.

A valise com ampolas e imensas agulhas de cobre ainda estavam sobre a mesa. Não podia deixar de olhar aquilo com cobiça e esperança.

Poderia ser só uma química com efeito paralisante, mas também poderia ser um elemento para a cura. Numa sacola de couro havia uma fortuna em joias e artefatos em ouro. De certo, fruto de roubo e crime cometido por aqueles pobres miseráveis no afã de serem livres.

O caçador dormia na certeza da missão cumprida e de que seria sucedido por outro caçador. Se seu sucessor era honesto ou igualmente corrupto, eu não sabia e nem pagaria para ver! Apossei-me de suas relíquias e parti para casa! Agora, ele acertaria as contas com seu imediato.

Ficaria aguardando os acontecimentos; dependendo da extensão e do envolvimento de uma cúpula corrupta, a confusão estaria bem armada!

O padre Patrick estava velho e cansado, mas cuidou de Allan ainda que a metamorfose não fosse completada, e com a ajuda do padre, o retiramos da Casa das Ruínas e o levamos para o quarto.

Pela manhã, eu ansiava assistir um grande espetáculo: saber que aquele caçador receberia sua punição e seria entregue a verdade, verdade esta que eu precisava saber! No entanto, desconhecia a dimensão do "tecido podre que poderia corroer as veias da Ordem" e quem poderia ficar em apuros seria eu!

O melhor seria aguardar os acontecimentos e apreciar o espetáculo! Minha pilhagem foi bem guardada, e nem mesmo o padre nem Allan saberiam do local. Não os envolveria.

Fui até a cidade e o cenário era de desespero, não poderia apreciar um espetáculo maior! Havia veículos de todos os tipos e homens das mais variadas origens. Eram membros da Ordem investigando algum valioso sumiço ou alguma impraticável falha.

O que mais me deixava feliz era que a cabeça do jovem caçador não valia mais nada! Assim como aqueles desafortunados que ele executou sorrindo: "esse caçador teria seu final!".

Durante um tempo, a circulação de pessoas estranhas em processo de investigação não cessava na cidade e nos arredores da praça e do cemitério.

Até mesmo eu não poderia circular impunemente sem ser notada, afinal, na taberna, fomos vistos juntos! Eu poderia ser implicada e isso significava que Allan deveria partir novamente.

O padre o convenceu a partir mais uma vez e se ocultar no mosteiro, e mais uma vez nos despediríamos. Parecia que Allan queria desistir, parecia querer morrer e atacar qualquer um que fizesse parte desta Ordem e acabar de vez com sua sina.

A Ordem parecia estar ameaçada, talvez o incidente deixasse expostos segredos relevantes que pusessem em risco os interesses destes membros.

Fiquei ao seu lado no cativeiro durante toda sua metamorfose e, no final do plenilúnio, nos preparamos para as despedidas. Eu o amei e o beijei o mais que pude, e na plataforma da estação de trem, prometi que conseguiria sua cura.

Naquele momento, o que eu via nos olhos de Allan não era somente o temor de me expor ao perigo, mas sim que eu pudesse reencontrar Thomas!

CAPÍTULO IX

TENTATIVA

Novamente o vi partindo com o padre e, sozinha, teria de resolver a confusão por mim projetada. Estava em maus lençóis!

Tranquei a casa de Allan e a Casa das Ruínas! Espalhei a terra sagrada pelo arredor da propriedade e acendi a fogueira com carvalho e menta, removendo assim o "odor de lobo".

Voltei para minha casa e, enfim, como era bom estar de volta! Reencontrar minha matilha, meus empregados queridos! Assim que a calmaria retornasse, traria meu cão Loban de volta.

Teria agora um breve descanso nas próximas luas cheias; livre das transformações, mas sem a alegria de despertar ao lado do meu amado Allan.

Fui ao empório e a devassa ainda perdurava, os envolvidos não ofereciam espaço a ninguém! Eram discretos e resolutos, o ensejo deveria merecer tal tratamento, uma vez que a Ordem talvez não esgotara seus intentos. Minhas conjecturas eram tão amplas que eu poderia inclusive me expor.

Eu precisava saber mais sobre as ampolas, queria saber também se a corrupção fora um salto impróprio na Ordem e por isto debelado. Necessitava saber se alguém da Ordem estaria disposto a me ajudar a curar Allan.

Quando os pensamentos ficam confusos assim é sinal que devemos ponderar!

Em meio a tantas possibilidades e poucas permitidas, fui até a universidade conversar com médicos e acadêmicos. Vaguei entre prédios e salas e foi no setor químico veterinário que cheguei mais próximo da origem das ampolas. A parte mais difícil não foi descobrir que não havia registros ou catálogos sobre o conteúdo da ampola, mas o fato de estar sobre posse de um item pertencente a uma Ordem secreta onde a chefia da instituição poderia estar avisada para o caso de alguém interpelar sobre aquele material e este informe poderia ser imediatamente comunicado. Aí sim, estaria em apuros!

Um bioquímico tímido e prestativo atendeu o meu apelo quando indaguei se poderia utilizar o material no meu animal. Revolvendo os óculos, ele perguntou por qual razão eu aplicaria num bicho algo que eu desconhecia! Apelei para a ingênua estupidez: "minha amiga aumentou a sobrevida de seu cão utilizando isto! Porque o irmão dela é veterinário!".

Foi assim que consegui o interesse de pesquisa do químico sem levantar suspeitas e, tampouco, a supervisão de alguma chefia. Em poucos dias ele me deu o resultado completo do material e estranhou a composição!

Era um antiespasmódico e atingia o sistema nervoso evitando evoluções de imunodeficiências e rico em nutrientes, mas nada confirmava uma sobrevida, somente com testes, entretanto, correria o risco de matar e desta forma seria necessário cobaias. Uma vez que sua fórmula era desconhecida e ele não tinha autorização para fazê-lo. Eu agradeci muito e parti feliz por ele não ter me feito nenhuma pergunta.

No entanto, minha argúcia ganhou um estranho desejo: testar aquela solução num Igual!

Envolver-me com caçadores para impedi-los de matar lobisomens, sim! Seduzir caçadores para descobrir a cura para meu Allan, sim! Roubar artefatos de caçadores corruptos, sim! Mas agora, induzir lobisomens a utilizarem o soro como teste já seria um pouco demais! Isso traduzia o auge do meu desespero.

Fui até a cidade buscar meu Loban e poder viver com meu cão amado junto à matilha novamente, isso era uma alegria indescritível, no entanto, Loban iria atrair os Iguais.

Mantive todos os cuidados possíveis com Loban, mas era preciso que ele ficasse solto no quintal durante toda a noite onde os odores singularizam. Nas noites de lua cheia, eu rondava sem medo à procura de um uivo.

Agora eu não me ocupava apenas com os possíveis caçadores, agora meu alvo abrangia aqueles que se transformavam em feras. Ficar atenta a biotipos robustos e, especialmente, os que mostrassem alguma destreza incomum.

Saía quase toda noite pela cidade e por cidades vizinhas, deparando-me com alguns homens para constatar habilidades. Eu me aproximava de quem julgava ser um possível Igual e iniciava a mesma conversa, e depois os imputava uma tarefa para certificar a força. Ao confirmar a condição de simples humano, era descartado no ato!

Minha tarefa exaustiva de encontrar homens sobrenaturais estendia-se noite afora, no entanto, havia nobreza na minha missão.

Ainda assim, dava conta do serviço doméstico e das minhas idas à sacristia em busca de cartas que o padre Patrick passou a me enviar com regularidade.

Precisei de um café antes de voltar para casa e, submersa em devaneios saudosos, foi que de repente avistei um homem encostado no balcão.

Reparei em suas vestes com jeans e casaco, o cabelo ligeiramente comprido, barba e olhar distante.

Num descuido a atendente derrubou água fervendo em sua perna e ele apenas secou. O fato ficou entre a atendente e ele, que fez questão de minorar! Ninguém percebeu o ocorrido. Apenas eu! Nenhum humano suportaria calor tão intenso com aquela expressão.

Ali estava um Lobisomem! Meu Deus, estaria ali a oportunidade que eu precisava? Aproximei-me do balcão solicitando iguarias e ele mantinha seu rosto focado no copo. Esbarrei minha mão na sua num gesto quase apelativo e ele a retirou. Como eu poderia ir mais longe?

Sem dispor de muito tempo e notando ele arredio, percebi que teria de ser ainda mais apelativa! Não poderia perder este homem de vista! Sentei--me ao seu lado e pedi mais café e, propositalmente, esbarrei em sua perna. Novamente ele se reposicionou sem dar a importância que eu esperava.

Debrucei-me sobre o balcão para alcançar o açucareiro que estava perto dele e neste gesto encostei meu busto em seu braço esboçando um ar de ingenuidade e ele me olhou sorrindo. Finalmente respondeu a provocação.

Depois de tanta insinuação eu nem sabia mais o que fazer, apenas deixaria o seguimento do curso. Era imprescindível manter seu interesse, caso contrário, encerraria seu desejo numa cópula onde eu não descobriria nada!

Sabendo que nem todos os lobisomens eram como Allan, eu deveria ter cuidado, mas não poderia me mostrar assustada, pois este homem poderia reagir mal a uma fêmea provocativa e arredia.

Movimentei com astúcia sua vaidade, deixando pistas que precisaria dele uma noite inteira. Isso daria tempo de entreter, agradar e, quem sabe, conquistar sua confiança, e o destino se encarregaria do resto.

Ao perceber que de fato eu estava atraída por ele, falou-me que esperava por amigos que não apareceram e que pernoitaria na casa de um deles. Portanto, seríamos apenas nós!

Para mim estava claro que tais amigos poderiam tratar-se de uma "alcateia" de Iguais! Sugeri o bucólico bar próximo de minha propriedade, algo que ele não precisava saber. O seu cheiro ficaria impregnado nas cercanias e meu cão guardião faria o registro. Isto poderia atrair mais Iguais caso meu plano falhasse com esse estranho.

Com o auxílio de uma forte bebida e uma ouvinte interessada, consegui manter sua atenção, e notava que ele gradualmente baixava a guarda. Ao cair da noite, eu ainda não havia extraído dele nenhum comentário sobrenatural, nem mesmo sobre desventuras.

A conversa era franca e elucidativa e eu perdia a esperança de ouvir algo que me contemplasse. No entanto, não iria interpelar! Eu ouvia apenas o que é comum nestes desventurados: desordem errante!

Após certa quantidade de bebida, partimos para a casa que nos abrigaria.

Era um chalé numa pequena encosta, algo apropriado para fugas através do mato do morro, talvez!

Ele me ofereceu um copo de água e me levou até o quarto; ficou de pé me olhando enquanto eu retirava o casaco. A tática é ganhar tempo, assim como fiz com Thomas, no entanto, não seria bem aplicada a este homem, uma vez que não era exatamente humano. "Um Lobo quer uma mulher quente e voraz", talvez!

Seu olhar era um misto de desejo e contentamento, foi surpreendente notar que era gentil. Sem pressa, abriu a calça, retirou as botas, a blusa e, chegando perto da cama, desceu um pouco mais a veste.

Antes que ele sugerisse algo que eu não contemplasse e para que ele não notasse minha rejeição, fui tratando de retirar parte de minha roupa no afã de seduzi-lo calmamente. Meu Deus! Eu dormiria agora com outro, com quantos mais? Eu iria para o inferno por essa maldição de Allan!

No meu corpo restava pouco a ser retirado, mas cobria o essencial. Ele me puxou da cama e me encostou na parede, esfregava seu corpo em mim ainda de jeans, beijando meu pescoço e meus seios e me dizendo obscenidades e aguardando respostas.

Ele exultava sua virilidade com palavras, cobrava de mim entrega total e intromissão. Então eu falei o que ele queria ouvir! Falei o que precisava ser dito! Entre outras coisas, falei que tinha visto um homem capaz de me dobrar e me oferecer saciedade.

Ele retirou sua calça, me pôs no aparador e me penetrou. Não havia sequer vermelhidão em sua perna, ele era de fato um Igual! Estava tenso e excitado em atos, mãos e falas. Enfim, nos deitamos e ele foi intenso até o amanhecer.

Acordamos tarde e ele pediu que eu ficasse mais um pouco na cama com ele, mas falei-lhe dos meus compromissos. Ele apenas beijou minha mão pedindo meu retorno. Prometi que voltaria no final da tarde.

Ele me garantiu que teríamos privacidade, pois seus amigos não tinham data certa para voltar! Ele nem imaginava o quanto eu queria e precisava dele e de outros da sua espécie!

Quando cheguei em casa, meu Loban mostrou-se assustado, de certo percebera o contato com um Igual! Tudo era muito incomum e me faltava esclarecimentos. Em momentos assim, como eu precisava de Thomas!

Ao entardecer, ele aguardava meu retorno! Bebemos vinho e comemos pequenas delícias deitados sobre um cobertor.

Perguntou-me sobre minha vida pessoal e, sem maiores detalhes, contei o que julguei pertinente. Meu intento era ganhar sua confiança, e de alguma forma escrupulosa, poder utilizar a substância da ampola em suas veias.

Thomas havia me alertado sobre as variadas naturezas dos Lobisomens. Eu não poderia ir à questão principal do assunto: "sua natureza é Alfa ou Beta? Você foi mordido ou bebeu sangue por razões próprias?".

Qualquer um que desconfie que esteja sendo usado é perigoso, um Lobisomem pior ainda, um Lobisomem Alfa e minha vida não valeria mais nada!

Nosso contato ao ar livre foi o prenúncio para voltarmos para o quarto. Apesar de não ser humano, ele não me atacava como uma presa, isto posto, foi eu quem provocou sua virilidade.

Ele iniciara contato de forma natural e eu não reprimia sua excitação, mas dentro do meu âmago, rejeitava seu impulso e minha permissão!

Ele pôs sua mão por dentro de minha blusa, e em seguida, abriu minha calça. Desta vez foi ele quem me desnudou. Eu não denotava frieza, mas certo embaraço, embora demonstrasse algum desejo compartilhando beijos, afagos com sensuais movimentos. Enquanto se comprazia de mim, indagava o porquê de tê-lo escolhido! Iniciava assim um ritual de intimidade e compartilhamento.

Por alguns dias permanecemos numa alcova de volúpia intensa e com isto pude discretamente perguntar sobre sua intenção na cidade. Ele me olhou, sorriu como se fosse começar um relato, e simplesmente encerrou dizendo: "perseguição e acertos de contas!".

Bastou para eu compreender que ali havia um vingador. O que os homens não sabem é que bastam algumas frases para entendermos suas intenções.

Se ele era um descontente, então não era vicioso, aliciado com a ala corrupta da Ordem. Faltando alguns dias para o plenilúnio, falou que ficaria fora uns dias para resoluções pessoais e que eu não deveria ficar preocupada. Esta elucidação representava seu interesse em prolongar sua passagem ao meu lado.

Ainda municiada e em condições de ataque e fuga, perguntei com humildade se poderia fazer uma confissão! Ele sorriu, seu rosto todo sorria junto, mas não havia nesta expressão uma alegria plena, havia um sorriso marcado por concisão. Percebendo a seriedade do que lhe falaria, ele sentou pondo os pés sobre o móvel e me concedeu plena atenção.

Falei que tinha alguém especial em minha vida e que sua condição era incomum e por esta razão estava ausente. Eu pausei para que ele me incentivasse a mais relatos.

Ele discorreu que não julgava minha infidelidade, pois nunca estaria pronto para avaliar e decidir um "triângulo". Disse-me que a condição que promoveu a partida do meu alguém não poderia ser pior que a sua habitual condição. Eu insisti afirmando que nenhuma condição era pior que a dos dois!

Seu semblante se fechou, onde apenas seus lábios se moveram numa única pergunta: "O que eu sabia sobre a sua condição?".

Naquele momento eu não tinha a certeza se, como um lobisomem, ele era de fato aliado dos Iguais, ou se ambicionava algo com a Ordem. Havia tantas conjecturas para lhe faltar com a verdade que ocultar minhas intenções para me proteger parecia-me mais viável! Mas se assim fizesse estaria sendo tão corrupta quanto aquele caçador e como alguns membros da Ordem. Eu jamais teria coragem de injetar a solução da ampola em sua veia sem o devido consentimento.

Então, apenas respondi: "Que eu sabia sobre ele, ele é quem não sabia sobre mim!".

Numa confissão acalorada, disse-lhe que possuía força física e arma para me defender, no caso dele não compreender meus esclarecimentos e possivelmente ficar agressivo.

Ele respondeu com severidade: "Não queira e não provoque minha agressividade".

Eu novamente perguntei se poderia continuar a confessar o fardo presente? Ele apenas respondeu: "Por favor!".

Não tinha garantia de vida naquele "por favor!". Então pedi licença para me retirar, pois estava temerosa e não gostaria de atentar contra a sua vida, caso ficasse agressivo. Disse isso me deslocando em direção à porta.

Ele que estava confortavelmente sentado, saltou para a porta mantendo-a fechada com a mão. Não haveria mais retrocesso! Eu provoquei sua aguça para os fatos.

Ficamos com o rosto bem próximo e pude adverti-lo que uma arma com balas de prata estava direcionada para seu abdômen. Ele vagarosamente se afastou, sabendo que não haveria tempo de reagir. Perguntou-me se eu era caçadora? Se me enterraria com os outros que foram abatidos pelo meu comparsa?

Naquele momento percebi que se tratava de fato de um lobisomem destituído de ligações com membros ilícitos da Ordem.

Contei que a façanha de atrair membros da Ordem fora minha e que a “ruína” na vida do caçador quem causou fui eu! Que havia seguido o caçador presenciando seus acordos e a matança dos Iguais.

Ele quis saber por que razões eu me envolvera nisso e eu expliquei que as agruras da vida regida pela lua cheia e por temores procedentes me lançaram a uma vida de virtudes questionáveis.

Sem tomar nenhuma posição hostil ao nosso respeito, ele questionou em tom de lamento, o “porquê” do nosso envolvimento. Qual seria meu interesse pessoal?

Expliquei meu envolvimento com o mundo e a realidade que os cercava e que conhecia todos seus tormentos, e que estava obstinada a mudar essa realidade e que vivia a algum tempo com um lobisomem e que buscava sua cura.

Disse que tinha as ampolas com o soro que o caçador aplicara momentos antes da metamorfose dos Iguais e que havia pesquisado sobre o assunto, e que havia esperança como antídoto.

Ele, expressando decepção, perguntou-me a razão de não ter ainda injetado o soro no meu lobisomem?

Ficou um tempo em silêncio e, sem que eu conseguisse conter, meus olhos embotaram lágrimas. Ele sabia a resposta! Falou em tom elevado que não era uma cobaia e que ainda era um homem e lhe restava nobreza.

Relatou que sua solitude consistia em não se deparar com pessoas que se achavam acima do bem e do mal. Sua expressão emanava desapontamento.

Disse que minhas intenções foram detestáveis! E que teria sido mais honesto da minha parte sentar ao seu lado e contar minha história e tentar vender o meu produto ou um teste com amostra grátis.

Contei que Allan havia viajado antes que eu tomasse posse do soro e que nem mesmo chegou a ficar a par das minhas intenções!

Temia utilizar o soro sem avaliação! Seria importante que eu obtivesse auxílio no interesse pelo uso da substância e não poderia sair me apresentando às alcateias.

E que nesse caso, sondava seu interesse com integridade do seu consentimento e desejava descobrir a eficácia do antídoto.

Ele cruzou os braços com a expressão de quem admirava a minha inocência!

Esclareci a respeito do meu receio sobre uma possível conspiração no submundo e que isso poderia colocar os lobisomens conturbados numa divisão desleal em troca de algum favoritismo.

Narrei meus riscos para me apoderar das riquezas e das substâncias do caçador. Ele compreendeu minha explicação, embora algo retivesse sua frustração.

Ele relatou-me a respeito de uma lenda de antídotos que estavam na posse da Ordem, mas sua visão pessoal residia nos seguintes pontos: se realmente possuíam o remédio, por que não acabar de vez com os "amaldiçoados?". Estaria a Ordem utilizando o soro como moeda para fins inescrupulosos?

Nenhum lobisomem ativo duvida que a Ordem é formada por homens que manipulam riquezas e poder, obtendo vantagens através do submundo. A ligação entre os lobisomens é frágil e a maioria vive à margem e não se estabelecem sem um patrono. Por esta razão, muitos se tornam reféns de homens poderosos que os usam para o mal.

E sorte daqueles que tem um bom protetor escondendo-os do mundo e os livrando das atrocidades da maldição da lua cheia.

Ele ficou abatido em revolver o assunto! Percebi que poderia partir aliviada, pois não cometeríamos mais nenhum desatino.

Nesse momento, me pediu para ficar para conversarmos sobre as possibilidades do antídoto, e como nada estava decidido ou acertado! Percebi nisso uma possibilidade... eu não perderia essa chance!

Preparou vinho quente com canela e foi relatando suas impressões ao me conhecer e que sempre teria uma especial recordação ao se lembrar daquela tarde.

Contei a ele que percebi que era um lobisomem quando a água fervente não lhe causou danos. E que não havia um plano, apenas a intenção de me aproximar de outros Iguais.

Eu sabia o que ele queria, e para tanto, não seria hipócrita! Eu deveria conceder para obter o que eu queria!

Deveria ampliar a intimidade e me mostrar mais como mulher!

Aproximou-se com autoridade de quem sabe o que quer! Beijou-me com sofreguidão e suas mãos apertavam meus ombros, aproximando-me ainda mais do seu corpo rijo.

Explorou-me com a boca, com a língua e mantinha a propriedade de quem já invadira meu corpo e de quem repetiria a dose, com ou sem meu consentimento.

Lançou-me na cama ávido de desejo e nem eu mesma vi de que maneira minhas roupas foram parar num canto do cômodo.

Acomodou-se em meio às minhas pernas, e seus braços fortes prendiam-me numa posição completamente indefesa e exposta. Entre gemidos e sussurros de um desejo irrefreável e contido, eu tentei controlar o ímpeto desse homem!

Disse-me que monopolizaria meu corpo por horas de forma incessante e não queria apenas fazer amor, queria me partir, impor toda virilidade e que eu veria um macho condizente com o tipo de mulher atrevida e ousada e que eu merecia uma lição! Que minhas nobres intenções não importavam a ele naquele momento. Estando disposto a me ajudar, eu iria receber também a minha recompensa.

Naquela cama fui possuída de todas as formas e maneiras, e também de outras formas que jamais ousariam imaginar.

A penetração inicialmente ocorreu de forma pausada porque não havia condições naturais de minha parte. Ele mesclava excitação e fúria, mas o que prevalecia era seu domínio sobre mim.

Fui surpreendida, pois meu corpo não havia se preparado para o tanto que ele exigia de mim! Eu pedia para descansar e ele perguntava quão nobre eram minhas intenções? E se meu esforço não estava valendo a pena?

Eu tentei impedir em verbos a condição que ele me propunha num ato quase atroz.

Silenciei-me e o rito foi reiniciado de frente. Vi seus olhos, sua boca, e depois me deitou de bruços e eu não estava certa do quanto ousaria. Ele percebeu meu susto, mas continuou provocante e dominador, desconsiderando minha recusa.

Fui arrebatada de súbito; extenuada, ainda tentei contê-lo, entretanto, ele fazia valer sua altivez e que eu estava sob o seu domínio. Senti medo ao inusitado e não detive sua ferocidade.

Ele percebeu que minha submissão causava dor, e com um bálsamo ao ato, ele me trouxe para sua frente e atenuou entre as minhas pernas um beijo alentador que dissuadiu o extremo do erotismo num terno ápice repousado.

Estávamos inegavelmente cansados e satisfeitos, e o efeito disso na minha consciência já reclamava.

Quando ele esgotou seu desejo, trouxe-me para si e foi acalentador. Sentiu vontade de narrar sua particular maldição.

Disse-me que foi correspondente em tempo de guerra e, após sair de um bar, foi agredido num beco. Sentiu a dor da mordedura em seu ombro, mas não conseguiu ver o que o atacara. O efeito do conhaque amorteceu a dor e ficou por algum tempo desmaiado.

Na ocasião, devido ao atendimento médico precário, não foi dada ao caso a atenção necessária. Entre curativos e vacinas e com a febre instalada, não foi devidamente investigado se o ataque fora provocado por um homem ou algum animal. O dilacerado ferimento em semanas cicatrizou, mas outros transtornos apareceram.

Disse-me que o processo de modificação foi lento e que não possibilitava maiores definições até que a transformação fosse sinalizada. A metamorfose levou tempo para se consolidar e a lua cheia tornou-se a sua pior inimiga.

Foi afastado do trabalho e indenizado pelo incidente, e sua família o manteve de forma remediada, mas nunca mais teve sua vida de volta. Seu cárcere era solitário, drogando-se antes da transformação para atenuar o sofrimento.

Falou-me que, instintivamente, sentiu necessidade de se afastar de sua cidade de origem, e nas poucas vezes livre do cativeiro, atraía outros Iguais, e com um deste manteve afinidades.

Tempos depois, recebera uma carta deste amigo, a mesma relatava uma confusa trama onde acompanhado de outro Igual viriam a esta cidade no intuito de entregar uma boa soma em dinheiro e algumas joias a um caçador em troca de uma substância que poderia curá-los.

Na carta, o caçador exigia que eles entregassem um covil! Mediante a isso, tais palavras escritas geraram dúvidas sobre as intenções do caçador e da validade de tal substância, e isto o manteve em alerta para possibilidades muito ruins!

A falta de intimidade e contato mais estreito entre ambos só o fez saber apenas isto; do mais, ele desconhecia.

Eu ouvia tudo atentamente e sentia ternura por este homem que me confidenciava toda sua vida. Aconcheguei-me ao seu lado e o beijei carinhosamente.

Estava deitada ao lado de um Lobisomem Beta que, espontaneamente e sem saber de nada, relatara o ocorrido que eu mesma presenciei: Iguais atraídos por possibilidades e exterminados por caçadores chantagistas.

Coincidentemente ele estava na cidade para um desvende ou vingança e foi seduzido por mim, e que tinha o interesse em lhe injetar o soro.

E realizando uma análise de toda a situação, eu soube mais deste lobisomem em poucos dias do que soube de Allan em tempos. Se ele perguntasse a origem da natureza de Allan, nem mesmo eu saberia dizer!

Depois deste relato, iniciamos uma conversação mais simples e divertida, conseguimos rir de trivialidades e o riso é o elixir da tensão.

Ele pediu que resolvêssemos a pendência juntos, e que unidos, descobriríamos a validade do soro e que se pouco nos restasse, ele se submeteria a testar o soro em si.

Ele se posicionou para ficar bem perto do meu rosto, para que eu sentisse a sua respiração, e pude ver o tom de cinza dos seus olhos. Ele não sorria tanto, mas trazia ainda a contemplação em me olhar, mostrou querer algo mais e estava visível sua excitação.

Neste momento, o interrompi perguntando a razão de tal sacrifício?

Respondeu-me dizendo que viveu nas sombras de sua realidade conhecendo algo mais através de outros Iguais. A sua existência foi anulada numa única noite, na noite que foi transformado, e vivendo em aflição todos esses anos e os seus sonhos perderam-se na névoa desse tormento... sendo sua espécie perseguida e ser gregário por natureza, havia restado pouca esperança e motivação. E que esta poderia ser sua última chance! E que todos os recursos de sobrevivência haviam sido esgotados. Senti franqueza em suas palavras!

Deduzi por mim que estivesse projetando algo em comum entre nós, no ensejo de construir ou ampliar algo em nossa relação.

Finalmente criei coragem e tudo que pude perguntar foi se seríamos parceiros nessa missão? Respondeu-me que seríamos mais que parceiros, e sim cúmplices!

Primeiro um caçador, agora um Igual! E sempre pelas mesmas razões: a cura!

Agora este Igual que estava disposto a um risco de morte e que também trazia o estigma da maldição. Indubitavelmente, este homem já alcançara meu apreço e ele tinha um nome, era Lucian!

Em todo caso, Lucian apostava que as chances de êxito aumentariam com a aplicação do soro em Iguais. Confiante, tomamos a decisão de ele ficar liberto na lua cheia, promovendo a vinda dos Iguais.

Na usualidade das compras no armazém, tive a mesma sensação de estar sendo seguida novamente por estranhos. Precisava disfarçar para confirmar se eram Iguais ou caçadores.

A constatação da natureza dos estranhos homens foi confirmada quando entrei na igreja. O retraimento esclareceu minha dúvida! Eram apenas Iguais.

Retornei tranquila, mas não sabia o quanto duraria o sossego entre mim e a Ordem. A retaliação poderia ser uma questão de tempo.

Ao anoitecer, trouxe Loban para dentro de casa e fiquei em alerta para contatos. A inquietação de Loban e a agitação dos animais alertavam para a presença de estranhos.

Fui até o portão constatar a possível presença e, cuidadosamente, escutei Lucian chamar meu nome. Fiquei feliz por tornar a vê-lo e sabia que notícias me aguardavam.

Pediu que o encontrasse pela manhã no mesmo endereço. Fiquei entusiasmada com possíveis novidades, queria esgotar o assunto naquele momento, mas Lucian achou mais seguro o encontro com o dia claro.

Ao amanhecer, fui encontrá-lo, e Lucian me aguardava no caminho por saber dos riscos que eu corria. Nosso abraço foi intenso e partilhávamos do mesmo problema. Havia cumplicidade entre nós!

Contou-me que esperava a confirmação dos Iguais e que ainda estavam temerosos. Lucian garantiu que em dias dissolveria o receio deles. Disse que entraria em contato assim que reunisse o grupo e obtivesse respostas.

Minhas esperanças estavam depositadas na habilidade de Lucian em encorajar os demais! Era estranho que criaturas com tão pouco a perder não tivessem confiança num soro procedente da Ordem. E esta talvez fosse a única esperança de viverem como homens normais. Entretanto, algo me incomodava: poderiam nunca mais voltar à forma humana, tornando-se criaturas bestiais ou morrerem.

Alguns dias se passaram e notei pela agitação dos meus cães que Lucian poderia estar me aguardando no portão. Percorri degraus da casa empunhando minha arma, ainda que vestindo minha camisola esvoaçante. Fui até o portão e era mesmo Lucian!

Sem constrangimento pediu que eu os encontrasse na Praça do Mercado quando o sol estivesse a pino, pois os deveres que nos competiam também nos aguardavam. A ideia do coletivo me deixou feliz! Haveria um encontro com os Iguais e isso era uma promessa de felicidade.

Para ser encontrada com mais facilidade, busquei na praça a parte com menos tumulto de pessoas, que era justo a seção de flores. Lucian e eu nos avistamos e ele sinalizou para que eu permanecesse onde estava.

O comedimento e sinais com o semblante mantinham a discrição daqueles que aprenderam a viver na penumbra.

Lucian manteve-se adiante, e aos poucos, chegaram os outros. Havia muita moderação na conversa entre eles e nenhum entusiasmo. O grupo se afastou de Lucian e se aproximou de mim, eu mal conseguia respirar de tanta ansiedade pelo que sucederia. Lucian pediu que em algumas horas eu fosse encontrá-lo e que seria mais seguro em sua moradia.

Fui ao seu encontro intuindo que discutissem como uma matilha com os interesses pertinentes à sua natureza. Estavam todos conversando próximos à encosta, exceto Lucian. Todos pareciam confusos e desconfiados.

Aproximei-me devagar e Lucian fez questão de fazer as devidas apresentações: "esta é a humana que ousou violar os pertences de um caçador, confundiu membros da Ordem e possui ampolas que muitos acreditam ser o soro que finda as transformações".

Eram três rapazes, não possuíam expressão irônica ou convencida, algo que eu já houvera conhecido anteriormente. Eram jovens e unidos, idealizavam a absolvição e pensavam como um grupo consanguíneo e não agiam de forma impessoal.

Os três deveriam ser convencidos simultaneamente, algo mais difícil de fazer. Fui alvo de variadas indagações, contudo, eles não se dirigiam a mim e interagiam com Lucian.

Temiam as reações adversas do produto e inquiriram se o soro perderia a validade ou se alguém se poria sempre à risca de roubá-lo? E em definitivo, por quais razões o próprio Lucian não usaria ao seu bem serviço já que acreditava tanto no remédio.

De forma concisa, Lucian explicou que, teoricamente, o tempo de contaminação era o fator a ser avaliado. Usava a lógica simples: "quanto maior o tempo de contaminação maior a resistência ao soro".

Posto isto, todos entenderam que teriam chances: "os recém-transformados", dando início a uma "Era de possibilidades". E o grupo aquiesceu veladamente, pois sabiam que uma vida regida pela lua os manteria numa maldição onde seriam mais criaturas que homens.

Os Iguais aceitaram receber o soro na condição de que fosse testado em cães e testemunhado por eles! Lucian imediatamente se opôs, alegando que não havia sentido, pois os organismos eram diferentes e tais animais não sofriam metamorfoses cíclicas.

Neste momento, houve desentendimento e alguns pontos de discussão, pois estavam convictos que deveria ser aplicado num animal! E que estavam sendo razoáveis na escolha, pois o certo seria ser utilizado num lobo, Lucian ainda tentou contra-argumentar, mas eu sinalizei para que aceitasse os termos e ele se conteve nos argumentos.

Os rapazes partiram deixando uma condição. Ficamos os dois com uma missão que nos tomaria mais tempo, naturalmente, mais plenilúnios.

De fato, não fazíamos uma oferta trivial sem consequências, não era uma poção qualquer, seria o soro que transformaria suas vidas, para o bem ou para o mal.

Com o desafio lançado, eu e Lucian nos abraçamos tensos pelo pesar da nossa incumbência. Aflita, repliquei que amava cães e não lhes faria nenhum mal. Lucian respondeu sorrindo: "então usaremos em lobos!".

A paródia conseguiu me fazer sorrir, mas ainda assim era trágica e análoga à sua comédia. Durante o relaxamento momentâneo, não pude evitar sua investida.

Lucian me abraçou, trazendo-me para perto do seu corpo; os beijos ternos cederam lugar a uma volúpia exultante. Mais trabalho, mais empenho, mais contatos que não poderiam ser evitados!

Ele não era um colega de trabalho se empenhando num favor! Era um cúmplice num combate de vida e de morte, tentei contê-lo alegando a necessidade do meu retorno para casa! Não poderia deixar o ambiente, meus cães, e especialmente Loban.

Lucian sabia que, a todo instante, a qualquer passo, o perigo era iminente, e assim compreendeu que eu deveria retornar. A par deste empecilho, me acompanhou até certa parte do caminho para a minha casa.

A tarefa de encontrar os cães não ficou bem definida, e de qualquer forma, eu não lhe cobrei tal encargo, pois Lucian garantiu que se o "traçado saísse dos trilhos", ele mesmo usaria a droga.

Retornei à universidade e procurei pelo bioquímico que havia me auxiliado anteriormente, e desta vez, meu pedido não era menos extravagante.

Avaliei seu grau de ocupação para ter coragem de perguntar se naquela ala haveria algum cão moribundo em vias de ser sacrificado.

Com os mesmos traquejos e modos, movimentando seus óculos, respondeu-me que todos aqueles animais ficavam à disposição de testes ou tratamentos dependendo do caso!

Na posse de minha franqueza, disse que não poderia relatar o motivo do meu interesse, mas que existia uma necessidade premente em tutelar ao menos um daqueles animais.

Sem demonstrar interesse pelo meu estranho desejo pessoal, levou-me até a um canil com dezenas de focinhos tristonhos que aguardavam o seu destino. Naquele corredor, apontou as tarjas que estariam livres da sua responsabilidade, então poderiam ser meus se eu quisesse tanto!

Passei a revista nos coitados, lendo as tarjas que determinavam sua sorte e seu destino.

Em cada cão, eu via uma natureza, e para aqueles que decifram a alma canina, havia um caráter especial em todos eles.

Ao caminhar olhando um a um, permiti que através do típico sinal canino, um deles me escolhesse para que seu frágil corpo recebesse a validação do soro.

Entre muitos "cãezinhos", um canino estendeu a pata para fora da grade, uivou me olhando até o fim do corredor enquanto os demais pouco notaram minha presença. Aquele exigia que eu o levasse embora dali! Na pseudo linguagem utilizada entre humanos e caninos, intui que ele me compreenderia e contei que seria utilizado para fins específicos e que talvez não tivesse uma boa vida ao meu lado. Ainda assim, o cão continuou emanando seu interesse em partir comigo!

O destino nos oferece oportunidades e talvez sua resignação tivesse um motivo, e iríamos descobrir.

Avisei ao complacente acadêmico e ele me entregou o animal pelos fundos da ala. Agradeci a presteza e sua compreensão. Ele não fez muito caso!

O mestiço partiu comigo num pequeno engradado onde era só contentamento. Em casa, minha matilha deu boas-vindas, e sem conhecer sua patologia, o mantive afastado, porém bem confortável. Ele merecia muito! Era notadamente idoso e acumulava muitas enfermidades.

Apesar de todo meu cuidado, o pobre cão ainda exibia disposição. Seu apego ao ambiente e a mim tomou tal proporção que, mesmo acometido, dava nítidos sinais de contentamento.

O estimado ficaria no convívio até que o cão danado fosse encontrado por nós! Eu aproveitava as idas semanais à igreja da matriz para tomar posse do malote enviado pelo padre e me punha em busca de algum canino doente pelo caminho.

No entanto, a doença exigida pelos Iguais era raiva, "contaminação viral", e isto não seria comum de se encontrar. Estava insegura de retornar à universidade e solicitar agora um cão raivoso.

Lucian poderia fincar seus dentes no pobre cão, porém, na forma humana, o processo viral não ocorreria; precisaria, então, estar metamorfoseado. O risco de um contato assim, estando Lucian transformado, tornava o ato quase impossível.

Retornei à universidade procurando o mesmo biólogo tão solícito. Corria o risco de que rezingasse dos meus pedidos tão estranhos e inconvenientes. Entretanto, mais uma vez foi educado em me conceder atenção.

Com constrangimento e humildade, indaguei sobre a possibilidade de um contato com um "cão raivoso"! Ele revirou os óculos, e eu antevendo sua negativa... ele pausou e somente perguntou o "por quê"?

Contei que havia sido negligente com meus cães e que agora precisava de redenção cuidando daqueles que se encontravam em pior estado. Eu precisava dessa missão para ser absolvida!

Ele não moveu um músculo do seu rosto e permaneceu sentado em sua cadeira reclinável diante de equipamentos. Continuei relatando que os animais ocuparam o vazio da minha solidão, porém o excesso de trabalho me consumiu e negligenciei alguns cuidados, daí o malogro como ama dos meus cães.

Ele pediu que eu o acompanhasse a uma ala específica. Meu rosto corava de felicidade, estaria perto do almejado cão, estaria perto da ambição dos Iguais, estaria perto da cura de Allan!

Era uma sala escura com lastimáveis grunhidos, e em pequenas celas, habitavam os animais contaminados. O procedimento impedia veemente doar animais em condições tão nocivas, até pela dificuldade de transportar tal animal. Ele garantiu que para o "cão raivoso" não haveria mais remédio: só o tempo que lhe restasse ou o sacrifício.

Prometi que tomaria bastante cuidado e que o desafortunado teria espaço exclusivo, e aos meus cuidados, teria uma boa morte!

Desta vez, quem fez a escolha do animal foi o próprio biólogo. Manteve a penumbra na ala e pôs a coleira no cão, que pouco relutou para a saída da cela.

O biólogo ficou no estacionamento até a minha partida, assegurando que o despacho do animal ocorresse sem incidentes.

Era uma pena um cão inofensivo contaminado pelo vírus. O pobre cão estava trôpego e salivando. Guardei o cão contaminado em local seguro para não transmitir o vírus aos demais.

Não controlando a ansiedade, fui até a moradia de Lucian contar minhas conquistas e caminhei até a vereda que me levava para a sua casa, ladeada de árvores, parecendo que uma organza verde e bem fina envolvia aquele ambiente.

No céu, nenhuma lua ameaçava meu encontro, entretanto, a intimidação vinha de algo muito mais secreto e superior: a Ordem.

A qualquer momento eu poderia ser surpreendida por um caçador sabedor das minhas façanhas. Curiosamente, percebendo minha presença, Lucian veio ao meu encontro para me acompanhar com segurança.

Contei as novidades e ele ficou introvertido por não participar de tais feitos, depois aquiesceu, pois sabia que não seria prudente estar entre caninos uma vez que poderia haver algum cão Guardião.

Lucian marcaria a reunião com os Iguais e iniciaríamos o processo de "inoculação" para apurar os efeitos. Confessei o temor do insucesso! Ele me garantiu que, em última instância, ele mesmo faria o uso do soro. Para mim, isso era um ato de solidariedade e amor.

Seus apelos eram intensos, seus beijos ardentes e não contive seus impulsos mais atrevidos e permiti! Lucian me queira como mulher! Suspendeu-me no colo e sentou-me no aparador, abrindo meu vestido. Diante de nós, havia um imenso espelho e eu pude ver suas costas e seu ato de desnudamento. Ali havia um homem sedento pelo meu corpo e assegurava-me que seu destino e sua vida me pertenciam.

Tudo que eu poderia lhe dar era meu corpo com um pouco de desejo, um desejo ainda que movido de compaixão e morte, de desespero e esperança, de entrega e renúncia.

Um paradoxo desatino me conduziu a ruas estranhas e tortuosas, onde meu trunfo seria Allan, para sempre Allan!

Fui, sim, uma mulher! Participei da sua sedução no nível esperado! Lucian queria beijos tórridos e profundos. Queria que suas costas fossem marcadas pelas minhas mãos num gestual de desejo.

Não esperava que o sujeito soturno da confeitaria fosse um homem tão ardente. Sorvia-me como um lobisomem ativo, e ainda assim, era um homem terno.

Eu era a mulher de sua confiança, e no pouco que restava em seu mundo, poderia oferecer a sua vida ao serviço do bem, da cura!

CAPÍTULO X

O AVANÇO

Os Iguais exigiram que os testes fossem executados em suas presenças. Um cão doente, um cão raivoso e eu mesma aplicaria o soro em suas frágeis peles. "A sorte estava lançada".

Momentos após a injeção, ambos os cães exibiram vigor e robustez como se nunca houvessem ficado doentes. Os Iguais se entreolharam surpresos e, num tipo de acordo, fizeram suas exigências: um deles receberia o soro na alvorada, o outro no poente e o último e mais intransigente determinara que o antídoto fosse injetado durante a metamorfose.

Eu não teria a ajuda de Lucian, uma vez que a maldição da lua seria para todos. Correria o risco sozinha! A casa de Lucian não contava com os aparatos seguros e por isso tive que alojar o Igual na Casa das Ruínas.

Durante a alvorada, um recebeu sua dose, o outro Igual no pôr do sol e o último, no mais perigoso ato, acorrentado em processo de metamorfose! Urros e espasmos não me amedrontavam mais, porém, a visão medonha da passagem da forma humana para a forma animal ainda oferecia riscos.

Este Igual não possuía memória afetiva e poderia num descuido me atacar. Não havia garantias. Cães e homens. Organismos distintos, reações diferentes. Restaria agora esperar o efeito da droga.

Se algo saísse errado, eu sofreria retaliações. Eram muitas as possibilidades, mas a que me preocupava sobre todas as outras era algum deles ficar na condição de um lobisomem eterno, pois em caso de morte destes Iguais, o caso estaria encerrado como um infortúnio.

Eu fiquei a sós com o Igual acorrentado, porém, atenta e prevenida contra qualquer investida.

O cativo não completou a transformação, residindo então uma incógnita: o vigor do seu ciclo lunar ou a possibilidade de uma reversão.

Pela manhã, o retirei das correntes e o escorei até a varanda para respirar. Estava cansado e feliz. Seguimos para o domicílio de Lucian e aguardamos os outros para constatações e a legitimidade do antídoto.

Os dois Iguais chegaram juntos e não sofreram transformação! Lucian chegou por último com o esgotamento de quem sofreu a metamorfose e passou a noite na floresta.

Os três rapazes se abraçaram ardorosamente. Era sabido que ainda existiam dúvidas, porém, informaram a Lucian que se ocorresse qualquer retrocesso, retornariam como convivas e sem ameaças. Lucian apenas respondeu: "serão bem-vindos, primos! Mas tenham fé que a maldição foi extinta!".

Eu abracei Lucian e estava feliz! Clamava aos céus que nada desse errado! Compartilhei de seu cansaço e felicidade. Nós dois juntos conseguimos validar o soro.

Deitamo-nos para descansar de uma noite em claro, de uma noite de provações e esperanças. Em silêncio, eu sabia que sua tristeza se resumia em eu poder agora seguir adiante em lealdade para com meu Allan.

Eu e Lucian nos beijamos profundamente, havia um gosto de despedida e de paz.

Achei estranho Lucian não me pedir que lhe injetasse o soro, talvez ele não cresse no poder do antídoto, talvez ele quisesse permanecer como Lobisomem, a mim só restava voltar para casa!

Envolto na coberta, ficou na porta me acenando até que eu sumisse no deslocamento para meu caminho entre o nevoeiro daquela manhã.

Retomei a rotina da casa motivada por uma intensa esperança de viver com Allan uma vida citadina, uma vida normal. Juntos num bistrô, bebermos vinho até a embriaguez, e depois poder caminhar pelas calçadas e praças, e finalizar a noite na minha sacada e apreciar a lua cheia como dois humanos normais.

Meu contato com Lucian foi encerrado e não soube mais do seu paradeiro. O importante é que abrira a clareira de luz que tanto cobicei.

Na posse do malote da igreja e até onde compreendi o latim do padre, eles estariam regressando em breve. Queria buscá-lo na estação, mas o nosso reencontro não era assim no regresso, apenas na partida!

Fui me distraindo com os deveres da casa, afinal, a minha família canina aumentou! Mais duas mascotes que tiveram suas vidas prolongadas pelo soro.

Até que numa certa manhã, escutei as palmas no portão. Já conhecia essa apresentação! Minha alegria saltou-me da cama, e da porta, avistei a batina escura.

Avisou-me para vê-lo mais tarde, pois ainda estava sob o efeito da poção. Eu estava indo ao encontro de Allan, levava comigo a esperança, mas trazia também a responsabilidade de dar conta de todos os meus atos. Eu não sabia como ele iria reagir, mas de algo eu tinha certeza, não se pode mentir a um lobisomem.

Seu retorno era escorado em poções que o padre teimava em oferecer, embora a lua não fosse ameaçadora. Allan dormia pesado e eu deitei ao seu lado sentindo uma profunda paz.

Fiquei aguardando o abrir daqueles olhos verdes cristalinos e se viriam seguidos de um sorriso. Peguei em suas mãos e beijei como se fossem uma sagrada relíquia. Ele conhecia a humildade do meu gesto e fez a seguinte pergunta: "Que confusão foi esta?".

Contei que, numa engenhosa façanha, adquirira a poção valiosa que poria fim ao nosso sofrimento. Que fizera inicialmente o teste em cães, mas que fora finalizado em três Iguais que se submeteram ao soro mediante condições impostas pelos próprios, e que em um deles foi injetado na Casa das Ruínas durante a metamorfose. Allan com sua postura tensionada, mostrava descontentamento com os meus feitos.

Em meio aos relatos que tentavam exibir uma heroína que debelara uma "Ordem Secreta" e se apropriara do elixir que o salvaria da sua maldição. Allan me interrompeu perguntando qual dos Iguais fora meu amante?

Contei que ludibriei o caçador e quão difícil foi me apropriar das ampolas. E numa narrativa que fabulava minhas ações, ele me interrompeu numa única pergunta: "sei que nenhum caçador foi seu aliado! Não perca seu tempo! Quem foi seu cúmplice enquanto estive fora?".

Expliquei que para testar o soro precisava de um Igual e, ocasionalmente, reconheci um da sua espécie estando num café. Estabeleci a aproximação e aos poucos conquistei sua confiança, até que relatei nossa história e as minhas verdadeiras intenções.

Iniciamos a experiência de aplicação do soro com a prévia em testes em cães e demos a continuidade com a participação de três Iguais que se submeteram a aceitar a dosagem adequada em diferentes momentos.

Allan interrompeu querendo saber quão útil foi o "Lobisomem de sorte" que me pôs em contato com os Iguais e se ele não participou dos testes, onde ele se arriscou?

Tentando acalmá-lo e com muita cautela para não ampliar seu ciúme, fui relatando que caso houvesse complicações, o combinado é que ele me protegeria do perigo e seria minha salvaguarda em caso de desistência.

Allan permaneceu sentado sobre a quina da mesa, de braços cruzados e o rosto reclinado, mantendo apenas o olhar sobre mim. E disse: "o que o herói fez de tão importante que merecesse minha desonra?".

Expliquei que ele aplicaria o antídoto em si mesmo e que precisei angariar sua confiança antes de lhe fazer o convite.

Eu não poderia oferecer a cura para maldições como uma ambulante casta sem antes tornar-me alguém mais próxima e mais íntima. Falei que a esperança para as nossas vidas adveio deste enredo e que, ao seu comando, acataria a separação, e que antes de mim, seria ele o maior agraciado!

Allan aceitaria utilizar o soro, porém na falta de êxito, nunca, nunca mais eu dormiria com qualquer "Ser" para obter a sua cura. Esta era sua condição! Disse-me que preferia vagar para sempre como besta na floresta a ter que partilhar meu corpo com Iguais e caçadores para que ele se tornasse definitivamente humano.

Não suportaria um irreparável dano em nossa relação por conta deste episódio, não suportaria. Eu, Veronica, apenas lhe pedi perdão!

Allan me olhou com um daqueles olhares que delongam a dissipação da mágoa. Pedi pelo seu indulto e que teria a vida inteira para consterná-lo. Prometi que em qualquer circunstância de vida ou de morte, jamais permitiria que minha natureza intrépida possibilitasse magoar seus sentimentos.

Ele me contornou pela cintura e nos beijamos profundamente. O beijo que somente nos é concedido pelo homem amado. O peso de sua boca e a pressão dos seus lábios no meu... somente Allan poderia me beijar assim! Era a comunhão dos nossos corpos.

Ficamos abraçados, e por um bom tempo vestidos, sentindo apenas o desejo e adiando o desfolhar das nossas roupas. Era como se precisássemos nos habituar de novo a nós mesmos.

Com a janela aberta e a luz do lampião no seu quarto, ele fez as honras de meu dono e me despiu. A luz languidamente me oferecia uma visão mais deslumbrante do meu amado: sua pele branca, seus contornos definidos e a rigidez do seu abdômen. Era meu homem de novo comigo!

A exultação de tê-lo sobre mim, sentir o apalpar de sua mão e a invasão de seu membro em meu corpo, meu interior somente dele! Na entrega e redenção de nosso momento, julguei que a beleza e a força de nossa relação permaneceriam intocadas. Dormir e acordar com Allan: a magia da minha vida estava em respirar com ele.

Ainda envolto em roupões, eu preguiçosa com os pés sobre a mesa, ele me servindo em xícaras quentes e panquecas doces. O café da manhã ao seu lado tinha mais sentido! Eu me tornava menina ao seu lado, eu sorria e gargalhava no nosso ambiente infante.

Este idílio durava até a lua cheia. Aquela esfera dourada que outrora eu contemplava, agora era a minha pior inimiga! Allan não demonstrava muita euforia na possibilidade de ficar curado, não fez nenhuma exigência para tomar o soro e pouco perguntou sobre a aplicação do remédio nos Iguais.

Já haviam passado alguns plenilúnios e nenhum retornou para reclamar do resultado, isto sugeria que o mal era sanado e que os Iguais ficaram curados. Fiquei durante uma temporada aturdida com as avaliações do antídoto, mas agora estava eufórica para utilizar em Allan. Eu desejava muito que minha amiga deidade pudesse avaliar tais medidas e quão exatas estariam, quão longe estava indo.

Num misto de liturgia ilustrada, iniciei uma cerimônia ritualizada e injetei na veia de Allan a promessa de salvação. Parecia uma aplicação habitual, talvez um pouco mais dolorosa, pois Allan ficou vermelho, mordeu os lábios, trincou os dentes, mas depois sorriu.

Sempre queremos que nossas aspirações e expectativas sejam contempladas, entretanto, aquela sensação de que serão quebrados nossos sonhos e planos é algo que dificilmente conseguimos fugir.

Agora, seria aguardar a lua cheia! Seria uma espera de angústia e medo. Durante o período, evitamos tocar no assunto, embora minha angústia fosse intensa.

A ideia de Allan não obter a cura após tamanho empenho alargava minha frustração a ponto tal que eu mal conseguia respirar.

A lua mudava seu aspecto no céu e o formato de olho de lobo boleava cada vez mais. Eu acordava durante a madrugada para vigiar o sono de Allan, os espasmos e agitações antes do plenilúnio poderiam ser um mau sinal.

Manhã de um dia que seria noite de lua cheia! Permanecemos calados e unidos, tratando apenas das amenidades triviais.

Noite alta, a lua estava plena no céu, redonda, dourada e ameaçadora! Milagrosamente, o organismo de Allan não prestou nenhuma amostra de metamorfose.

Sentamos juntos na varanda, evitei fazer alarde e comemorar, mas ainda assim bebemos champanhe e comemos bolo. Permanecemos de forma que nos fosse habitual sentar nos degraus da varanda e ao ar livre numa noite de lua cheia.

Nenhuma alteração foi constatada e, quando nos recolhemos no auge da madrugada com as vestes úmidas de sereno, nos deitamos absorvidos em êxtase. Posso dizer que mal dormimos de contentamento!

O ciclo de Allan se confirmaria se a metamorfose não se completasse na segunda noite de lua cheia. Estávamos confiantes e esperançosos.

Preparei um bolo de pêssego e mantive gelado o champanhe. Repetiríamos a noite anterior! Novamente a lua cheia no céu, nuvens carregadas de um tom sombrio, entre a cor safira e bordões de ouro. Era lindo, mas perigoso.

Permanecemos passivos e reticentes! Eu e Allan estávamos de mãos dadas, afortunados pelo milagre das nossas vidas... quando como um raio que insurge de repente, Allan tombou com espasmos e contrações! Meu Deus, eu já conhecia esse quadro.

Sua metamorfose foi instantânea! O soro acelerou aquilo que ocorria em horas: a transformação! Eu mal pude compreender onde residia o erro! Eu mal pude recuperar o fôlego para reagir ao medo. Eu mal pude começar a chorar quando Allan, já transformado em Lobisomem, uivou prolongadamente e partiu floresta adentro.

Fiquei com as taças de bebida e o bolo espalhado, não como a amante entristecida por uma noite falha, mas porque Deus estava nos punindo!

Fiquei estática nos degraus da varanda. Eu chorei, esbravejei e depois rezei. No raiar do dia, ele retornou cambaleante e trôpego, mas não exibia a habitual exaustão.

Sentou-se ao meu lado relatando os acontecimentos, disse-me que no momento da sua metamorfose tinha plena consciência do fato, e depois liberto na floresta, sua mente vagou sem percepção humana, entretanto, alguns "clarões de lembranças" vinham à tona e que sentia o peso da frustração sobre meus ombros.

Constatei que o soro agilizava a metamorfose onde irrompia sem sofrimento e dor, mantendo, então, sua mente humana e a noção do ambiente ao seu redor; e talvez em breves períodos, o instinto da fera emergia.

Desolados e desorientados, fomos dormir sem nos ocuparmos dos antigos métodos de aprisionamento e trancafiações. Agora minha amargura residia na inconformidade da seguinte condição: "por que com Allan não dera certo?".

Devido ao uso do soro, Allan agora se transformava apenas uma única vez durante o plenilúnio, diferindo de seu ciclo anterior, quando na segunda noite de lua cheia ele se transformava em lobisomem, levando em conta a estação do ano.

Desconsolada, procurei minha deidade em busca de orientação, e ao reencontrá-la, revi seu precioso sorriso que me inquiria sobre todos os acontecimentos.

Fiquei tanto tempo sem vê-la! Agora tudo era muito arriscado! Mas ainda assim ela me guiava sem que eu precisasse notificar os casos, pois lia e distinguia através de mim.

Contei sobre a minha aproximação com alguém que possuía a mesma natureza do meu Allan. Falei também sobre minha última conquista (a vida de dois estimados cães) que agora estavam unidos em minha matilha.

Minha deidade festejava os pormenores alegres da minha vida, porém, ao relatar sobre as ampolas, o soro e minhas últimas investidas... ela interrompeu e iniciou o procedimento da condução dos ritos e sua leitura.

Inalei a substância de um jarro, e já entorpecida, senti o corte do punhal em meu pulso. As gotas de sangue vertidas de tal incisão eram lançadas diretamente sobre uma fogueira de pedras de onde exalava um cheiro forte de ervas que formavam uma nuvem de fumaça. De pé em frente à fogueira, minha deidade ia entoando cânticos enquanto remexia os desenhos deixados pelas cinzas.

Bebendo vagarosamente o café quente, conseguia despertar lentamente do torpor... e ela me relatou com cuidado os reveses que me depararia. Eram mensagens cifradas que sugeriam sérios perigos que viriam em minha direção, mas que através de minha argúcia, seriam desviados. Por enquanto eu não deveria me ater em desolações.

Eu compreenderia aos poucos meu fardo. Bastaria apenas resguardar e cumprir no tempo hábil o meu dever.

A lua cheia tornou-se mais perigosa e nos prevenìamos na transição lunar, pois as sinalizações não ocorriam mais e Allan se transformava mais rápido.

Na rotina, aprendemos a conviver com este diferencial metamórfico: sua transformação instantânea! Allan estava conformado, diferente de mim!

Com o tempo, fora confirmado o novo ciclo de Allan, e aos meus cuidados, ninguém descobriria nosso segredo, e nestes reveses tentávamos ser felizes.

Fomos juntos à 'Festa das Flores', pois desde que retornei com Allan, fiquei um longo período distante das pessoas com quem convivi quando me mudei para esta região. Ainda lembro que foi no jardim dessa festa que Allan me cumprimentou pela primeira vez.

Relembrei a temporada em que busquei indícios de Allan para correlacionar com o desaparecimento do Loban na esperança de reencontrá-lo. Talvez eu lembrasse dessa época porque teimamos em recordar as ocasiões lastimáveis para cruentas comparações.

Nessa noite, dormimos em minha casa, algo que eu fazia raramente quando estava com Allan, evitando contato com Loban. A presença de Allan em minha casa promovia ambivalências que eu precisaria arriscar para abreviar algo que eu não poderia mais adiar: meus riscos. Enfim, permanecemos como uma família e foram momentos memoráveis.

Sabia que eles voltariam por mim, não deixariam impune alguém que reconhecia as intenções da Ordem e acobertava um "Ser das sombras", algo que eles caçavam incansavelmente.

CAPÍTULO XI

O RAPTO

Um prenúncio de tempestade antecipou minha busca por provimentos e preocupava-me deixá-lo sozinho. Estava carregando pacotes quando senti a presença de pessoas, e um certo incômodo pareceu-me um mal presságio que se revelou em olhares irosos e mirantes.

Confiante na força física de que fui dotada, dissipei meus medos ao despistar os homens que pareciam me perseguir. Para debelar a ação, adentrei num depósito onde me escondi para ganhar tempo e pensar de forma estratégica.

Fiquei no depósito e, de repente, a chuva desabou com seus pingos grossos deixando o pátio ainda mais ermo, podendo assim ser alcançada com facilidade. Tentei me acalmar por sobre as caixas quando a silhueta de alguém insurgiu na porta de saída do depósito, subtraindo minha atenção. Sem tempo para qualquer reação, outro alguém me sedou por trás. Fui surpreendida em meu esconderijo.

Minha consciência ia desaparecendo... Deus, estive tão perto de escapar!

Ainda sedada, escutava vozes misturadas ao barulho da chuva, e uma mão sobre a minha fronte. Estavam me levando para algum lugar!

Recobrei lentamente os sentidos, percebi que estava num lugar estranho. Era um cômodo com paredes de pedra, lampadário com tochas acesas num ambiente que cheirava a umidade.

Eu estava deitada num leito acobertado de lã, com alguns móveis e tapetes que compunham o ambiente. À minha frente, alguns degraus levavam a uma imensa porta que estava visivelmente trancafiada. Tudo que eu sabia é que era prisioneira!

Passava horas dormindo e já havia perdido a noção do tempo. Sabia que a qualquer momento entrariam homens que me submeteriam a todas as formas de castigo e punição.

A questão era o quanto eu conseguiria resistir e quais atrocidades me infligiriam. Com certeza, eu não sabia o quanto poderia suportar. Na minha confusa esperança, eu ansiava que eles tivessem interesse em manter-me viva!

Pela fresta do portal, a luz e a escuridão mostravam a passagem do tempo. Minha sedação era tanta que despertava com uma bandeja próxima a minha cama sem ter visto quem deixara o alimento.

Eu não temia ser envenenada, pois sabia que a Ordem reservaria algo mais apurado para meu destino. Comecei a talhar o móvel toda vez que via a luz por entre as frestas, e assim passei a contar minha estada naquele cômodo.

Eu não estava prisioneira e sedada por tanto tempo em vão. De certo, tinham um forte propósito para a minha vida.

Finalmente escutei o destrancar da porta e notei a presença de dois homens que iluminaram o quarto com velas, e no afã de maiores esclarecimentos, indaguei pela minha permanência e pelo meu destino! Desapareceram sem pronunciamentos!

De certo, tentariam me infligir o desespero do não desabafo provocado pelo silêncio e reclusão. Angustiada, iniciei minha rebelião tentando derrubar a porta selada dos degraus. Minha fúria foi tão intensa que comecei a perder o bom senso ateando fogo nas cortinas e tapetes. Um pedestal serviu-me como lança que joguei contra a porta dos degraus, e quando a fechadura começava a romper e a madeira a ceder, consegui chamar a atenção e escutei passos fortes no corredor.

Ampliei minha força no intuito de desabar a porta que me servia de obstáculo, no entanto, seu desmonte não permitia minha passagem; e avivando minha força e coragem, esgueirei-me até penetrar pela fissura que acabou por ferir meu braço e rosto.

Nestas condições, ávida para conseguir atravessar e sair da clausura, foi que me deparei com uma ampla sacada onde um rio imenso e caudaloso cortava um precipício. Uma linda visão para uma morte perfeita.

Finalmente homens adentraram o quarto, e ao se depararem comigo na sacada, afoita, acuada e ferida, se aproximaram com hesitação, numa marcha morosa que me permitiu perceber que me queriam viva, ao menos por um tempo!

Exibi minha coragem para uma morte instantânea sem castigos ou torturas. Inclinei meu corpo na sacada mostrando que me lançaria ao precipício.

Os homens com trajes ritualísticos tentavam me convencer a não determinar a extinção dos meus dias cometendo algum desatino. Dando-me garantias de que nada de mal me fariam, pois suas intenções residiam em meros esclarecimentos sobre conhecimentos vitais que eu detinha.

E, em razão disso, eu deveria examinar minha consciência para evitar maiores transtornos, confessando o que sabia.

Eram três anciões de semblantes amistosos, porém escoltados por homens extremamente fortes e assustadores. Exigi liberdade de trânsito pelo ambiente e que adiantassem o motivo pelo qual me mantinham prisioneira.

O homem em sua fala trêmula discorreu de forma segredada o tamanho de minha ousadia em aproximar-me de algo tão sigiloso e quão ameaçadora me tornei.

Falei-lhe que reconhecia minha sorte e meu silenciar seria a própria morte, e disso poderia dar conta.

Os anciões me tranquilizaram na condição de que eu valia mais viva do que morta e que queriam de mim apenas respostas, respostas estas que trariam segurança e liberdade.

Indaguei sobre os critérios dele para minha sobrevivência e questionei minha garantia de vida, onde me foi respondido de forma aparentemente sincera que se tratava de algo bem maior que eu, algo que eu desconhecia, algo vital para a conservação da humanidade.

Um deles estendeu a mão, evitando assim que minhas respostas se encerrassem definitivamente no leito do rio.

Segurei a mão do ancião e por um breve momento ponderei se o atiraria contra o abismo e lutaria contra os demais. Seria um confronto de vida ou de morte, ou me submeteria para estender a situação, afinal, eu estava disposta a tudo para dificultar seus intentos sobre mim.

Finalmente fui retirada do cativo cômodo em ruínas e conduzida por corredores rústicos e medievos. Os anciões caminhavam na frente e eu era conduzida por dois homens impassíveis em suas funções, e seus semblantes tinham a mobilidade de um granito.

Fui levada para um compartimento com a mobília desarrumada e tosca. Era uma sala em desuso talvez, o que deixava implícito a pouca importância do que ali se sucederia.

Colocaram-me amarrada numa cadeira, e uma mesa separava de mim os anciões que estavam encadeirados à minha frente. Outros anciões vieram ocupar suas posições, e em instantes, a sala estava ocupada com vários senhores com mantas e túnicas negras.

Eles falavam entre si num tipo de conferência particular de onde surgiriam as perguntas direcionadas a mim.

Minha culpa apontava para tantas direções que não sabia como mentir por desconhecer a incriminação fundamental.

Um dos anciões se levantou e, com o dedo magro em riste, fez a seguinte pergunta: "Que material a boa moça tem sobre nós?". Esta indagação causou aflição nos presentes. O mesmo insistiu e reiterou a pergunta: "se a jovem não compreende a natureza de um material, podemos mostrá-la que a curiosidade pode ser devolvida de forma dolorosa".

Singelamente, respondi: "Por material conheço itens de variadas abstrações, apenas gostaria que o presente se fizesse mais esclarecedor".

O envelhecimento vocal não impediu de ser mais grave e ameaçador, e ilustrou que o material se tratava de escritos encadernados que estivera sob a posse de um prestador incapaz!

Compreendi o "prestador incapaz" e percebi que o meu aprisionamento estava atrelado a uma culpa superior ao meu delito.

Respeitosamente, esclareci: "Senhor, não tenho conhecimento de nenhum escrito obtido pelo relaxamento de seus homens, entretanto, se este é o motivo do meu cárcere, sugiro que perderam seu tempo. Se me privarem de sair com vida daqui, matarei muitos de vocês, e a propósito, creio que conheço os fins desta confraria, e para minha proteção, mantenho relatos dos meus segredos que estarão ao alcance da humanidade.

No entanto, não são os seus escritos que possuo, mas detenho conhecimentos que poderão destruir o que veemente tentam preservar".

Os anciões se entreolharam com raiva e perceberam que eu não estava completamente em suas mãos, e que certamente meus trunfos não eram fracos!

Vendaram meus olhos e me conduziram escoltada pelos guardas. Contei os passos e respirei fundo para memorizar odores. Pelo tanto que andei e pela quantidade de vezes que senti o vento advindo de algumas janelas, percebi que me distanciara da sala de reunião, mas ainda assim não havia escadas, portanto, estava no mesmo patamar.

Fui colocada em outro quarto, onde as paredes eram de mármore, a iluminação não era somente com velas. Havia lustres e lampiões e o conforto de sofás e de uma cama coberta por uma manta de pelo macio e suave. A sacada não possuía nenhuma tranca na porta e o mesmo abismo manter-me ia encerrada no meu claustro. Os velhos insultavam minha coragem!

A porta lateral ficava aberta, isto posto, minha liberdade no corredor se encerrava por uma grade de ferro que me separava do restante.

Não estava mais sedada e passei a escrever para ter uma breve noção do tempo. Todas as manhãs, eu buscava meu alimento entre as grades, mas o que eu pretendia mesmo era deparar-me com o criado.

Certa vez me antecipei a chegada do alimento e quem trazia era um jovem que vestia um uniforme da guarda da sentinela. Aquela roupa deveria representar para ele dever e obediência, portanto, seria solícito facilmente.

Durante alguns dias, me punha nas grades parecendo inofensiva e estava sempre enrolada num lençol. Não lhe olhava direto no rosto, somente nas mãos, pois isto me conferia uma aparência clemente.

Contando que não parecesse atrevimento, pedi que ampliasse a quantidade de pão e solicitei também por roupas limpas, e confessei que durante a noite sentia muita sede.

Nenhum sinal de aceitação, no entanto, à noite, eu encontrei as roupas e a jarra de água. O moço estava escorado em minha simpatia.

Felizmente ele respondeu cauto aos meus pedidos. Dar-lhe-ia tempo para mais apelos.

Enquanto isso, vislumbrava formas de descer pela sacada. Um abismo em forma de falésia, recoberta de alguns arbustos e musgos, e um rio corrente e caudaloso, seguia seu percurso. Lindo se não fosse perigoso e mortífero. Ainda assim, eu imaginava uma forma de descer da sacada e ganhar minha liberdade através daquele precipício.

A fraqueza do medo e o antecipar do temor foram conquistas angariadas à custa do meu idílio com a lua cheia.

A liberdade é o bem mais precioso de alguém. Ser morta seria uma questão de tempo. Afligia-me as torturas a que me submeteriam. Evitava imaginar!

Escutei a abertura do gradil e os passos fortes próximos à porta. Eles bateram e entraram. Eram os mesmos guardas. Suas feições eram grotescas, e de certo, nasceram para esse serviço: assustar prisioneiros e servir corruptos poderosos!

Puseram-me uma túnica e me conduziram pelo corredor. Continuei contando os passos e respirando profundamente, intencionando o distinguir de odores.

A estrutura daquela edificação era composta de corredores longos, e em alguns momentos, eles me rodavam, de certo para que eu não percebesse as direções. O que não sabiam é que eu vinha conseguindo distinguir em partes aquele espaço físico! Simulei cansaço e um deles me pôs nas costas, favorecendo minha orientação.

Após alguns minutos inquietantes, retiraram de mim o capuz e, em meu derredor, estava os anciões reunidos numa ampla e pomposa sala, onde anunciava todo luxo e esplendor. Eu estava prisioneira em algum castelo e eu deveria estender e confundir para alongar a minha vida.

Lançaram-me um olhar inquisidor e refizeram as mesmas perguntas: se eu mantinha o pergaminho. Curiosamente, não falaram de seres, bestas ou feras. A preocupação era voltada para algum objeto sumido que presumiam estar sob a minha posse.

Eu poderia confundir a contestação emitindo algum conhecimento sobre as caças e sobre as trevas, no entanto, minha deidade advertiu que minha argúcia residiria em conter minha desolação e não facilitaria a dimensão dos meus conhecimentos para eles.

De certo, respostas e soluções viriam até a mim a seu tempo, e se a tortura ou a tormenta fosse maior que a minha capacidade de resistir, eu encontraria uma saída.

A frustração era visível entre os anciões, entre queixas e lamúrias, e realmente acreditavam que eu possuía algum bem valioso, mas eu não entregaria minhas informações a não ser que fossem diretamente afirmadas por eles.

Os guardas me conduziram de volta ao meu cômodo e depositei esperanças no jovem que traria meus sortimentos pela manhã. Estaria no gradil mais cedo para estreitar o meu contato.

Fiquei encostada no gradil e percebi que, após deixar minha refeição, ele permaneceu no local. Fui encorajada a dirigir-lhe uma espontânea indagação: "você é feliz aqui?". Neste momento, eu não estava dissimulando, mas sendo genuinamente sincera! Mantive-me de costas para ele, exibindo respeito pela sua função e evitando mostrar intimidade, embora fosse essa a minha intenção.

Sem esperar respostas, fui surpreendida com sua narração como se não houvesse barreiras entre nós!

Ele contou que fora levado pelo seu pai para viver entre os tantos! Durante muitos anos não compreendia e evitava nominar a condição do lugar e das pessoas. Assim ele entrecortava algumas palavras que forneceriam a mim elementos pessoais de sua vivência.

Disse-me que seu pai era de poucas palavras, mas exigia obediência e controlava sua curiosidade. Cresceu sabendo que menos seria mais!

O isolamento fez parte de sua vida, onde questionar e compreender seriam raciocínios evitados para seu próprio bem. E quando o silêncio se estendeu, percebi que havia se retirado. Permaneci na minha insignificância recostada no gradil.

A sensação de aprisionamento abatia minha lucidez, no entanto, eu mantinha calma relembrando os dias mais felizes. Pensar na desordem da casa, no abandono dos meus cães e no desespero de Allan cimentava meu sofrimento.

Quando a minha condição de desaparecida chegasse às pessoas da cidade, Allan poderia ficar vulnerável ou a Ordem poderia descartar-me de forma mais breve.

No raiar do dia, saia do quarto e caminhava naquele corredor ladeado de granito rústico, e sobre uma almofada, recostava-me ao gradil aguardando elementares informações.

Estava vestindo uma camisola de linho e me agasalhava com lã. Ele deixou a bandeja e permaneceu próximo sem proferir qualquer palavra. Se eu estabelecesse contato visual, ele poderia ficar intimidado.

Permiti ao seu tempo mesmo que o meu estivesse jorrando como numa "ampulheta". Qualquer antecipação não seria apropriado!

Ele sentou junto a mim no gradil e ficamos assim de costas um para o outro. A partilha da refeição nos tornaria próximos, mas ele, gesticulando com as mãos, recusou.

Eu tocava na minha refeição vagarosamente para que ele não se ausentasse, e assim, ele me contou que assistiu poucas pessoas na minha situação e que na maioria foram homens. Sabia que eu entrara em contato com algo nocivo para a Ordem e que eles deviam estar temerosos e precisando resgatar algo para a manutenção de quaisquer segredos.

Aproveitando a liberdade de sua narrativa, perguntei o que fazia a Ordem, ainda sabendo que eram envolvidos com seres sobrenaturais e que a ambição subvertera as reais intenções! Eu perguntei porque sabia que aquele jovem poderia saber muito mais do que eu!

Sem tabu e com respostas fluidas, contou-me que eram armeiros numa tradição secular e que não possuía acesso a todos os compartimentos, uma vez que as funções ali eram muito regimentadas.

Naquele momento, pensei que a "cobertura" da Ordem era licitada pela produção de munição de balas, balas de prata!

Thomas contou-me que, na intenção de preservar suas diversidades, a Ordem detinha seus segredos e que ele mesmo desconhecia muitas ações. E que ocorria, sim, o apoderamento da riqueza alheia.

Foi vindo a mim que o interesse e a liderança do controle da existência de Lobisomens era muito mais ou muito menos que uma luta entre o bem e o mal.

Queria muito perguntar ao jovem o que ele conhecia sobre a ação da "Tribuna de caçadores", mas achei que seria muita indagação no breve tempo em que se sentiu à vontade comigo.

Contou-me que havia um trânsito de homens de ações e portes diferenciados e que agiam como missionários e que alguns retornavam e outros não. Os guardas constantes no castelo eram da confiança dos anciões que, com toda certeza, mantinham o supremo segredo da Ordem.

O porão e as instalações subterrâneas mantinham os artesãos residentes que trabalhavam na produção das munições e outros eram apenas criados do castelo.

Sem rodeios, perguntei se conhecia todo o castelo e, inocentemente, respondeu-me: "praticamente todo". Falei que eles iriam me matar!

Ele me perguntou por que não confessava tudo para ter uma chance de sobreviver. Pasmei! Que jovem inocente!

As perguntas que os anciões fizeram não possuíam nenhuma relação com a minha realidade. Percebi que o jovem pensou que de algum modo eu ocultava algo grave.

Enquanto eu tocava as uvas, o rapaz tocou em minha mão. Disse que nunca teve uma amiga! Senti que era cativo no seu infortunado destino, e por isso solitário! Tocou a mão em meus cabelos e, finalmente, tive coragem de fitar-lhe o rosto.

Sua feição era jovem e delicada, havia receio e humildade em seu espírito. Percebi que fazia parte daquele lugar como as lajotas de pedras engatadas em argamassa.

Ele confessou desconhecer as decisões dos anciões ao meu respeito; mas num ato de misericórdia, ofereceu-me uma pequena cápsula e uma afiada lasca de madeira. Pediu que escondesse em minhas vestes, pois uma vez em poder da Ordem eu poderia sofrer toda forma de martírio.

Logo que ele se foi, entrei no quarto e chorei muito, pensando que não veria mais tudo aquilo que amava. Fiquei lembrando também da minha infância sem festas; meus natais sem árvores enfeitadas e presentes; na carência de brinquedos; no "vai e vem" na casa de parentes e nenhum amor de fato! Mas ainda assim, guardava algumas lembranças felizes da infância: brincar com girinos nos lagos; os amigos ocasionais que fazia no parque; tocar os musgos das pedras como se fosse veludo; escutar o canto das casuarinas ao vento; sentar na sala da escola e ficar olhando a chuva na janela; as aulas de arte que tinham massa e pintura; as raras festas que fui convidada e brinquei como criança.

Quando finalmente "floresci", meu corpo ganhou contorno e meus cabelos causavam alvoroço com o brilho e a cor da imbuia.

Foi assim que tive o amor dos homens, mas também conheci a ferocidade e o intricado mundo masculino mal resolvido.

No entanto, no "abrasar das lenhas", tive dos homens a magia necessária para me tornar uma artista. "martírio só das santas", eu sequer fui batizada, e então fui viver em outras instâncias, e lá achei meu verdadeiro amado.

Não poderia ser mais fácil nem comum, assim meu consorte não seria só um homem, era também um "Ser", e por isso eu agora era prisioneira, podendo sim, ser martirizada nas mãos destes corrompidos!

Mas eu já decidira, não facilitaria nem para os anciões, nem para a Ordem! Estava certa da minha missão: sublevar o que fosse mal e curar o meu Allan! Dormi profundamente restaurando minha mente e tentando manter minha lucidez.

CAPÍTULO XII

A FUGA

Pela manhã, o jovem me aguardava com a bandeja, e antes que me sentasse para iniciarmos nossa conversa frugal, ele foi breve e discreto, entregando-me a bandeja e junto com ela um mapa. Era um desenho mal rascunhado do lugar onde os guardas mantinham sentinela.

Conversando em tom moderado, disse-me que na cozinha haveria saídas para uma tentativa de fuga e caso não tivesse êxito, eu não seria detida pelos armeiros na porção subterrânea do castelo. Mais que o problema residia na abertura do forte gradil que dava acesso ao restante do corredor!

Falou-me também que esta noite os guardas viriam me buscar para um novo encontro com os anciões e, ao me conduzirem, eles manteriam o gradil aberto até minha volta, pois o mesmo fechava por um sistema mecânico de travas após o confinamento. Explicou-me que o mecanismo era lento e os guardas costumavam partir antes que as grades se fincassem no chão.

Estas informações saltavam em minha mente, nutrindo-me de esperança e de gratidão.

Ele fez uma pequena pausa e deu continuidade com sua narrativa. Disse-me que ficaria à espreita e não permitiria que a engrenagem se concluísse fechando completamente o gradil. E que quando viesse trazer roupas limpas, eu poderia rolar por baixo da pequena abertura e seguir com o mapa.

Falei que eu poderia partir ainda esta noite, sem esperar o amanhecer! Ele me advertiu sobre os riscos. O lugar era escuro e, mesmo que eu conseguisse sair do castelo, o acesso ao vilarejo era inacessível, e à noite os cães estariam libertos.

A qualquer momento eu seria levada pelos guardas e eu não via a hora de escutar aqueles vozerios e passos ritmados! Sempre batiam duas vezes na porta e entravam. Um tipo de cuidado moral com o prisioneiro!

Finalmente fui conduzida pelos guardas e, de fato, o gradil estava aberto. Nas circunstâncias anteriores, eu não atentei para este detalhe! Confesso que senti medo do que poderia advir.

Como de costume, fui encapuzada e, na mesma ordem da marcha, me rodopiaram ao seguir determinada direção.

Na presença dos anciões, fui novamente inquirida sobre a posse do material de grande valia para a Ordem. Novamente confessei que nada possuía e que perdiam um precioso tempo em me manter cativa enquanto o verdadeiro culpado poderia estar à solta!

O mais impetuoso dentre eles perguntou-me se sob tortura eu confessaria meus delitos?

Em alto e bom som para todos os senis que teimavam tentar me impressionar com vestes rubras naquela sala suntuosa, eu vociferei que se tentassem algo eu lutaria bravamente, e se ainda assim não obtivesse êxito, qualquer quina de mesa ou parede serviria para pôr fim a minha vida! Disse que seus medos particulares persistiriam mesmo quando não existisse nem mesmo meu pó!

Desarmados e atônitos, constataram as seguintes possibilidades: ou eu era inocente ou zombava por nada temer.

Fui surpreendida com a seguinte elucidação por um dos anciões que, me apontando o dedo decrépito, disse: "não temos pressa mocinha, você vai contar até seus pecados de infância!".

E eu repliquei: "vocês ficarão com seus traseiros temente até que algo satisfaça àquele que subjuga a vós!".

Fui mandada de volta para meu cárcere e tinha certeza de que mais alguns dias neste castelo eu teria a minha carne a sangrar!

Eles me puseram no quarto, retiraram meu capuz e partiram em seguida. Escutei o ranger de engrenagens e fiquei imóvel para ouvir se as garras atingiriam o chão.

O corajoso pajem conseguiu obstruir as roldanas permitindo assim que eu rolasse para o interior do castelo. No entanto, eu não poderia atentar contra sua bondade e pôr sua segurança em risco.

Aflita para ganhar a liberdade e intuindo que chegara o momento, eu deslizei por debaixo daquelas fincas de ferro pontiagudas e alcancei o corredor! Ele partiria aquela noite! Ele viria comigo!

O encontrei por detrás das pilastras com os olhos rubros e as mãos encarvoadas. Advertiu-me do combinado, mas não ralhava comigo! Preocupava-se mais com minha segurança do que com seu próprio pescoço.

Falei que partiria comigo e, segurando o lampião, tomei fortemente seu braço! Estava certa que alcançaríamos as cercanias e prometi que seguiríamos juntos!

Fomos até a cozinha e apanhamos suprimentos. Nas fornalhas, fomos vistos juntos. Os homens eram "seres mecânicos", conformados com sua sorte, no entanto, denotavam coragem ignorando a ousadia de alguém.

Deram-nos armas e munição e abriram as janelas para que ganhássemos o quintal. Olhavam-nos com olhos pesados e soturnos, desejando êxito e vitória, mesmo que pagassem com a vida caso suspeitassem deles! Eles pareciam não se importar: eram pobres escravos mortos!

Instantes depois, eu vi toda a beleza que não poderia contemplar: lagos, estatuetas e árvores. Toda essa beleza escondia iniquidade e mistérios.

Os cães farejavam nossa presença e ladraram polvorosos, o que alertaria os guardas. Tentávamos nos dirigir ao portão que nos levaria até a ruela que conduziria ao vilarejo.

Os cães vieram com ferocidade em nossa direção, não oferecendo tempo para atravessar o portão antes que ambos pudessem ser fatalmente atacados.

Pedi que ele não demonstrasse medo nem fizesse qualquer movimento brusco.

Mantive o pajem atrás de mim, e quando a matilha fez o cerco mostrando ferocidade, eu apenas dei-lhes ordem de retorno e foram recuando aos poucos ao meu comando.

Infelizmente houve tempo de alerta e dois guardas sentinelas vieram impetuosos em nossa direção. Lutei com os dois homens bem preparados e consegui tomar suas armas e provoquei seus desmaios.

Saímos entre as ruelas repletas de direções e, já afastados do castelo, encontramos um estábulo e deitamos sobre o feno.

Bebemos suco de uva e comemos pão; estávamos completamente exaustos e famintos. Abraçamo-nos de cansaço e frio. Ele mantinha a sobriedade ainda que assustado, mas percebi satisfação em estar trilhando um novo caminho! E foi comigo que ele arrebanhou coragem para tal intento.

Estávamos desconfortáveis por termos invadido a propriedade de alguém. Mas não haveria medo maior do que sermos encontrados no vilarejo.

Queria seguir adiante para ficar cada vez mais longe daquele castelo, daquela muralha.

Na alvorada, ainda tentamos despertar, mas o cansaço nos sucumbiu e assim abraçamo-nos e voltamos a adormecer. Despertamos com a curiosidade dos animais a nos observar e o movimento do labor dos fazendeiros.

Saímos por uma janela nos fundos do estábulo e pegamos o acesso oposto ao castelo. Era uma manhã de sol tépido e as árvores do caminho nos protegeriam do calor, e as folhagens se entrelaçavam formando um véu.

Caminhamos muito até encontrarmos um acesso discreto que providencialmente dava num lago. Nossas roupas estavam encardidas, as lavamos e a pusemos numa pedra para secar.

Nesta estação do ano não é comum as pessoas se banharem no lago, pois a água é fria. É a época do trabalho pesado! Precisávamos nos higienizar e sentíamos sede e calor, tanto que nem as algas no fundo do lago me causavam aflição.

Ficamos despidos e ele tinha cautela em não me apreciar. Éramos fugitivos, apenas!

Ele tentava me fazer algumas perguntas e eu não tinha a menor vontade de respondê-las. Ficamos deitados lado a lado e, num momento de lassidão, nos demos as mãos num gesto de confiabilidade e comoção.

Despertamos mais fortes para seguir a jornada, e durante o nosso trajeto, não encontrávamos nenhuma aldeia, nenhum domicílio. Nós dois não conversávamos, angariando forças para a marcha uma vez que o suprimento escasseava.

Eu não sabia onde estava e de certo ele também não! A tarde caia e chegamos próximos a um pequeno povoado. Uma estação de trem me deu esperança de partir mais rápido e para mais longe, ficando assim em segurança.

Avistei uma taberna que poderia solucionar o problema de nossa fome e cansaço. Apelei para porção humana da matrona por detrás do balcão.

Destituídas de requinte e adornos, a bondade humana parece escassa, pois só contempla os mais afortunados. Minha imagem, assim como a do meu "cúmplice de fuga", era semelhante à de quem veio de uma masmorra mesmo!

O pajem ficou na soleira da porta e eu entrei e proferi as seguintes palavras: "Senhora estamos caminhando por horas e gostaríamos de saber se poderíamos pagar pela alimentação e hospedagem de alguma forma ou se a senhora conhece alguém que tenha interesse em meus préstimos?".

Era uma mulher opulenta, envolta em um xale vermelho e um medalhão no colar com imagem sacra. Fitou-me sem piscar e sem sorrir, e me respondeu: "tenho até medo de perguntar por que ambos ficaram nessa situação.".

Eu poupando o resto de minha força, apenas respondi: "é uma longa história, onde a igreja católica esqueceu que somos humanos.

Imediatamente ela me inquiriu: "vocês são órfãos?". O pajem se aproximou de mim e me abraçou fraternalmente. Extinguiu-se a dúvida da reticente senhora.

Ela serviu-nos com uma saborosa refeição e nos ofereceu hospedagem para nosso descanso, cobrar-nos-ia o serviço, já que "meu irmão" era jovem e forte. O meu cúmplice pajem beijou-lhe as mãos e pôs-se ao seu dispor.

Ele viveu a vida nessa condição e sabia retribuir sendo útil e prestativo. Subimos para um quarto asseado, onde a cama era confortável e com lençóis limpos.

O chão era de tábua corrida e os móveis de madeira, e de certo pertenceu aos seus antepassados em função da mobília bem conservada.

Sobre a cômoda havia uma jarra e um prato para o lavabo do rosto, servindo apenas como enfeite, indicando que aquele quarto tinha uma história e precisava ser respeitada.

Banhamo-nos em águas quentes e lavamos a nossa única roupa, e a pusemos para secar na janela dos fundos. Assim dormimos embrulhados em lençóis.

Deitados na mesma cama, ele me disse seu nome, chamava-se Yorick. Contei-lhe que por amor passei por todo este castigo e que tentava salvar meu amado.

Esperei que ele contasse algo sobre a Ordem, seus artífices e costumes, no entanto, ele apenas me olhava aguardando mais relatos sobre minha vida.

De certo, o jovem sabia apenas servir bandejas e quanto aos mistérios daquele lugar, sabia aquilo que seu pai advertiu: "desconhecimento!".

Prometi a Allan que nunca mais dormiria com homem algum. Prometi isso pensando numa conotação sexual, que não era ali o caso. Nas condições que agora me encontrava, além de não haver apelo sexual, eu não tinha escolha alguma.

Yorick pôs a mão no meu cabelo e cheirou como se ali contivesse o melhor perfume, intui que nunca estivera com uma mulher.

De repente, notei que o jovem ficou visivelmente excitado, gerando em mim um desconforto desolador por saber que ainda precisaríamos um do outro.

Havia cansaço, sofrimento e solidão, mas nada disso era motivo para permitir intimidades. A saudade de Allan estava fragmentada pelo fato de me expor a tantos perigos para dar-lhe a cura! No entanto, isso não diminuía meu amor por ele!

Agora esse jovem envolto no lençol querendo mais do que mexer no meu cabelo e querendo mais do que o toque de minha mão e meu abraço ao adormecer. Isto já era um pouco demais!

Um tanto quanto irritada, perguntei se estava em débito e o que esperava de mim?

O pajem não era feio, seu corpo exibia forma atlética e suas mãos transmitiam alento. O abracei e esta era a forma carinhosa de lhe oferecer felicidade e contentamento.

Ele dormia com uma mulher que, de certa forma, a salvou da morte. Tensos e esgotados, talvez, precisássemos de um pouco mais de acalanto.

Ele era um rapaz do labor, porém aquele jovem não despertava volúpia em meu corpo de mulher, e de acordo com a nossa mentira, estava ajudando a sua irmã!

Era a nossa última noite na pensão e a senhora pagou as nossas passagens. Íamos de trem para alhures.

Mais uma vez, lado a lado, deitamos na cama e seu olhar era de um homem protetor que me queria!

Ah não, deveres e favores, trocas e serviços! Havia cedido a caçadores e Iguais, muito embora estivesse imbuída de descobertas e revelações. Confesso que Thomas não foi uma obrigação! Do mesmo modo que precisei dos contatos de Lucian, e deitar-me com ele também não fora nenhum martírio.

Sofrimento era amar meu Allan e ter de transformar minhas obrigações em prazer para que a busca pela salvação não se tornasse um calvário. Tormento era ter de revelar estes atos para ele e fazê-lo compreender que se eu não o amasse tanto não me arriscaria tanto!

CAPÍTULO XIII

ONDE FOI PARAR A VIDA DE VERONICA?

Ele, Yorick, desabafou: "o dia que a servi e vi seus cabelos castanhos, tive a intuição que me levaria embora. Percebi que era uma fada com força de uma heroína. Que o seu delito deveria ser de amor e coragem, caso contrário, não estaria na masmorra por entre as grades. Devo a você a liberdade e a bravura que meu pai, por medo, suprimiu em mim.

Hoje trabalhei por prazer, pois só somos felizes quando estamos livres e você me deu isso!".

Ainda deitados, ao ouvir essa declaração, tive vergonha por enjeitá-lo. Ele permaneceu me olhando e não queria nada além de me olhar. Queria apenas contemplar em êxtase o alguém que o tornou o homem que estava "acobertado".

Comovida e sensibilizada, trouxe sua mão para meu rosto. Sabia o quanto aquelas mãos haviam trabalhado para custear nossas expensas. Sem ele, eu seria uma andarilha pedinte e sequer teria conseguido escapar da masmorra.

Ele se aproximou de mim e ficamos lado a lado, sentindo a nossa respiração. Lentamente, encostou seus lábios nos meus e nos beijamos vagarosamente. Para ele, esse beijo seria o emblema da sua vitória contra a servidão; para mim, seria a eterna gratidão pelo tanto que se arriscou.

Percebi que ele tinha vontade de percorrer suas mãos pelo meu corpo e não ousaria aprofundar a intimidade, mesmo controlado em seus atos.

Adormecemos juntos e pela manhã estávamos no trem que partia; não sabíamos para onde.

O que descobrimos é que esse trem nos deixava numa vila próxima, e numa outra estação é que o trem nos distanciaria do perigo iminente.

Éramos novamente um "par de perdidos" famintos e sem proventos. Dois fugitivos precisando se reacomodar para seguir adiante e o mais longe possível do castelo.

Repetimos quase o mesmo padrão na cidade que paramos. Procuramos o comércio local e ele novamente ofereceu préstimos em troca de hospedagem.

Meu Deus, eu era uma artista na grande metrópole, tinha propriedades, bons amigos, mas fiquei sentada na calçada esperando que aquele jovem conseguisse provisões para nossa sobrevivência. E o pior é que eu ainda não poderia voltar para minha casa, uma vez que por determinação da Ordem, a vigilância se manteria em prontidão.

Até que eu pudesse retornar, meu Allan, meus cães e minha casa estariam em total abandono! Tentava não imaginar o pior! A minha intuição dizia que queriam a mim para chegar a Allan... e que o queriam muito vivo!

Yorick retornou sorridente! Havia conseguido um alojamento para nós por serviços na cantina. Um ajudante nos acompanhou ao fim da rua para nos acomodar. São curiosas as ocorrências nas cidades pequenas!

Era uma casa com quintal, e na parte de trás, um átrio com escadarias que conduzia a casas geminadas. Era tudo repleto de árvores e vegetações parasitas.

Havia limos e musgos infiltrados na textura áspera e brilhosa das habitações num tom "amarronzado". E nesta casa descansei!

Percebi que ele queria estar à frente, me deixando à vontade, evitando assim as observações dos demais e as possíveis contradições. Voltou com a ceia e com dinheiro, e estava exausto. Nada falamos e apenas dormimos.

Apesar de nossos parcos recursos e a ambientação às pressas, acordamos mais cedo e conseguimos tomar café contemplando aquele quintal. Perguntei a Yorick se ele precisaria retornar à cantina para finalizar alguma tarefa. Respondeu-me que executara tudo a tempo para que partíssemos logo.

O bom rapaz era laborioso e competente como provedor. Ele tinha algum orgulho de si e felicidade por estar flanando.

Estava ainda sereno e úmido e o canto dos pássaros matutinos realçava a tranquilidade da manhã. Havia beleza nas nossas estalagens, mas por alguma razão, estava difícil me desencostar do parapeito e deixar de olhar a paisagem e ir até a estação.

Finalmente pegamos o trem que iria para algum lugar mais adiante. As estações de trem diferenciavam-se na medida em que a região era mais "encorpada" em atividades comerciais. O teto em bordões de madeira e as pilastras modeladas era uma virtude dos recantos. O sóbrio e o moderado exibiam a formalidade da prosperidade. A impessoalidade e a arquitetura andam juntas às vezes.

Distanciamo-nos o mais que pudemos e mal sabíamos onde estávamos. Os fugitivos tentam parecer parte e não estranhos, e por isso evitávamos perguntas estúpidas que fomentariam conclusões adversas. Não poderíamos atrair a atenção, uma vez que já éramos um par com problemas de recursos e ambientação.

Chegamos num povoado de maior porte. O comércio e as referências tendem a nos confundir pelo quantitativo dos mesmos e a impessoalidade nas relações.

Procurei uma igreja onde os contatos são mais amistosos. Agora, fazer o papel da irmã mais velha caberia a mim! Ajeitei o cabelo e corei o rosto.

A beata mais idosa e menos atarefada é sempre a mais disposta! Contei o infortúnio do nosso trajeto pelas duas últimas estações de trem e que a desatenção no desembarque nos fez perder os recursos e toda a bagagem.

Antes que ela me indicasse o percurso de volta para resgatar meus bens, algo que "todo ser civilizado fala aos desafortunados", adiantei-me dizendo que estava disposta a trabalhar e que tão logo recuperássemos o fôlego, retornaríamos para tentar reaver nossos pertences.

Humildemente expliquei que o serviço poderia ser dentro ou fora da igreja, mas que ao término, precisaríamos descansar, pois meu irmão estava padecendo de saúde.

Eu a persuadi da mesma forma que fazia nas galerias: fechei todos os estanques! Negar-me seria uma afronta à caridade.

Olhei dentro de seus olhos redondos e enrugados, quase em rogativa, e bondosamente ela disse que me acomodaria no quarto do padre assim que ele partisse!

Advertiu-me sobre a cozinha ainda repleta de preparados que não foram vendidos e orientou-me que se eu ajudasse na limpeza da igreja e dos outros compartimentos, poderia angariar algum recurso para retornarmos.

Agradeci e me pus imediatamente à labuta. A beata nos levou até a dispensa para a refeição e comecei rapidamente a organização. O serviço era só acomodar os preparados e coordenar a dispensa.

O quarto que funcionava com um "brechó" tinha sofás e poltronas onde descansamos um pouco (antes que a missa fosse encerrada e o padre partisse).

Não muito tarde, nós nos recolhemos nos aposentos da Cúria. Que belo quarto possui a Sé: óleo de lavanda, belas mobílias e algumas obras de arte sacras.

Contei a Yorick que, no auge do meu desespero para localizar meu amado, invadi os aposentos de um padre e, armada, o fiz confessar por onde andava o homem que eu amava! Ele riu da história e quis saber por que nós havíamos nos perdido? Era muito assunto para esgotar numa noite. Apenas falei que segredos misturados a atos ruins me deixaram curiosa e intranquila! E uma mulher mergulhada em mistérios e contradições, não sabe viver sem respostas.

Eu sabia que após esta cidade não iríamos muito mais adiante. Estávamos fugindo juntos, mas com propósitos diferenciados. Estávamos em fuga, mas eu tinha um propósito definido. Entretanto, não abandonaria meu "escudeiro" nem quando fosse a hora. Seu destino também fora marcado e ele precisaria de todos nós!

Eu precisava saber de Allan, mas estava impedida de qualquer forma de comunicação. Nem Yorick poderia ser a ponte de contato, pois ele também representava um alvo. Eu precisaria encontrar uma forma, um plano!

Nossas noites serviam para nos restaurar e as manhãs para escapar. Não poderia ficar acordada pensando em fórmulas e maneiras. Algo iria me ocorrer!

Naquele quarto, adormeci olhando os quadros dos mártires, os crucifixos e as imagens de santos.

Tentava angariar calma para adormecer e despertar com soluções. Yorick tentava me tranquilizar com palavras amenas para eu descansar por mais tempo.

A presteza findaria naquela manhã, e quando a beata retornasse à igreja, Yorick diria que iria à estação de trem para procurar nossos pertences e também procuraria uma nova forma de acomodação.

Quando despertei, ele já estava de volta e havia conseguido da boa beata um quarto em sua residência em troca de ornamentos no jardim. Era impressionante como este jovem possuía convencimento! Mesmo tendo vivido em clausura, tinha talhe e persuasão.

Notoriamente encantada com o desafortunado par de irmãos, ela cedeu-nos um quarto que ficava em sua propriedade e onde Yorick trabalharia como jardineiro.

Desfrutávamos de certa liberdade, pois o acesso para sua residência era pela lateral e teríamos um jardim só para nós!

A casa que nos acomodaria parecia uma espécie de estufa, pois tinha o teto e as laterais de vidro. O interior era simples e aconchegante, e a cozinha servia apenas para o café, pois utilizaríamos a sua residência para as refeições.

Nossa amiga beata passava o dia inteiro ausente, e quando retornava, encontrava sua casa impecável, uma refeição saborosa e um jardim dos sonhos.

Às vezes, ela sentia vontade de conversar e rezar, e isso, o meu "irmão" fazia melhor do que eu! Acredito que nossa companhia substituía os filhos e netos que ela só os tinha num porta-retrato. Agora estávamos alocados sem a urgência de partir, então, poderia refletir com tranquilidade e encontrar um modo de contatar Allan.

Permaneceríamos atentos a olhares, atitudes e pessoas que pudessem pertencer a Ordem. Ainda não estávamos fora de perigo!

Na igreja, onde nossa amiga beata era obreira, fui ao escritório da sacristia e preparei uma correspondência endereçada à igreja onde padre Patrick pertencia. Ele era preparado para códigos e compreenderia a situação. Era a única alternativa vislumbrada, embora eu soubesse dos riscos!

Toda correspondência sobre a mesa era enviada ao destinatário, inclusive as destinadas a outras igrejas. E assim, minha presença na igreja se fez constante no afã de receber uma carta do padre Patrick.

Avisei a Yorick que poderíamos ser localizados e descrevi as únicas pessoas que viriam ao nosso encontro. Por ele não ter experiência com o mundo real, alguém da Ordem poderia disfarçar-se e todo cuidado seria pouco!

Nos dias da entrega da correspondência na igreja, eu ficava alerta. O tempo passava arrastado! Procurava lembrar as palavras de minha deidade para ser o consolo desse período tenso.

Quando tinha meus desvarios de correr riscos para ir até Allan, Yorick trazia minha lucidez à tona. Ele passou um tempo me confortando que notícias seriam trazidas no seu tempo. O vazio junto com o receio "desenvernizou" meu valor e desacreditei, inclusive, que Allan ainda se importasse.

Aos poucos, acreditava que tinha somente uma casa repleta de cães e que um deles era meu Loban! Quando desnorteada, falava em voltar para casa, mas não mencionava mais o nome de Allan. Por vezes, as circunstâncias e o tempo parecem extrair de nós um tanto de confiança e fé!

Por vezes, Yorick sacudia os meus braços dizendo que não poderia me dar proteção quando ainda poderíamos estar sob a vigilância da Ordem e que não seríamos esquecidos até sermos achados. Cada dia era uma dádiva!

Eu estava frágil e vulnerável! Sentia-me uma criada de uma senhora beata e que tinha um nome! Ela era amiga e dócil, seu nome, Leonor.

Desabafava a Yorick se não seria mais fácil lutar do que morrer no obscurantismo da covardia. Ele sempre me acalentava, dando-me esperança.

Por vezes, transtornada, tinha a lucidez comprometida por sentimentos que variavam entre a desesperança, o abandono e a covardia. E meus impulsos de atrevimento eram extintos pela necessidade de permanecer viva!

Já havia vivido situação semelhante quando perdi o contato com Allan e descobri mistérios que envolviam o sumiço de Loban. No entanto, nesta época, estava em minha casa, mas agora, distante de tudo e de todos, estava bem mais vulnerável e melancólica.

Desta forma, o meu pseudo-irmão se transformara em uma espécie de amparo. Quando prometi a Allan que nunca mais dormiria com outro, não sabia que rumo tomaria a minha vida. As nossas vidas!

A liberdade que tínhamos limitou-se a um ambiente que não promovia em mim nenhuma espontaneidade.

Era um recanto da propriedade que pôde nos abrigar com uma singela simplicidade pelo tanto de flores, estatuetas e plantas que adornavam o nosso abrigo, onde parte das paredes e tetos de vidros possuíam cortinas para nossa privacidade, e a pequena cozinha tinha sempre nosso café e chá com algumas delícias pela manhã.

Porém, certa vez, Leonor passaria o fim de semana fora e, oportunamente, ficamos conversando em sua varanda, e assim, eu e Yorick, discorríamos sobre trivialidades.

Fomos depois para a sala, tomamos algumas taças de vinho e eu contava para Yorick minhas histórias do passado, antagônicas ao meu lamentoso presente.

Yorick manteve apenas a luz do abajur e colocou uma música que estimulou minha felicidade, e assim estávamos de frente um para o outro como dois bons colegas, mas o que eu tinha à minha frente era um largo sorriso num semblante de contentamento, gargalhando de travessuras que só mesmo quem gosta de você consegue dar tanta importância.

Com a censura amortecida pelo vinho, ele gradualmente segurava minhas mãos num gestual comum dos "flertes urbanos" que acontecem promovidos pela boa conversa, embalados pela bebida que culminam numa curiosa necessidade de algo mais...

A diversão e memórias espirituosas iluminavam seu rosto de alegria, e embalados pelo ritmo das coisas, nem percebi quando suas mãos apertavam as minhas contornando-a até que um "sinal verde" fosse concedido, enquanto isso, o seu rosto se aproximava do meu. Foi assim que deixei a cautela e permiti!

Permissão: palavra que soa como impunidade? Mas que também pode ser direito de sorrir e se doar a quem nos ama com a vida e a celebramos por isso! Quando notei, ele já estava com seus lábios nos meus.

Ele era vagaroso, não como se quisesse evitar uma negativa da minha parte, mas como se quisesse sentir meu gosto de forma gradual. Eu sabia que este beijo não o deteria! Que nada faria com que ele retornasse ao ponto de partida! Não havia mais volta! A intimidade entre lábios e a língua cresceu pela intensidade demonstrada no desejo.

Uma vez que eu já não me sentia a Veronica de Allan, e sim uma fugitiva com um cúmplice, esperando talvez uma boa morte, acabei me permitindo um sopro de felicidade.

Ele pôs os lábios em meu corpo. Ele me sugava com a boca e a sua língua tangia na intimidade. Ele provava e respirava tudo em mim. Era muito desejo contido! Era a sua vez!

Insinuei que ele expusesse seu lado mais inumano e ele compreendeu bem o que eu queria com isso! Contou-me tudo que pensou, desde quando me viu no gradil de camisola.

Que me cobiçava enquanto dormia e seu estímulo era tão intenso que se esgotava em suas mãos, não me deixando nunca perceber! Nunca quis me constranger!

Falou que eu fora uma tola e que ele poderia ter me dado muito prazer!

Nisto, nós estávamos no tapete, provocando-nos como dois adultos de uma cidade grande.

Estava mais bonito e potente e ele sabia como mostrar-se, e quando o desejo tocou o seu limite, eu permiti que ele me invadisse. Agora, ele não era mais "o pajem rapaz", era um homem que sabia o que estava fazendo.

Ele me adentrou com tanto ardor que até me fascinou! Seus movimentos eram persuasivos. Estava tudo perfeito, estava tudo na medida.

Posso até dizer que foi bem mais do que eu esperava. Entreguei-me como mulher, evitando pensar na futura convivência. Apenas me servindo ao deleite! Apenas no tapete, com um homem bem condicionado e nada mais!

Pela manhã, ele não trazia no semblante a expressão de "quero mais" ou "sou seu". Éramos nós de novo, dois fugitivos, cúmplices no mesmo fim. Não havia nenhum compromisso ou obrigatoriedade e tudo foi espontâneo.

O que o tempo e o afastamento promovem? A impressão que eu tinha era de que fora renegada por Allan. Como se ele tivesse buscado um novo caminho sem mim! Foi como se eu nunca tivesse existido para ele. Talvez somente eu ainda estivesse ligada a ele!

Vinham em minha mente passagens de negligência e abandono. Sentia uma relação sem solidez, onde talvez eu tenha transformado Allan na minha única causa e destino. Como se amá-lo fosse minha missão! Talvez tudo fosse oriundo da minha paixão e obsessão.

O transe que tive na cidade e que me levou de volta para ele era o contraponto que eu questionava, no entanto, nesta fase, nada mais acontecera nesse sentido. Nenhum transe, nenhuma notícia! Nada! Talvez fosse mesmo a hora de mudar.

O curioso é como eu pensava com a cabeça de uma "mulher pequena". Não compreendia que tudo estava lá! Estava sendo perseguida por uma Ordem secreta e poderosa, onde seus alvos eram seres sobrenaturais.

Onde desafiei um dos seus membros com minha astúcia e me apoderei de seus pertences. Que muitas das suas ações secretas nem eram lícitas, e que a corrupção corroera seu tecido. Eu era um alvo, pois incomodei algo que talvez tentassem esconder.

Naturalmente, a ordem e a grandeza dos meus pensamentos e ideais estavam afetados pelo "susto" no meu coração. Já havia passado uma estação. Era natural eu estar atordoada. Pensamentos de frouxidão!

Uma tarde, Leonor voltou mais cedo, Yorick trabalhava no jardim e eu me preparava para ir ao escritório da igreja. Mesmo amargurada, eu não desistia!

Ela me olhou séria e nos chamou até a sua sala. Pensei que fosse nos dispensar e que teríamos que percorrer a cidade em busca de nova acomodação.

Sentamos juntos e nos perguntou o que éramos um do outro. Nós sorrimos e respondemos um tanto quanto intranquilos: "somos irmãos e estamos nos redirecionando."

Ela perguntou mais uma vez em tom ameaçador quem eu era? Neste instante, percebi que não era Yorick seu principal foco de atenção. Logo não seria pela Ordem que ela estava me inquirindo, pois obviamente estariam dando referência e procurando por ele também!

Relutante em responder, disse que eu utilizara o escritório da igreja para ter contato com minha outra cidade.

Ela respondeu: "não sei como podes ter usado a Santa Igreja para seu benefício e vem me usando como fachada para ocultar seu passado".

No mesmo tom que eu usava na galeria com os clientes desagradáveis, falei-lhe que iríamos embora e que ela não corria risco algum. Não satisfeita, Leonor abriu a bolsa e pegou um encarte com minha foto escrita "desaparecida".

Quando vi a imagem, meu raciocínio roto custou a compreender que aquilo nada tinha a ver com a Ordem. As informações contidas na imagem esclareciam minha profissão e as cidades residentes. Certamente fora iniciativa dos meus empregados ou dos meus amigos da cidade.

Leonor retirava o envelope da bolsa como quem retira uma adaga, e me exibia que o padre, cujo era meu destinatário, não estava mais na paróquia.

Fiquei feliz por existir! Por ter um passado e uma história da minha vida. Fiquei feliz por não ser obra da Ordem.

Diante do inegável, contei que fugira de um companheiro complicado e que Yorick era na realidade um primo! Com os "olhos da moral", Leonor perguntou-me se éramos amantes? Adverti-a que embora a relação entre primos não fosse imoral, eu não tinha intenção alguma com alguém tão mais jovem!

Para reparar o que pareceu uma provocação minha à senhora Leonor, Yorick posicionou-se e disse que mantinha uma namorada nos arredores. Ela satisfeita, sorriu! Pelo menos não éramos amantes!

Já menos afetada, perguntou se "seria alguém que morava na mesma rua"; ele afirmou que era a costureira da esquina.

Com o semblante expressando apenas preocupação, Leonor lamentou que apenas minha presença fosse algo incômodo.

Discretamente, fez-me um pedido para que eu partisse, já o meu "primo", este poderia ficar cuidando do jardim.

Leonor me disse: "parta o mais breve possível, na minha idade não é bom ter confusão!".

Voltamos para o nosso domicílio, havia em mim um misto de sentimento que variava entre o rubor e o receio, mas um alívio por ainda significar e ter uma referência, pois há um momento do distanciamento e da perda da identidade que nos achamos um "ninguém"!

Yorick estava desesperado com a minha partida e nada o convencia que ele não deveria vir junto! Tranquilizei-o quanto ao meu regresso dizendo que seria cautelosa.

De certo, poderia haver espiões da Ordem cercando a província da minha propriedade, mas eu ainda tinha amigos na cidade grande e ganharia tempo para futuras resoluções, ou até mesmo, quem sabe, cair no esquecimento.

De qualquer maneira, Yorick queria vir junto, falei que talvez fosse o momento de nos separarmos, diminuindo assim a atenção sobre nós dois. Não sendo mais uma dupla de fugitivos e sim a metade do problema.

Aceitei o seu pedido de acompanhante, mas de qualquer forma seria difícil vê-lo dispersar no meio da multidão da cidade.

Ele ficou muito satisfeito em ver sua oferta de apoio ser aceita e falou sobre como seria difícil me assistir partindo da casa da Leonor. Dormimos juntos e enroscados e estávamos assustados!

Estaríamos juntos indo para uma região onde poderíamos representar um alvo fácil! Não precisávamos mais arrecadar recursos a cada estação de trem. Partiríamos de uma vez, embora a jornada fosse longa.

CAPÍTULO XIV

RETORNO

A cada estação, um banco, uma pilastra, um trajeto, um roteiro. Havia cheiros e perfumes, uns de doce, outros de conhaque e café, e aromas que variavam de uma forte colônia para suavizar o suor até a fragrância mais disputada de um fino perfume francês.

Nisto eu já estava na Estação Central, na grande cidade. Ali, eu era a Veronica e tinha um apartamento com vista para o parque e um emprego charmoso que sempre me acolhera!

Mas eu trazia algo latente, a saudade dos meus cães, da minha casa, do meu Loban e do meu amado Allan.

Chegando na minha cidade, não me direcionei ao meu apartamento. Fomos para um hotel próximo, e pela manhã mandaria um recado para a galeria.

Chegamos ao anoitecer e fui dar uma volta sozinha nos arredores do meu apartamento. Procurei respirar fundo e transitar no invisível que cobre aquilo que vemos.

Sabia que lidava com pessoas acostumadas com o sobrenatural, embora minha essência estivesse um tanto solvida e eu mesma já não era mais normal.

Estava disposta a correr riscos, na distância e na medida em que me considerava capaz, e depois voltei para o hotel.

Pela manhã, fiz chegar um recado sem menção ou alarde a uma amiga da galeria que me aguardava num café próximo. Tudo ocorreu como planejado, exigi discrição e contei o possível permitido!

Ela verificou o apartamento e trocou as fechaduras, alertou a segurança sobre suspeitas presumíveis. E o mais importante de todo o encargo era procurar por "meus estimados" na província onde ficava minha propriedade!

Assim eu soube que o padre estava afastado do cargo e não sabiam muito sobre ele na igreja. De acordo com o combinado, ela interceptou a empregada a caminho de suas tarefas e a encontrou no mercado.

Esclareceu que tudo deveria ficar oculto e anônimo por questões complicadas.

Ela viu minha família canina e todos estavam bem, inclusive Loban! A casa de Allan estava fechada e os empregados contaram que uns dias após o meu sumiço ele sumira também.

O alarido sobre nós já havia se diluído e os únicos a se preocuparem foram os empregados que comunicaram aos amigos sobre meu desaparecimento.

O meu pedido final: ir até a casa do caseiro que manteve cativo meu cão Loban. Este poderia ser o único elo com Allan, como da última vez!

Visto pela janela de vidro, a casa estava fechada e vazia. Nada nem ninguém. Meu Deus! Fugi do calabouço da Ordem e cai no vazio do rastro de Allan.

Nada me atemorizava mais do que o sumiço do meu amado que poderia estar em qualquer mosteiro, floresta, bosque ou mesmo morto!

Nem todos os anciões, nem os membros da Ordem, nem caçadores, nem todos os cárceres me assustavam mais! Nesse momento, eu perdi o medo!

Quando a racionalidade já não esclarece ou informa, somos motivados a buscar respostas no sublime! E assim eu precisava rever minha deidade, no entanto, meu retorno seria muito perigoso.

Minha amiga não poderia ter feito melhor a varredura dos fatos. Tudo isso sem levantar suspeitas. Soube o que precisava saber para compreender que um vendaval havia finalizado meu mundo.

Eu já havia ordenado aos meus empregados que se algo incomum ocorresse, eles poderiam sobreviver à custa das atividades que eu regia. Não poderia abandonar meus queridos a favor da própria sorte.

Assim, voltei para meu apartamento e retomei o trabalho na galeria. Era como se não houvesse uma Ordem secreta e poderosa no meu encalço.

Sofrendo, mas resignada, avisei a Yorick que ele deveria buscar uma sobrevivência mais segura. O seu problema com a Ordem talvez tenha se encerrado ao partir e ao me dar fuga, mas comigo era diferente! Eu detinha segredos e mantinha contatos com os "Seres" que eles perseguiam.

Ele compreendeu o caso e sabia que manter a distância era a atitude mais prudente, mas ainda assim permaneceu comigo. Talvez por apego ou solidariedade.

Evitei pensar no tempo e conjecturar possibilidades! Conformada, sobrevivi ao tempo sabendo que não detinha os meios para captar o rastro de Allan.

A minha vida citadina transcorreu normalmente, embora não cresse que a Ordem tivesse me esquecido.

Já havia passado uma estação sem saber de novas informações sobre a minha casa.

Um feriado prolongado encorajou-me a retornar à minha propriedade. Se antes estava impedida por questões de vigilância, agora esse impedimento se dissolvera pela perda do temor.

Não acreditava que me dirigia ao meu lar depois de tanto tempo e acontecimentos. Cheguei ao anoitecer, evitando os contatos públicos com as pessoas da localidade. Seria normal ficarem assombrados com meu retorno após fixarem minha imagem como "desaparecida".

Escutei as vozes contentes e o bater das portas. Ninguém no casario se conteve e vieram todos em minha direção.

Quantas vezes sequer imaginamos o quanto somos amados e queridos, o quanto a nossa vida é importante, justamente àqueles que transitam conosco sem lhe darmos a devida importância.

Definitivamente, este não era meu caso e todos tinham um nome e um importante lugar na minha vida, pois foram eles que me resgataram pela segunda vez.

Foram abraços emocionados e sentidos onde a alegria do rever estava muito presente e contagiante.

Os cães mais recentes da matilha, o "raivoso" e o "moribundo", vieram a mim, saudosos e agradecidos. Meus outros três cães, também em folguedo, me rodeavam e ao abrir a porta, todos entraram fazendo festa.

Ver meu belo e fiel Loban a salvo, protegido, era a maior dádiva que eu poderia receber.

Após receber toda essa energia da casa e da minha matilha, fui até a casa dos meus caseiros com um grande carregamento de tudo que trouxera da cidade.

Comentei que, ao seu tempo e se eu pudesse, explicaria meu sumiço repentino, mas acreditava que deixá-los na inocência era ainda o melhor caminho.

Eles estavam preocupados de terem se antecipado quanto à apresentação do meu desaparecimento e eu os tranquilizei dizendo que foi válida a postura que tomaram e que tudo que fizeram estava correto e que tiveram a intuição de acerto.

Queriam dar-me conta dos aspectos importantes e triviais, mas garanti que nada deviam me restituir dos ganhos e receitas.

Minha matilha e a casa estavam cuidadas por eles, inclusive cuidaram de mim sem perceber.

Quando todos foram dormir, fui para meu quarto com Loban aos "pés da cama", tínhamos adotado esse costume de ficar resguardados em casa.

Senti um embaraçoso medo, uma sensação que tinha na infância do quarto para o banheiro. Sensação de vultos e sombras e um arrepio próprio que o invisível transmite.

Fiquei assim por umas noites e mal me "desagasalhava" para não expor a eriçada pele.

As manhãs eram agradáveis e aproveitei o tempo com todos como se fossem os últimos da minha vida. No quintal, eu recolhia o tomate e a abóbora, arejava as folhas e tocava naquela folha verde áspera, sentindo o sol abrasar minha nuca. Ao entardecer, retornava o mais rápido possível! Não queria que a noite me alcançasse.

A sopa que tinha por hábito ser na ceia, era preparada no início da noite e compartilhava com meus caseiros. Recebi e doei todo o amor, uma vez que não sabia o tempo que me restava.

Uma dúvida me assolava diariamente! Se eu deveria voltar de imediato para a cidade assim que findasse o descanso ou se ficaria mais um tempo com os meus estimados.

Queria muito ver e ouvir a minha amiga da gruta, mas estava insegura para pegar a trilha da floresta.

Quando prisioneira, pensava em Allan precisando de mim. Tornei-me uma fugitiva pensando que estava indo a caminho de Allan. Quando soube do seu desaparecimento, perdi o resto do chão que me restava. Desconhecia a razão do sumiço de Allan. Eu estava desolada pelo desconhecimento. Talvez não tenha digerido a partida de Allan antes de descobrir sobre sua maldição no início da nossa vida a dois.

Posto uma vez a dúvida e instalada, quebra-se a confiança e é isso o que o trauma provoca numa mulher! Sem notícias, sem informações, sentia-me desunida de Allan. Um presságio estranho misturado a certa resignação foi a tônica dos meus sentimentos.

Não que eu fizesse um balanço das perdas e ganhos no amor, isso é muito abstrato, mas avaliava a condição de viver permanentemente só. Sem sustentar a minha existência escorada no retorno ou na cura de Allan.

Às vezes, eu parecia volúvel e imprópria! Não deveria tratar o meu presente e futuro com a inconstância da banalidade.

Eu deveria estender a grandeza e a glória que dotou minha mente e meu corpo, modificando-me providencialmente para esta missão!

Sempre soube que as pessoas que caminham sem a aderência de seus pés sobre o solo são as mais propensas a vagar em devaneios e que as inflexivas não se curvam às mudanças. No entanto, a felicidade reside na sabedoria de mesclar ambos e estabelecer os benefícios.

Fui para meu quintal e sentei-me no tronco de uma árvore, olhando a grandeza ao meu redor. Inspirei o cheiro alentador da noite batendo no meu rosto. Olhei para o céu sem me preocupar com a lua e um embaçado de nuvens. Isso não impediria minha contemplação e minha prece.

Fiz uma súplica ao sublime e clamei por todos nós! Por todos os perdidos e desamparados por uma orientação. Fui para o quarto e dormi confiante que a rotina dos meus dias não seria um vazio de desesperança.

Pela manhã, junto com a matilha, peguei o atalho até a gruta para encontrar minha deidade, Lorena. Não era somente a busca de prenúncios, eu queria mesmo revê-la pela saudade do seu rosto e a singela sintonia do seu ambiente.

Assim como as bailarinas nas "caixinhas de música", minha deusa estava sempre onde eu a procurava: em sua casa!

Seu rosto era sempre a luz de todos os tempos, tendo a espontaneidade juvenil combinada com uma alma antiga e sábia. Não continha a pequenez das insinuações, requisições e inquirições, era solícita e hábil, conseguia nos oferecer justamente aquilo que queríamos pedir.

Entregava-se com tamanho envolvimento e seu intuito era meu alívio e contentamento. Ela proporcionava a resolução da nossa aflição. Éramos únicas na minha causa.

Avistei a fumaça que saía da chaminé avançando por entre as copas robustas das árvores.

Meus cães correram livres para a direção da casa da gruta com a alegria habitual, chegariam na frente sozinhos e fariam a apresentação. Ela sabia que eu chegaria após.

Escutei o cutilar do machado de seu marido que recebeu o farfalhar dos caninos. Ele ficou feliz por rever a heroína dotada de uma força que ele se orgulhou de versar, e ela por estar me revendo com vida e com meus cães.

Eles me abraçaram com alegria de me reencontrarem com vida. O marido fez companhia para minha matilha e ela me acomodou no recanto do nosso colóquio.

Contou que pressentiu meu desaparecimento tardiamente e que os amolados me "escarneciam", mas confiava no meu regresso!

Contei que na ânsia de salvar Allan, havia esbarrado nos segredos de poderosos que perseguiam pessoas como ele. Falei sobre o afastamento do padre e do sumiço de Allan. Não sabia se ambos se protegiam ou se algo pior havia acontecido.

Lorena deu início aos costumeiros rituais e queimou ervas nas pedras, lançou água com menta e a fumaça suspensa foi inalada por nós duas.

Ela disse não sentir o padre, mas que Allan acumulava forças em reclusão para um embate. Antes de eu partir, o marido de minha deidade quis verificar minha destreza. Ainda não me habituara à força que tomara posse do meu corpo, mas aceitei seu chamado para o contato.

Desferi golpes e, no empunho, o derrubei; e no ataque, tive a defesa de quem treinou tempos para isso. Ele gostava da confirmação.

Queria muito que Allan estivesse sobre a proteção do padre, em segurança na terra dos "mil mosteiros".

Quando iniciei meu romance com Allan durante a primavera, pensei ter encontrado o convívio com um homem doce e sereno.

A impertinente provocação de estranhos me fez possibilitar que Allan não fosse um homem bom.

No habitual comportamento civilizado e urbano, não me prestei a avançar ou inquirir, apenas me afastar sem mais delongas.

O orgulho e a resolução feminina fizeram a morada clássica e acreditei que seria um descarte sem amargura. Entretanto, o afastamento de Allan ocorreu posterior ao sumiço de Loban e o eco do sarcasmo retumbou nas paredes da minha mente consumindo minha lucidez.

Foi no processo de compreensão onde eu tentava recapitular a origem de Allan que a espiral de mistérios cresceu. Aquilo não era um homem, era uma miragem!

A sua importância cresceu motivada pelo enigmático, associado à possibilidade e à razão de ter desaparecido com meu Loban. O que poderia estar por trás disso?

Nisso, fui enfraquecendo de remorso e saudade de meu cão e, questionando como um homem que me ofereceu um mundo de felicidade tirava assim o meu chão e a minha lucidez.

Ainda bem que recebi os cuidados e a atenção naquele momento tão difícil. Tudo melhorou quando reencontrei meu cão amado e pude assim restaurar um pedaço de mim que ficou em cacos.

Reencontrar Allan na temporada da feira seria somente um ligeiro restaurar de esclarecimentos e mágoas.

No entanto, foi muito mais que isso! Foi o estreitar de nossos laços; foi o confessar das suas fraquezas; foi a compreensão de todas as más atitudes e tudo estava envolto a algo que ele não poderia me oferecer: presença e proteção!

O convívio com Thomas reabriu a "veia aberta" que nunca se estancou de fato, como se os encaixes não se completassem. Passei a temer e a amar Allan ao mesmo tempo, vivendo com a sensação de que a qualquer momento ele poderia me atraiçoar.

Ainda que dando a vida para proteger e curar Allan, nunca mais consegui sentir que pisava em terreno firme e seguro, mas ainda assim, era uma mulher profundamente apaixonada.

Silenciando minha mente...

Precisei ir à cidade para pedir mais dias de afastamento na galeria, e assim, também encontrei Yorick bem instalado e trabalhando de acordo com as suas habilidades.

Era noite e o "deserto de gente" favorecia o oportunismo, e caminhando pela praça central rumando em direção ao meu apartamento, foi quando eu percebi que estava sendo seguida e os que estavam em meu encalço não pertenciam a nenhuma Ordem secreta.

Não era minha intuição ou um presságio que me legava tal certeza, era simplesmente algo habitual: assalto nas grandes metrópoles.

Dois rapazes me abordaram puxando minha bolsa sob a ameaça de um canivete. Meu impulso foi natural, como se a vida inteira eu tivesse agido assim! Desarmei o que estava em posse da arma e imobilizei o que arrancou minha bolsa.

Em instantes, os dois haviam sido golpeados e desnorteados, fugiram de pavor! Apanhei do chão minha bolsa e atravessei vagarosamente a praça.

Já na sacada do meu prédio, fumei um cigarro, repassando em minha mente a experiência vivida, tentando compreender de onde angariei tamanha argúcia.

Pela manhã, voltava para meu lar e era embalada pela esperança de notícias ou algo maior.

Retomei o cabedal de trabalho do refugo, pois não sabia quanto tempo ficaria afastada da galeria. Era constante o desejo de ir à casa de Allan e passar a revista em todos os recantos, mas isso era uma tortura! Ele partiu, ele fugiu e o padre estava afastado.

Eu estava retirando o excesso de folhas secas do chão quando minha matilha partiu latindo para o portão, o que anunciava a chegada de alguém. Ainda na posse do ancinho, eu forçava a vista turva para definir a pessoa entre o muro e o portão. Tímido e aflito, meu Deus, era Yorick!

Eu vibrei de contentamento e ele mal esboçou um sorriso. Percebi que não era uma visita, e sim problemas!

Recebi Yorick em sua preocupação, e na sala, encorajei a contar o que acontecia. Ele me contou que um sujeito começou a rondá-lo, tentando parecer comum, mas tinha experiência em reconhecer dissimulações!

Possuía vaga lembrança daquele rosto, mas era seu talhe que o entregava. Facilitou o contato para desvendar de imediato o que queria o persistente.

Yorick contou-me que o homem lhe dissera que a mulher vista em sua companhia havia sido sua amiga.

Retrucando, disse-lhe que convivia com várias mulheres e sem uma descrição mais exata não a distinguiria das demais.

Ele, então, descreveu o biótipo: clara, atlética, cabelo castanho e longo. Manteve o discurso dizendo que se tivesse conhecido melhor a mulher saberia que seria algo perigoso!

Yorick manteve o rebate dizendo que com tal discrição o perigo foi algo que viveu com várias mulheres.

O sujeito mantinha a insistência dizendo que, em caso de sermos amigos, que eu avisasse a ela que Thomas tinha urgência no contato.

Ele partiu com o semblante rígido, estampando a certeza que definira a mulher em questão. Yorick temia que tivesse feito uma "ponte entre nós dois" e a Ordem.

Falei que Thomas era um insurreto e que discordava dos ditames da Ordem, mas que partiu em missão e nunca mais soube dele.

Na incerteza, Yorick fez bem em não confirmar o nosso contato! Porém, quando soube da minha confiança em Thomas, quis voltar de imediato para a cidade na intenção de revê-lo. Eu também tinha essa aflição, pois poderia ser algo que me levasse a Allan.

Partiríamos apenas pela manhã, então pude mostrar a Yorick o que lhe contara durante nossas andanças sobre a minha vida.

Mostrei a casa, o quintal, meus estimados e minha matilha, e anunciei quem era meu cão guardião, mostrei-lhe o meu Loban.

Era bom ver meu amigo, preocupado, envolvido e ainda o fiel escudeiro. Seu temor não era ser reconduzido à Ordem, mas sim que algo ruim pudesse me acontecer.

Fomos para a cidade e instalei-me no apartamento e aguardaria o contato de Thomas. Todo fim de tarde, fiquei nas cercanias até que nas escadarias do prédio, eu e Thomas nos reencontramos.

Escorada no corrimão e ele no sentido oposto, nos entreolhamos ainda surpresos. Nossa! Fazia tanto tempo desde a última vez! Eu não sabia o que fazer e esperava um gesto seu! Ao seu comando, como sempre foi!

Esboçou um discreto sorriso e apontou que desceria também. Cada um de um lado do corrimão. Desci devagar, mas ansiosa, e percebia o mesmo em Thomas.

Frente a frente no saguão, sem me atrever a expressar o tanto contido em mim! Aguardava seu sinal! Ele me olhou com ternura e passou a mão no meu cabelo e eu toquei no seu rosto. Assim, voltei para uma temporada ainda imbuída de felicidade.

Eu sabia que necessitava de suas preciosas informações, relevantes e mais recentes. Felicitamo-nos com ternura e compaixão quando pude perguntar o que o trouxera a mim.

Ele disse que tentava trazer a salvação e a libertação para viver o que todos nós buscamos com desvarios: o amor!

Meu Deus, eu sabia que ele falava de Allan, então ele teria indícios e respostas.

O assunto exigia rigor e quietude, assim Thomas sugeriu que discorrêssemos em seu hotel. Não era um estratagema de sedução, era simplesmente o jeito "Thomas de ser".

Ele me regeria todas as respostas e ainda me conduziria até onde seu conhecimento permitisse. Eu estava em "boas mãos", eu estava com Thomas, o caçador nato.

Distávamos da minha zona indo em direção ao centro da cidade. Evitávamos falar durante o trajeto, mas ficamos de mãos dadas. Estava absorta pela presença de alguém que, de certo, me traria esperanças.

Próximo a um viaduto bastante arborizado com uma pequena praça numa rua sem saída, havia um pequeno hotel. Era numa daquelas áreas que as fachadas e as estruturas não foram modernizadas e adulteradas pelo modernismo.

Descemos um pouco antes e paramos numa confeitaria com estilo *art décor*, onde as janelas possuíam meio acortinado, os entalhes em cromo e a mobília de madeira escura.

Ele não incomodou os garçons que, vagarosamente, fechavam o ambiente. Thomas trouxe café, pães e doces. Existia um silêncio contente entre nós. Contei que absorvi cada palavra da sua carta e que as informações mudaram o equilíbrio da minha vida. Após uma pausa, em silêncio, perguntei por quais distantes terras andou e o que o traria a esta cidade?

Disse-me que esteve em missões nos fins do mundo e percebeu que seu mandato exauria. Mantinha suas reservas de frustrações e que angariava certa imunidade para agir com mais independência. E continuava com o mesmo descontentamento pelas diretrizes da Ordem.

Eu não sabia em qual momento falar: "fui feita prisioneira pela Ordem, fugi com o pajem, o jovem que foi crivado com suas indagações; e já que estivera em minha cidade, significava que estava a minha procura!".

Naquele momento queria muito que este caçador nato pudesse ler meus pensamentos para eu não ter o desgosto de ter que pontuar com palavras algo tão explícito: o paradeiro de Allan?

Thomas pegou os embrulhos e fomos abraçados para o hotel. Novamente estava refém do capricho masculino de revelar o que convém! Ele era o caçador de uma Ordem e eu era a caçada! Acreditava na ternura dos seus sentimentos e intuía que me protegeria. Só não compreendia tanta falseta e hesitação.

Entramos no seu quarto e o meu retorno a sua intimidade detinha novamente relação com Allan! Vi o homem que detinha parte das minhas boas lembranças. Abraçamo-nos e senti de novo o seu cheiro. Ele era terno e profundo, havia sentimento e saudade, havia importância e significado, e havia muito tempo desde a última vez!

Passei os dedos ao redor dos seus olhos, havia maturidade e beleza naquele olhar de céu nublado. Ele elogiou meu frescor e beleza e falei que ele não sabia o quanto eu havia sofrido. Neste instante, me fitou com inúmeras possibilidades. Havia ternura, amparo e até desconfiança.

Ele sorria, ficamos em pé próximos da cama, e nos mantivemos assim, deixando que a intimidade fluísse, afinal, houvera um hiato entre nós. Na realidade, eu queria que ele falasse sem vicissitudes ou reticências.

Quanto de melindre seria necessário para obter meus intentos? O que Allan me custava? Não que Thomas fosse desprovido de atributos, não! Ele era lindo e eu estava feliz por reencontrá-lo. Mas estender tudo isso até a um quarto de hotel sabendo que este homem detinha qualquer enredo com a Ordem, ou ao meu respeito ou ao de Allan, e não poder num só suspiro obter todas as informações! Ter que sorrir, apertar, desnudar e muito mais...

Confessei que, em algumas estações antes de conhecer Allan, eu seria só dele. Ele respondeu que foram justamente as estações posteriores que o levaram até a mim.

Pedi que me contasse por que quis me reencontrar e por que me localizou na cidade?

Thomas teve uma importância ímpar: conhecimentos e entendimentos de uma Ordem secreta, entretanto, resolvi estancar os tropeços. Ele explicaria suas motivações!

Não mais uma sedução mascarada com verbena para adentrar nos recônditos da intimidade. Não, não! Estava cansada demais para ser "moeda de troca", pior ainda se partisse com dúvidas depois de ter dormido na sua intimidade.

Dirigi-me à porta, sinalizando minha partida, e perguntei se ele tinha intenção de me entregar à Ordem?

Ele tomou minha bolsa e meu casaco, e gentilmente pediu que eu contivesse minha ansiedade.

Respondeu que a cidade seria o único local para me interceptar, onde os possíveis sinais de colaboracionistas da Ordem seriam menores. Seu risco era tão grande quanto os que eu corri me expondo a tão nocivos perigos.

Thomas soube que um caçador relapso foi sentenciado pela perda de um valioso material. Descobriu casualmente o sítio da sua ruína, de onde concluiu que Veronica estava por trás dessa façanha. Contudo, estava longe demais antes que pudesse me oferecer ajuda!

Perguntas constantes sobre rumores que se passam com caçadores criam suspeitas seguidas de investigação! Entretanto, conseguiu saber que a mulher havia sido feita prisioneira na Ordem, mas não se tinha a certeza se ambos os casos estavam relacionados.

Então, abandonou sua missão e partiu discretamente à minha procura! Tarde demais, a mulher e um criado haviam fugido juntos. Rogou que eu tivesse êxito e a única forma de saber se estava a salvo sem levantar pistas seria rondar minha vida civilizada.

Por um golpe de sorte, avistou-me com o jovem que seria a chave para nosso reencontro.

Confessei que estava assustada e que passei por percalços acima da minha capacidade de suportar. Lamentei e agradeci! Chorei por medo e por achar que a minha vida valia bem pouco.

As janelas estavam abertas e as árvores revoltas por um vento forte. Olhamos juntos para aquele espetáculo e nos deslumbramos. Era uma cena linda da natureza. Tocamo-nos e nos beijamos, e assim como nos velhos tempos, pusemo-nos ao deleite de quem é cúmplice implicado e de quem se compraz no ardor.

Cada qual partilhando o seu desejo e seu querer! O meu era estar com alguém querido, mas que me levaria aos caminhos que me conduziriam até Allan.

Sei que fizemos amor, palavra doce que traduz um sexo quase cerimonial. Não, eu me entreguei a um homem que me queria inclinada, excitada, entregue, arrebatada ao seu domínio de homem que sabia fazer do sexo algo mais que dois corpos juntos e ritmados. Ele queria a minha mente!

Por isso, ele, Thomas, queria ver-se em meus olhos, queria minha boca, minha língua e minha voz com todo despudor. Era o exaurir com realização.

Depois que encerramos o ato, e na ternura de sua doçura, falou que tinha ideias em sua mente, certezas remotas, entretanto, conversaríamos melhor quando despertos, gradualmente, sem esgotar, sem tabus e dúvidas, pois estava integralmente ao meu lado.

Senti uma paz que há muito não sentia e a esperança me adormeceu de uma forma quase anestesiante. Dormimos profundamente e não tínhamos pressa, e essa condição nos permite ministrar melhor uma situação que envolve proposições.

Ao amanhecer, contei a ele o que senti quando vi seu rosto desaparecer na partida e a falta que ele me fez.

Ele falou que sabia o tamanho e o limite da sua importância, mas aprendeu que no amor tudo é circunstancial. A mulher que amava um lobisomem não poderia ser sua, mas a Veronica afável, atrevida e corajosa, esta não saiu mais do seu coração!

Contei a Thomas que confessei sobre o nosso romance e a suspeita da natureza e origem da maldição de Allan. Contei que Allan havia ficado possesso de ódio e ciúme como qualquer mortal, e assim a dúvida corroeu nossa relação, e depois disso o deixei.

Fiz esse relato a Thomas para que ele percebesse de forma sutil que Allan era movido a sentimentos pungentes e impulsos humanos.

Assim como retornei para Allan após um episódio, onde o "manto sobrenatural" se apossou de mim e a missão de retornar para ajudá-lo! E não havia provas que Allan fosse um Lobisomem Alfa e, ademais, tudo estava baseado em hipóteses.

Thomas me disse: "se estiver imbuída da veracidade da franqueza de Allan, isso abre novas janelas das quais eu mesmo estou incerto e desconfiado".

Ele relatou que as origens e determinações das criaturas obedecem à linhagem descrita e que a lenda do "Lobo Iniciante" pode ter mais de uma vertente.

Contei que Allan foi humanamente afetado pela inserção da desconfiança implantada por suas conjecturas e, sem dissimulação, quis o afastamento.

As elucubrações de Thomas com a Ordem permaneciam, embora ele não emanasse seu descontentamento ou emitisse novas perspectivas, pois sabia que lidava com uma instituição secular, mas tinha suas reservas e agia com moderação e discrição, caso contrário, tornava-se um alvo.

Sua cautela de me esclarecer de forma gradual obedecia a uma ordem de pensamento seu, pois cada informação deveria ser dita a seu tempo num grau de maturidade para ser bem aceita.

Thomas disse que me contaria algo que me deixaria aflita e atônita!

CAPÍTULO XV

AS REVELAÇÕES

Como caçador, aprendeu a estudar o momento certo, sem arroubos, e que a paciência e a confiança eram uma virtude dos caçadores e que estes só conseguiam vida longa através desses valores.

Fiquei tensa e assustada, e disse: "livre-me desse suspense, pois minha vida corre num trâmite sem fim. Eu preciso de um "norte", nem que seja para desistir!".

Thomas contou que desconfiava onde Allan estava abrigado! As ordens eram de cuidado e não extermínio, e era justo isso que fugia aos ditames da Ordem: o tratamento especial a um lobisomem!

Pairou então a suspeita de que este Lobisomem, por alguma razão, era especial e não era para ser usado para fins escusos ou explorado pela sua riqueza.

Comentava-se discretamente a vida do suposto lobisomem cativo acerca de sua ligação com um padre e uma mulher.

Não é novidade que a cúria se envolvia nisso. O curioso é que membros pertencentes à Ordem, tal como os Anciões, estavam alheios à íntegra do caso, e que a alta liderança é que estava tratando pessoalmente do caso.

Thomas relata: "Por isso acredito que exista algum segredo superior ao que combatemos e que a Ordem pode estar agindo acima do 'Bem e do Mal'. Se existe algum mistério, será descoberto, e se existir mais vias e se Allan for a 'chave', farei o meu papel de verdadeiro caçador: salvarei o inocente e exterminarei os culpados! Reze para Allan fazer parte do grupo dos heróis e ele será seu, 'são e salvo'!".

Contei a Thomas que fiquei no encalço do caçador estúpido e que ganhei a sua confiança. Ele falava mais do que devia e não foi difícil acompanhar seu movimento noturno, como encontros com homens estranhos que portavam objetos, o que sugeria algum tipo de suborno.

Segui o caçador e flagrei-o com seu comparsa torturando os homens que, em instantes, transformaram-se em criaturas e morreram. Suas atrocidades tinham notória intenção de suborno e corrupção e isto ficou claro para mim pelo que presenciei à distância.

Percebi que aquele soro poderia ser o antídoto que salvaria Allan da maldição, entretanto, ele estava fora e eu precisava testá-lo. Contei com a colaboração da credibilidade de jovens que se sujeitaram como cobaias: três Lobisomens Betas que, possivelmente, foram curados porque nunca voltaram para reclamar!

Quando finalmente a utilizei em Allan em seu ciclo lunar, a metamorfose ocorreu em instantes, e ali estava encerrada a esperança no soro. Por alguma razão, o antídoto foi falho no organismo de Allan.

Thomas ouvia atentamente e detinha seus pensamentos nas observações mais importantes, vasculhando em sua memória toda sua experiência.

Contou-me que os "Caçadores da Tribuna" tinham remota desconfiança sobre um antídoto que impedia a transformação, mas a cura seria a solução e o fim da Ordem.

Lobisomens curados, tornam-se comuns! Por essa razão, a confirmação da cura configurava algo lendário, a não ser que houvesse o interesse em manter tais homens como eternas criaturas. Algo que não estava fora da realidade, uma vez que alguns de nós sabíamos sobre falhas da Ordem...

Embora o apoderamento da riqueza dos lobisomens sirva ao bem contra o mal, a minha desconfiança advém de segredos e mistérios que não se encaixam.

"Nunca fui homem de me contentar com esclarecimentos de pouca clareza, mas angariei dever e riqueza servindo a esta Ordem que tem o princípio de extinguir os seres que fazem mal aos humanos!".

Percebi que Thomas e eu precisávamos novamente de uma temporada juntos para chegar a esclarecimentos difíceis e, principalmente, chegar ao tal lobisomem aprisionado que poderia ser meu Allan!

Fiquei um tempo na cidade junto com Thomas e assim ele estabelecia seus contatos e obtinha informações. O risco de nos verem juntos não era pequeno!

Ele estava numa caçada, mas estava na empreitada mais difícil da sua vida: localizar um metamorfo e esclarecer os interesses da Ordem numa destas criaturas!

Ele contava com poucos homens confiáveis na Tribuna, mas manteria contato para obter a localização do tão especial "lobisomem aprisionado".

Thomas quis entender mais sobre o soro e contei-lhe minha rotina nos canis e como adotei mais duas mascotes à minha matilha. Aprofundou-se para a questão de como consegui conhecer e persuadir Lobisomens Betas!

Contei que, num café, presenciei um homem que poderia ser um metamorfo e confirmei sua condição quando acidentalmente ele foi atingido com água fervente.

Tratava-se de um Lobisomem Beta que foi transformado em "terra estrangeira" quando trabalhava como correspondente.

Conquistei sua confiança e ficamos próximos, podendo assim lhe contar sobre o soro e como o obtive. Ele trouxe membros simpáticos de sua alcateia para validar o soro.

E a propósito, ele estava na cidade para desvendar o desaparecimento de Iguais que, justamente, foram abatidos pelo tal caçador.

Thomas quis saber o nome do Lobisomem Beta, disse que o mataria numa floresta, disse que Allan deveria morrer numa masmorra a ter alguém como eu, que para curá-lo, tinha que seduzir todas as criaturas das "florestas do submundo".

Contei crendo de forma que ele não percebesse algo... ledo engano! De imediato, percebeu que a iniciativa generosa rendera enredo amoroso. Thomas ficou irritado pela possibilidade de ter sido amante de um Lobisomem Beta.

Para Thomas, eu parecia aquelas mulheres que não desistem, e que para obter seus fins, justificam os meios. Embora ele soubesse que a causa era ingrata e eu não tinha escolha!

Pobre de nós, que precisamos contar tais fatos com uma honestidade que faz parecer fácil, mas só nós sabemos o quanto é difícil, e sabemos também que é doloroso para quem quer de nós exclusividade.

Perguntou-me se o caçador sentenciado também passou pela minha cama. Garanti que este nem chegara perto. Thomas tinha ciúmes de mim!

Honestamente, disse-lhe o quanto o achava bonito. Sua pele bronzeada, seus olhos azuis cinzentos, seu corpo atlético, e toda sua história misturada com a minha formava um conto especial. Que fazer amor era uma dádiva, embora eu soubesse que estava em pecado, mas que nossa proposta estava acima disso.

Assim terminei beijando o homem que estava disposto a me ajudar a se arriscar com uma poderosa Ordem.

Eu devia, sim, prazer e amor a este homem que via em mim, não uma mulher promíscua, mas uma mulher machucada pela má sorte.

Posso então contar que subi sobre seu corpo e disse muito ao seu ouvido e ele gostou das minhas palavras. Retribuiu amavelmente e, em seu torpor, eu deliciosamente descia e subia sobre ele, beijando-o do pescoço ao abdômen. Mostrei a ele o quanto Thomas, o caçador nato, era bonito, vigoroso e importante para mim.

Ele foi feliz, ele foi meu, ele recobrou sua coragem. Faria tudo por nós. Não era uma "moeda" de troca, eram dois seres que tinham o objetivo de estarem corretos com seu dever. Ele, de resgatar um possível inocente, e eu, recuperar meu amado Allan.

Thomas pediu que eu voltasse para minha propriedade.

Não seria seguro ficarmos juntos, uma vez que desconhecíamos as suspeitas da Ordem.

Avisei a galeria e retornei para a minha casa, onde fiquei aguardando o contato de Thomas!

Estar em casa era angariar forças para continuar lutando, impulsionada pela esperança e amor que sentia por Allan.

Continuei a vasculhar as correspondências da igreja motivada pela esperança de um contato do padre. Uma irmã da igreja, incumbida do setor, apareceu de repente, estranhando minha presença demorada, e justo ali, na escrivaninha. Disse-lhe que estava saudosa e que nenhuma notícia tinha do padre Patrick e por isto estava à procura de um postal a mim prometido por ele.

A irmã disse que seu afastamento da paróquia fora repentino e sem maiores informações. Sua tarefa foi reunir uma série de pacotes e caixas pertencentes ao padre e pediu para que eu fosse averiguar ali mesmo, no escritório, e que depois eu pusesse tudo no mesmo lugar. Às vezes, a gentileza e a serventia vêm de onde menos esperamos!

Manuseando uma série de cartas, anotações e correspondências, eu estranhei como ele manteve tudo tão ao alcance, papéis de espantoso sigilo.

O curioso é que eram remetidos para mim pacotes escritos em latim, e numa caixa continham documentos que expunham a vida de Allan de muitas formas e maneiras.

Como não poderia permanecer com os documentos das caixas, fui anotando os remetentes e nomes de seus correspondentes. Quantias assombrosas retiradas da conta de Allan, além de seus bens registrados. Relatos das viagens, mosteiros e os conventos que viveram juntamente com os clérigos que conheciam a maldição de Allan.

Estranhei que seu próprio tio e sua mãe (os possíveis pais de Allan), tivessem nomes e referenciais diferentes das que foram mencionadas de forma tão desolada por Allan.

Embrulhei tudo como estava na caixa, recoloquei na estante e depois fui embora. Parti com uma estranha impressão! Desconfiar de alguém tido como íntegro e ao mesmo tempo sentir a sensação de engodo.

Impedi que as ideias maturassem e guardei minha compilação e mostraria a Thomas ou a quem mais pudesse compreender.

O padre era o patrono de Allan e a única pessoa que não poderia traí-lo. Precisaria localizar pessoas, lugares e transcritos, e para isso, seria necessária uma pesquisa.

Não senti que Allan pudesse ter mentido sobre qualquer informação contida nos documentos. Ao contrário, presumi que o padre é que não foi sincero e o patrono que pensei, ou como Allan julgava.

Pensei em ir até a propriedade de Allan vasculhar estantes e gavetas em busca de mais informações ou mais contradições, mas de certo, o padre teria esvaziado qualquer indício que remontasse a história de Allan.

No dia seguinte, retornei à minha cidade no intuito de mostrar para Thomas as minhas anotações e rascunhos. Fiquei pela cidade esperando seu contato. Aproveitei para resolver pendências na galeria. Um caçador saberia me encontrar nas mediações.

Já anoitecia quando, da sacada do meu prédio, avistei Thomas próximo ao poste na praça. Ele seguiu na frente e me aguardaria no bistrô. Já acomodados e com ele passando a revista, o seu semblante era de preocupação e incerteza, pois minhas anotações confrontavam com as suas conclusões.

Perguntou o que eu sabia sobre a relação dos dois e se este padre era confiável?

Contei a respeito da nossa convivência sob a demanda do problema de Allan, o que nos tornava íntimos!

Meu contato inicial com esse padre não foi amistoso, pois ocorreu sob a mira de minha arma para que confessasse sua relação com Allan, uma vez que descobri suas ligações "afetivas". O padre não se mostrou surpreendido e deu-me todo o relatório. Não foi cerimonioso ou temeroso, e mesmo depois dos seus relatos, não preencheu qualquer entendimento sobre a realidade da vida de Allan.

Após tudo isso, tivemos uma relação estável, onde eu contava com seu auxílio para o suprimento alimentar de Allan, e nas ocasiões mais críticas, Allan partia com o padre para os confins dos mosteiros e o nosso contato era por cartas em latim sem remetente através da igreja. E ao que tudo indicava, Allan era feliz por ter um patrono, afinal, foi entregue por seu "tio-pai", também um clérigo, aos cuidados do padre Patrick, desde então, ele cuidou literalmente de tudo que envolvia Allan.

Thomas percebeu que as numerações eram de contas bancárias no exterior. Doações e membros da igreja. Cognomes de pessoas do circuito unido ao submundo, muita informação em hebraico e latim que configuravam frases em "bordões" que eram senhas para ingressar em alguns círculos secretos.

Thomas estava averiguando junto a outros caçadores de sua confiança o que não conseguia compreender, mas de qualquer forma, o que estava relatado não apresentava "casticismo". Thomas foi enfático ao afirmar: "não pressinto bons interesses neste padre!".

Perguntei se ele poderia ter algum envolvimento com o desaparecimento de Allan?

Thomas era cauto nas suas elucidações. Acreditava que o padre poderia ter sido eliminado ao perder serventia e seria precipitado associar que Allan estava sumido, morto ou encarcerado por conta do padre. Na sua conjectura, uma das possibilidades era que, após o meu aprisionamento, ambos tiveram seu destino e sorte.

Thomas permanecia discreto e oculto na cidade, aguardava as respostas sobre a identidade do lobisomem em prisão especial.

Falei a Thomas que temia que estivéssemos sendo vigiados por alguém da Ordem, afinal, esta cidade fora minha moradia por muitos anos.

Thomas apenas sorriu e disse-me que era um caçador nato, que tinha habilidades especiais e perceberia presenças, e quanto a isso, eu não precisaria ficar preocupada.

A hora avançava e ele pediu que fôssemos para seu hotel a fim de repassar as dúvidas, diversificar e diminuir a distância. Fomos, então, para meu apartamento, enquanto ele revia as anotações para maiores averiguações.

De repente ele começou a perguntar da minha estada na Ordem e contei todas as minhas lembranças, mas ele não se atinha a isso, pois conhecia bem a ambientação. Perguntou sobre a fuga e contei que tive a ajuda do pajem Yorick.

Dei os detalhes da dificuldade entre o gradil e as muralhas e que a nossa jornada de distanciamento foi uma aventura da qual aprendi a sobreviver com outra identidade e modéstia.

Quando seu semblante foi cerrando, frisei as dificuldades atravessadas e a temporada que passamos juntos até o retorno final. Se Thomas não compreendesse tal jornada eu desistiria do seu amparo. Não estava para ciúmes impróprios por conta de inéditos acontecimentos. Ele pediu para dormir na sala e nada mais insinuou.

Eu arrumei confortavelmente seu aposento e compreendi que seus sentimentos eram confusos em relação a mim. Deitei ao seu lado e apertei sua mão. Aos poucos, já estávamos abraçados.

O jeito que me acolheu em seus braços demonstrou a compreensão pela trajetória da minha vida e o quanto me custava amar um Lobisomem.

Madrugada alta, eu sonolenta, percebi Thomas suavemente desfazendo as cobertas e indo até a copa. Ele estava rascunhando as ideias discutidas e ao mesmo tempo procurando algo quente para beber.

Fui acompanhá-lo na sua vigília, juntos bebemos chá e retornamos para o colchão. Ele retirou seu pulôver e desabotoou seu jeans, recostando no sofá. Recostei também no sofá em sentido oposto e nos entreolhamos.

Thomas era um homem bonito, seria sim meu homem, se eu não fosse cativa. De alguma forma, ele cobrava isso de mim, embora compreendesse a ordem dos fatos.

Mesmo no desandar dos acontecimentos, eu poderia, eu deveria, mas eu estava sendo sua...! Ele pediu que eu me desnudasse e retirei a blusa.

Receei que desandasse para um contato de sevícia e fui cuidadosa no meu exibir. Ele estava tomado de desejo e lascívia, tentado pelo ciúme, o que é uma combinação impetuosa.

Eu tirava a roupa, mas me enrolava no lençol, estendendo o tempo, ainda sem me desnudar. Enquanto isso, confessava minha admiração por ele! Disse que quando o vi pela primeira vez em luta, experimentei um colossal desejo e me realizei ao reencontrá-lo à noite. E o quanto foi melhor a nossa relação quando não precisei mais manter meus segredos e o uso das poções.

Não me alonguei em apontamentos repetitivos, mas sentia o quanto ele gostava de ouvir e o quanto sua vaidade se renovava ao ouvir pequenos relatos de nossa própria história.

Disse que seus pelos loiros, seu cheiro, seus contornos luminosos, a masculinidade da sua natureza me fizera falta após a sua partida. Ele retirou o resto de sua roupa e pediu que sentasse sobre ele. Dessa forma, ele olhava meu rosto com ternura, como se estudasse minha face, ajeitando meu cabelo. Ele suavemente me beijou.

Eu beijei seu pescoço e seus ombros, mas ele queria mais... ali, me entreguei inteira e mostrei adoração num ato intenso! Ele falou o que pensava e eu respondia a seu favor.

Toda sua vaidade foi preenchida através das minhas palavras, onde encarando-o, disse que era o melhor! Porém, Thomas precisava mais que isso! Ele não queria ser o melhor que o restante, ele queria ter e ser o meu amor!

Ele adentrou num campo delicado de comparação onde era vencível... onde ninguém prescindia meu triunfal Allan. Então, calada mostrei apenas desejo. O quanto ele era bom, o quanto era importante.

Seu orgulho foi restaurado, e de alguma forma, ele compreendia: não se tratava de ser um caçador mais velho ou um lobisomem mais jovem, foi o destino que trouxe Allan primeiro e ele depois.

Como uma mulher que devia tanto a esse caçador, pelo risco que se propunha, por mim e por Allan. Por me amar e ser um homem incorruptível, eu me dei, sim, sem pudores e hipocrisias.

Ele deduziu que não levaria muito tempo, então eu poderia decidir entre ficar na cidade ou retornar para casa. Minha ânsia por obter respostas me levou imediatamente de volta para casa.

Passei na igreja e, de volta ao escritório, continuei a revolver gavetas, estantes e escaninhos em busca de pistas. Pouco me importava se qualquer beata intrusa com ares de superioridade chegasse à porta. Fui colocando todos os originais na bolsa, pois sabia que nas minhas compilações, poderia ter ajudado muito pouco a Thomas.

Sem medo ou modéstia, adentrei o quarto paroquial e revirei aqueles móveis tão suntuosos e impassíveis. Qualquer cristão que cruzasse o meu caminho ouviria o som gutural de minha voz, meu Allan não correria riscos e nenhum cômodo antes insuspeito seria descartado!

Passei a revista e carreguei tudo que pertencia ao padre, aproveitei o ensejo e me dirigi à casa de Allan. Meu Deus, eram tantas as lembranças que quase tomavam minhas forças. Ali também recolhi tudo que pudesse ser útil nas investigações.

Encontrei mais do que o esperado! Ter contato com os pertences de Allan nesse momento era difícil! Encontrei cartas embrulhadas, fotografias além das emolduradas na estante, entre outros guardados.

Passei em casa com esse carregamento que cheirava a mofo, estabeleci os comandos para me manter mais uns dias na cidade. Tranquilizei meus encarregados, felicitei minha matilha e abracei Loban, ele era o filtro e o espelho para os Iguais, ele era o meu guardião.

Queria muito visitar minha amiga da gruta, minha deidade que tinha dons especiais e, talvez, num toque, conseguisse revelar os pecados ou bondades do patrono de Allan. No entanto, não havia tempo e não seria justo, já quase anoitecendo, assoberbar minha Lorena. Quase nunca pronunciava seu belo nome, minha doce Lorena.

Voltei para a cidade, e tempo seria algo que eu não poderia perder!

Já no meu apartamento, espalhei toda aquela papelada na sala e tentei sozinha interpretar rascunhos, anotações, documentos, e minha única distração foi contemplar a infância de Allan nas fotos. Fiquei quase até o amanhecer na tentativa de compreender, mas o sono e a dificuldade me venceram. À noite, Thomas fizera o mesmo contato através do poste da praça e segui para o bistrô.

Ele veio acompanhado de outro caçador. Era um homem de sua confiança, também um insurgente! Entreguei todo o material a Thomas, que contaria com a ajuda desse caçador que ele afirmava ter dons superiores aos seus, era um caçador nato de grande domínio.

Thomas me tranquilizou dizendo que fariam o possível para desvendar o novelo e que outros caçadores rebelados tentavam descobrir o tal "distinto cativo", motivo de tanto mistério e recato entre os demais membros da Ordem.

Thomas pediu que eu ficasse atenta e assim lembrei a última vez que tentou precipitar meus instintos cautelosos, e isso fora contra Allan, entretanto, esse honesto e imparcial homem não mais se dirigia a Allan como um mentiroso e impostor na escala dos lobisomens.

Ele estava preocupado com a natureza dos escritos e possíveis segredos do padre, e com o homem encarcerado pela Ordem, onde nem mesmo os Líderes da Tribuna tinham acesso a tais informações.

Thomas sabia que se a Ordem mantinha vivo e cativo um Lobisomem, algum interesse superior este "Ser" oferecia a tão suprema Ordem.

Thomas explicou que ficaria em pesquisa, junto com outros, e me garantia respostas em breve! Thomas se levantou e foi embora com o outro caçador. Ali sozinha, bebendo conhaque com café numa despedida tão vaporosa, corri atrás de Thomas até a porta do bistrô.

Ele me olhou e pediu que o outro caçador o esperasse adiante. O olhei sem saber o que dizer, meus olhos estavam embotados e uma ânsia tênue em meu peito.

No silêncio dos nossos olhares, tudo que ele me ofereceu foi um forte abraço e um beijo em minha testa. Permaneci olhando em seus olhos sem saber ao certo o que lhe pedir. Na verdade, queria promessas mais contundentes, precisava da confortável certeza, mas só tinha esperança.

Discreto e ardorosamente, disse ao meu ouvido que gostaria muito de passar a noite comigo, mas passaria investigando junto ao parceiro que era profundo decodificador.

Mulheres, às vezes, precisam de bem pouco, mas alguns tolos pensam que serem ásperos, rudes e assépticos torna nosso espírito menina mais confortável. Daí tantas mulheres vão buscar consolo e conforto em outros braços, mais audazes e sedutores.

Os dias se passaram e pude me ocupar da galeria e manter razoavelmente minhas atividades aguardando o contato de Thomas.

Passados alguns dias, Thomas apareceu de repente na galeria, sua fisionomia exibia certa urgência, certamente informações que poderiam me transtornar. Deixei a venda de um excelente quadro com a colega e parti imediatamente com Thomas.

Ansiedade deixa minha boca seca e o coração arrítmico, e o suspense dilacerava. Mesmo aflita e trêmula, mantive minha conduta e conversamos no bistrô.

Thomas deu início ao diálogo, informando-me que conseguiriam um breve levantamento das contas do padre e do quanto movimentou nestes anos.

De acordo com as informações do passado de Allan, este era filho de incesto entre sua mãe e um tio clérigo. Allan foi entregue aos cuidados do padre, seu patrono, e que seu pai lhe garantiu considerável fortuna, vivendo no exterior e em constantes mudanças, até que foi morar na casa da colina.

A história de amor que combina pecado e incesto ainda é duvidosa, o que sabemos é que a sua mãe teve uma gravidez complicada e um parto difícil, embora tivesse outros filhos. De fato, Allan possuía um tio cardeal, mas ainda assim, Allan pode ter sido apenas registrado como filho, questão que ainda estava sendo analisada.

Era sabido que sua mãe perdera a sanidade e falecera, ficando assim, com seu padre patrono pelo mundo afora.

O que evidenciava a impureza desse padre eram as movimentações ostentosas de gastos com a Cúria, e por quais razões os membros da Sé precisariam saber da maldição de Allan. Se sua metamorfose poderia ser controlada em qualquer porão ou sótão, posto que o mesmo possuía propriedades em várias regiões, sem ter de ser submetido ao sigilo em mosteiros e conventos.

Alguns caçadores dissidentes têm conhecimento que membros da igreja católica sabem das ações da Ordem. E que existe um cuidado para que outras religiões não tomem conhecimento destes seres metamorfos

Um grupo discreto de caçadores permeia a ideia que outras religiões não teriam a dádiva e o conhecimento para lidar com "Seres das Trevas", podendo até utilizá-lo para fins pouco nobres, e que nenhuma religião melhor que a Cristandade poderia guardar relevantes segredos.

Fica notório que o patrono de Allan frequentou círculos secretos, permitiu que membros da cristandade soubessem demais sobre a maldição de Allan e que muito dinheiro foi envolvido. Isso tudo denota interesse presumível. Esse padre era implicado!

CAPÍTULO XVI

CONHECENDO VERDADES

Até que ponto o padre manipulou a ideia de possíveis atentados envolvendo Allan? Inclusive sobre assassinatos contra mulheres, algo que poderia perfeitamente ser uma inverdade.

Outro detalhe relevante era o tipo de alimentação que o padre incentivava, criando vícios e hábitos com órgãos humanos, algo desnecessário nesses seres que podem sim, sobreviver de caças frescas!

Peregrinou com Allan propositalmente para criar uma atmosfera de dificuldade e custo, estremecendo sua autoconfiança. Até que, por alguma razão, se instala numa paróquia de uma distante cidade e fixa residência em uma propriedade.

A possibilidade da escolha de uma moradia não distando entre a igreja e o cemitério, uma jovem pagã envolvida em um romance, poderia ser a estabilidade que o padre esperava para planejar suas futuras investidas! Até que Allan estivesse na condição ideal de entregá-lo a membros da Ordem.

Thomas advertiu que, embora tudo parecesse muito ensaiado e calculado por um homem maduro, estaria bem dentro dos planos de um homem absolutamente calculista, mas o que parece uma balança de pesos e medidas, pode ter sim, o efeito dos acontecimentos e da sorte.

O que ele precisava contra o padre já possuía: sua movimentação financeira no exterior que o mantinha abastado e este dinheiro pertencia a Allan.

Fiquei atônita, mas ainda conservava aquele resto de esperança de que tudo não passasse de um mal-entendido que seria esclarecido, caso contrário, Allan teria uma enorme tristeza! Esse padre foi o único pai que Allan conhecera!

Agora, restava a nós identificar o homem que estava refém da Ordem, descobrir os interesses do mesmo e libertá-lo.

Thomas tinha uma intuição, mas disse que não poderia revelar porque seria precipitado e confuso apresentar antes da confirmação, pois isso removeria tudo que aprendeu em anos na Ordem e desmistificaria toda a hierarquia misteriosa dos Lobisomens.

Queria saber com Thomas como ele faria para se aproximar da Ordem, uma vez que estava afastado para outras prestezas e se tal investida poderia torná-lo suspeito.

Thomas acertava pontos com um velho caçador, estes em fim de carreira são pouco suspeitáveis. Era ele quem passaria as informações, pois suas funções eram limitadas dentro e fora da Ordem.

Os caçadores possuem os seguintes fins: morrem nas garras de um lobisomem, então são quase heróis! Executados por qualquer tipo de traição, são subversivos, servindo de exemplo aos ambiciosos insurgentes. Os envelhecidos são afastados com alguma fortuna e geralmente perdem a sanidade, mas não representam uma ameaça para a Ordem.

Nenhum caçador tem a liberdade de ser conduzido para dentro da propriedade da Ordem sem permissão. Todos que entram e saem são conduzidos por membros cativos, são os lacaios do castelo, caçadores não! Estes são uma espécie de combatentes autônomos de confiança limitada. Nisso reside a demora do contato de ambos, mas Thomas possuía um plano.

O castelo era uma propriedade medieval de armeiros e no sopé havia uma caixa de correspondência. Os caçadores depositavam seus códigos e insígnias onde suas razões estavam assinaladas. Os Guardas condutores o buscavam de vendas nos olhos e o mesmo ocorria quando precisavam sair da propriedade.

Uma vez dentro do castelo, não utilizavam vendas ou capuz, isso era aplicado apenas aos prisioneiros.

Thomas pediu que tentasse contactar Yorick e sugeriu que partíssemos para a minha casa. Ordenou que Loban ficasse solto, isso manteria o alerta de Iguais pelos arredores.

Disse-me que conseguiria contato com o castelo e descobriria o refém e as razões secretas para tanta acuidade a um "Ser" que, em outros casos, seria sumariamente executado sem nenhum glamour!

Pedi a Thomas cautela e implorei pela vida de Allan. Thomas, num gesto habitual com a cabeça em forma de aceno, confirmou que traria inteiro o meu coração.

Eu, Veronica, lhe falei: "você, Thomas, é também uma parte do meu coração!". Ele disse que nem ousaria perguntar com qual das partes eu gostaria de manter inteiro, afirmando que o momento não seria para delongas!

Thomas pegou sua mala e seus pertences e eu garanti que partiria em seguida.

É habitual que nós mulheres beijemos os homens que vão para frente de batalhas, ainda mais quando a luta não é apenas deles, é nossa também!

Eu beijei Thomas, eu não deixei soltar meus lábios. Passei a mão pelo seu corpo e fui vagarosamente provocando seu êxtase. Ele decidiria se deixaria por uns instantes as malas, as armas, as facas e se aproximaria de mim.

Num ato que poderia soar como uma despedida, eu quis fazer amor com ele, há quanto tempo esta frase não soava tão sublime de meus lábios!

Seria amor, sim, pois naquele instante havia uma aura de paz e de despedida, pois sua vida garantiria o retorno de Allan.

Thomas retirou suas armas, seu casaco e tudo que adornava, desabotoando a camisa e abrindo a minha roupa. Eu me deitei na cama e ele deitou sobre mim e o amei com ternura e volúpia, daquelas que estimam e contemplam seu homem.

Eu olhei fundo naqueles olhos azulados e na minha entrega e remissão confirmava meu sentimento: sua coragem e seu êxito! Thomas fez amor comigo com minúcia e ternura, mas ainda assim, era latente a força desse caçador tão bravo e lindo.

Eu permaneci na cama assistindo-o vestir toda sua indumentária de combate, e naquele momento em que deixávamos ainda nossos corpos quentes, uma lágrima rolava no meu rosto e ele sabia que este sentimento era somente por ele!

Procurei Yorick no prédio central e pedi que me encontrasse na portaria o mais breve possível. O que facilita a convivência com estas pessoas é que elas compreendem rápido e não esmorecem diante o penoso.

Partimos juntos para minha casa e na estrada fui contando com brevidades as intenções de Thomas e o que poderia estar se sucedendo com Allan.

Chegar em casa era tão bom! Eu via os caseiros acenderem suas lâmpadas, não importava a hora. Este ato tinha muita importância, pois representava acuidade com a minha presença.

Minha família canina latia de contentamento, e sem fazer alarde eu os acariciava e permitia que na noite de chegada dormissem todos na cozinha.

Meu Loban vinha tão feliz que me seguia o tempo inteiro. Eu não sei se no seu instinto sabia quão era especial, mas ele sabia que era amado.

Eu e Yorick tomamos um chá na cozinha e ele me divertiu um pouco relembrando breves passagens das dificuldades em nossas andanças. Contou como prosperava em seu trabalho e nunca imaginou que uma prisioneira o levaria por caminhos nunca imaginados.

Retribui o elogio dizendo que sem ele nunca teria conseguido. Ele lamentava não fazer coro com Thomas, mas me protegeria a qualquer custo.

Yorick dormiu no quarto anexo e nem por um instante me fitou com aquele olhar cobiçoso que rondou durante toda nossa perambulação.

Pela manhã, as portas abertas, um sol tépido invadia a cozinha e tomamos nosso café. Eu tentava manter a aura de esperança e fé. Deixei Yorick na casa conhecendo minha família de caseiros e minha matilha, pois minha ida até a igreja do padre Patrick tinha a função de receber notícias de Allan.

Agora eu estava rezando e pedindo a Deus que não houvesse torturas e mortes, também pedia perdão pelos meus pecados. Pequei o quanto foi preciso para sobreviver e devolver forças aos homens, que de suas formas me amaram, e que fariam algo pelo meu amado Allan.

Se Deus não me perdoasse, seria por querer salvar Allan desta maldição!

Eu sabia que Thomas arranjaria um modo de informar e eu ficaria atenta a todos os sinais, nem mesmo os malotes que chegassem ao escritório da igreja seriam descartados.

Assim, fiquei atenta à igreja, à Praça do Mercado, ao latido dos meus cães no portão... não seria de estranhar uma visita madrugadora.

Yorick dormia em vigia, sabendo que na propriedade, mesmo que eu fosse a mulher dotada de força física, seria ele que pegaria em armas e iria até o portão.

Após dias de espera, conservada pela esperança que nos rege, percebi um homem rondando. Eu estava na Praça do Mercado quando com um aceno de cabeça ele sinalizou onde iríamos trocar algumas palavras e nos encaminhamos para o empório. Aproximei-me dele e ele pediu que eu comprasse velas e fosse para o cruzeiro.

Fiquei com as velas acesas fingindo oração e o homem se aproximou mantendo o mesmo rito: falava comigo como se estivesse rezando!

Deixo o velho caçador falar:

"Nosso estimado Thomas estivera na Ordem e que ainda não tinha autorização para sair e nenhum caçador tinha acesso ao prisioneiro. Somente os Guardas e os Anciões tinham contato com o cativo. Soube que os pajens o alimentavam e por não ser um caçador visado devido à minha idade, não encontrei dificuldades numa conversação prosaica com um deles que me descreveu as características do prisioneiro. Num breve contato com Thomas, o mesmo alertou-me que este era o perfil que melhor descrevia Allan".

Ouvi o "velho caçador" dizer assim: "meu querido amigo disse que seu namorado é muito branco, cabelos que variam entre um ruivo e castanho, olhos azuis, porte e estatura razoável".

Essa também fora a descrição do pajem referente ao prisioneiro em questão. E repetida por Thomas, que apenas confirmou o biotipo. Agora, só quando o nome for revelado, o que duvido muito, ou Thomas tiver contato com o vivente, é que você minha jovem, terá a certeza!

Eu não sabia o que falar, eu só chorava! Queria beijar a mão daquele senhor e implorar que ele retornasse até a Ordem e tentasse falar com Allan.

Ele compreendeu minha dor e se compadeceu dizendo para ter esperança. Entretanto, as regras não eram tão fáceis assim. Mas as notícias não tardariam!

Ele falou que não poderia se estender, e que qualquer deslize, todos seriam implicados.

Fui para casa e me enrolei nas cobertas para chorar, o que há muito tempo eu não fazia. Chorei de medo de matarem Allan, chorei com medo de nem ser Allan e dele já estar morto juntamente com o padre.

As palavras de minha deidade, Lorena, soavam como um bálsamo. Ela me disse que "sentia Allan pulsando".

Poucos dias depois, acomodada em minha cama, escutei os cães em alvoroço, Yorick se mobilizou sem acender as luzes e foi avistar da fresta da janela o que ocorria no portão. Uni-me a ele e percebemos ser o "velho caçador".

Mal pude me agasalhar e descer para receber a notícia. Foi Yorick que me controlou dizendo que ele poderia estar na coerção da Ordem e que desceria armado comigo. Da minha porta, ainda sobre os degraus, Yorick perguntou em tom elevado quais eram suas condições!

Assim que ele ouviu, disse: "estou só!". Fomos os dois até ele! O trouxemos para dentro de casa e o acomodamos, juntos bebemos conhaque.

O homem já estava sentado com o copo na mão e me encarava com dificuldade de falar, com o semblante cerrado de quem ocultava algo difícil de relatar!

O velho caçador disse: "seu namorado está vivo! Ele interessa para a Ordem e só não sabemos a razão desse interesse, e não sabemos por quanto tempo sua vida será preservada!".

Perguntei se fui a culpada de seu aprisionamento, uma vez que eu furtei objetos de um caçador que foi punido. O velho caçador conjecturou que a Ordem fora ameaçada por meu ato e que, de certo, esperavam me punir. Que estenderam minha vida para que esclarecesse o meu delito e que tive sorte em fugir antes da sentença final.

Disse-me ainda que talvez Allan e o padre foram apanhados em fuga, mas o interesse que tinham em Allan não possuía uma relação direta com meu dolo.

Acomodando-se, o velho caçador com a fala pausada e mansa continuou o relato e disse-me que o encontro entre Thomas e Allan se dera assim: "Thomas conseguiu convencer o pajem a levar ele mesmo o alimento para Allan, alegando o perigo que aquele homem poderia causar a Ordem e que os Anciões ficariam agradecidos por tamanha deliberação.

O pajem foi relutante, mas Thomas era convincente, falando sobre sua natureza e dons, reiterando que as tradições rigorosas da Ordem eram um entrave ao deslanche, mas que a ousadia seria reconhecida como um mérito para ambos.

O pajem entregou então a bandeja para Thomas e ficou aguardando com toda discrição.

Thomas diante de Allan abriu a bandeja de prata que encobria a refeição e perguntou se ele precisava mesmo comer algo tão funesto não estando metamorfoseado".

Imediatamente Allan respondeu: "como o que me derem para sobreviver, mas posso abrir-lhe o peito se julgas esta alimentação pouco fresca!".

Thomas não sabia se a resposta era uma exibição de revolta e coragem ou por puro reconhecimento da figura à sua frente.

Redirecionando a conversação, perguntou se seu nome era Allan. Irritado, respondeu que não possuía uma insígnia, portanto seu nome era pouco importante.

Com a voz pausada, Thomas perguntou: "você sabe quem eu sou?". Aproximando-se de Thomas, o cheirou e o olhou com minúcia, e respondeu: "és a serpente que envenenou Veronica enquanto estive com meu patrono em exílio".

Thomas respondeu: "Não! Sou o caçador que conviveu de perto com uma moça imbuída de interesse pessoal e que se aproximou de mim intencionada".

Allan falou: "não me diga!? Sequer se aproximaste dela? Não fizera galanteios banais?".

Thomas diz: "sim, a caça de um Lobisomem Beta em sua forma humana. Percebi-a pela manhã e tive a sorte de revê-la à noite. A moça tem sim, encantos, mas ela só prosseguiu por saber quem eu era! Quem eu representava.

Nosso encontro gerou inúmeras dificuldades e dilemas, pois eu reconheço a mente e ela conseguia enganar-me através de artifícios por ser dotada de uma natureza incomum. Não percebi que era cúmplice de seres que eu tanto caço.

A história relatada por você não denotava veracidade e falei a ela esta verdade quando toquei no cão guardião. Seu perfil não enquadrava na categoria dos Lobisomens Betas, afinal, você ocultou o cão guardião e desapareceu da vida dessa mulher.

Sua origem traduz o perfil dos Lobisomens Alfas, sua natureza é recriada por vontade própria sendo o apóstolo do mal. Sabes que não és um Beta, criado no infortúnio da má sorte! Então, qual opção resta sobre sua origem?".

Allan responde: "Se és tão esperto, diga você!".

Thomas replica: "estou aqui acreditando que talvez nem saibas o que é! Uma vez que a Ordem se desviou de seus propósitos e se tornou corrupta. Sendo um Alfa ou Beta, nesta altura, já estaria enterrado a cal. Se fores tão especial a eles, pode existir de fato uma ligação com a lenda".

Allan respondeu: "não reconheço contos ou lendas; tudo que sei, soube pelo meu padre, meu protetor, o único pai que conheci".

Thomas responde: "sou de fato portador das más notícias, talvez o seu 'pai' tenha ocultado coisas. Talvez o tenha entregado à Ordem. E se te digo isso, é embasado em descobertas de Veronica! Um arsenal de informações que culpabilizam seu patrono. Acredito o quão terrível seja tal revelação! E me disponho sem nenhum sentimento de rivalidade, nem quanto a Veronica que sempre foi sua! Nem a despeito da sua natureza que tanto caço. Estou aqui disposto a arriscar a minha vida para descobrir o que tem por trás da sua natureza que tanto interessa a esta Ordem".

Allan responde: "Vens aqui e falas do meu grande amigo e pai! Acusas Veronica de ser parte deste enredo e quer me fazer o bem? Não compreendes a razão desta Ordem ainda não ter me exterminado e tentas destilar seu veneno como bálsamo.

Acredita mesmo que levo a sério essas bobagens de mistérios e segredos. Eles me mantêm aqui até que encontrem Veronica! Afinal, ela foi ousada e estúpida, e assim, nós dois, um diante do outro, a tortura confessional seria mais certeira e confiável".

Thomas responde: "Fiz mau juízo de você! És um bom homem, porém desconhece a própria natureza e foi enganado por muitos anos".

Allan retruca: "Não estime minha natureza, pois agora me transformo sem a ação da lua e não preciso nem de metamorfose para arrancar sua cabeça, algo que tanto desejo desde que tocou em minha mulher".

Thomas responde: "Compreendo sua ira e no fundo invejo a sua sorte".

Allan fala: "Não sejas cínico! Qual sorte me acompanhou? Fui abandonado por Deus quando nasci com esta maldição pelo pecado dos meus pais e pela mordedura de um animal".

Thomas fala: "Mesmo que isso tenha ocorrido e não sejam memórias implantadas na sua mente através de sugestão. Você, Allan, não é um Lobisomem Alfa ou Beta!".

Allan indaga: "O que te dá tanta certeza de minha origem, sábio caçador?".

Thomas responde: "Se fosse um Lobisomem Beta, o cão guardião manteria sua essência e sua impregnação. Desconfiei que fosse um Lobisomem Alfa, criado à vontade de um Líder Iniciante, o 'Criador de Bestas'".

Allan responde: "Aprendi algumas lições de sobrevivência e sei sobre minha espécie, meus muitos riscos e meus parcos privilégios. Entretanto, desconheço sua teoria de um 'Criador de Condenados'".

Thomas responde: "Não ironize ou rias, alguns de nós não ousa falar, mas desconfiamos que a Ordem esconde um Líder, ou um Líder se esconde por trás da Ordem. Este poderia ser o Lobisomem Iniciante, possivelmente um imortal! O criador de um exército de Lobisomens

Alfas que transformam homens em Lobisomens Betas. No entanto, um Lobisomem Alfa, mesmo tendo uma maior sobrevida, não é um imortal, assim, após alguns anos, novos Lobisomens Alfas são criados. Perseguimos e matamos a sua espécie para que entre em extinção, e há anos outros aparecem. E se existem atualmente Lobisomens Alfas é porque foi criado por um Lobisomem Iniciante!?".

Allan retruca: "Pois bem, sendo assim, fui um mentiroso e sou um Lobisomem Alfa, por isso enganei Veronica, a usei! Como falarás a ela!".

Thomas responde: "Não, não és! Um Lobisomem Alfa foi alguém que escolheu esta vida bebendo o sangue do Lobisomem Iniciante. São ambiciosos e maledicentes, fazem fortuna para homens gananciosos, e num comensalismo se protegem. Este não é o seu caso! Sua riqueza advém de sua família e não me consta que alquilara bens pela sua condição. Muito pelo contrário, teve sua fortuna delapidada pela cobiça de um falso protetor".

Allan responde: "Vieste aqui para triturar meu coração e destruir as poucas lembranças que tenho de afeto e de amor? Podes então me atravessar com sua munição de prata!".

Thomas diz: "Lamento ser o portador de informações tão iníquas, mas possui um tesouro em forma de mulher, alguém intrépida e corajosa que assume qualquer risco para salvá-lo, para curá-lo. Veronica sofre a todo instante e se recria com a esperança do seu retorno. Ela esteve nesta masmorra e conseguiu fugir, e foi guiada pelo único sentimento que nos faz transpor montanhas: o amor!".

Assim findara a conversação entre Thomas e Allan.

O "velho caçador" falava-nos sobre os riscos que Thomas ainda corria ao tentar desvendar mistérios ocultos e segredos torpes, sabia que existia algo abstruso no tecido da Ordem.

Fiquei preocupada com ambos, mas uma parte em mim intuía que Allan não seria facilmente descartado. Rezaria pelo êxito de Thomas!

O homem foi embora assim que contou o ocorrido. O velho homem não sabia quando retornaria a Ordem, mas eu esperava que mais esclarecimentos fossem trazidos por Thomas numa próxima vez!

O velho caçador partiu dizendo que desconfiava que Thomas quisesse conclamar os demais caçadores renegados para um motim. Entretanto, o difícil seria agrupar tantos homens e penetrar pelos portões da Ordem.

Jamais adentrariam em grupos no interior da Ordem, onde o acesso era limitado e avaliado. Depositar seus códigos nas caixas não os daria tal permissão, nem sob a tutela dos guardiões.

O velho caçador iniciaria uma empreitada para conclamar os caçadores de ampla confiança de Thomas. Iniciava-se uma conspiração silenciosa com alguns caçadores que já estavam no castelo.

Entretanto, não havia caçadores em quantidade superior aos asseclas do castelo, e para que os demais insurretos fizessem presença, deveriam manter-se por mais tempo entre os muros da Ordem.

A conspiração não poderia ser percebida e os caçadores que estavam ao lado de Thomas amparar-se-iam mutuamente evitando que qualquer conclame para as missões chegasse à percepção dos Anciões.

Estes não toleravam caçadores morosos em sua partida, e, não obstante, estava talvez explicado o porquê de tão poucos caçadores ficarem encastelados.

Era preciso fazer "fumaça" para permitir que os caçadores entrassem no castelo. Era preciso evidências do sítio de lobisomens para que os caçadores se municiassem e para fazer parecer que articulavam estratégias na Ordem.

E esta façanha era obtida pelos caçadores natos, já em idade avançada: deveriam fazer a denúncia na caixa de contato.

As cartas estavam de fato sendo lançadas! E de minha parte, deveriam propagar algo que oferecesse resultado.

Percebi que eu deveria pedir ajuda aos homens de minha confiança, e para isso, eu idealizava Lucian.

Ele poderia trazer Iguais e posteriormente caçadores, e assim juntos tomarmos a Ordem.

Aprendi a atrair Iguais para confundir caçadores, mas agora a empreitada seria o avesso disso! Os Iguais seriam atraídos pelo instinto de sobrevivência. Provavelmente seria habilitado por Lucian durante a condição racional e humana.

Os caçadores enviados seriam da confiança de Thomas e orientados pelo "velho caçador", assim, lobisomens e caçadores, ambos teriam seu trunfo final: o soro para a cura e o desvendar de toda verdade!

Segundo Thomas, muitos caçadores empenharam sua vida numa causa considerada sagrada e só agora poderiam resgatar suas vidas, recompensados em parte por todo empenho e desgaste!

CAPÍTULO XVII

FORMAÇÃO DE ALIANÇAS

Fui para a floresta e como Lorena uma vez me ensinou, chamei pelo nome de Lucian emanando a necessidade do encontro. Durante alguns dias e noites, percorri o vale e a floresta, às vezes me sentindo estúpida, às vezes convicta, mas isso tudo eu poderia fazer até que a difícil empreitada do "velho caçador" se concluísse e com êxito!

Estava em minha casa sozinha e Yorick havia retornado para cidade, mas estava provida de esperança. Aguardava o contato de Lucian ou notícias da Ordem. Fiquei a esperar até a lunação! Se nada ocorresse, tomaria minhas próprias medidas.

Estava fazendo compras na Praça do Mercado e a conhecida sensação de estar sendo seguida fazia presença. Era um calafrio em minhas costas, atraindo meu olhar para trás e apressando meus passos para reconhecer a perseguição.

Caminhei até o átrio da igreja em distância do aglomerado de pessoas, e quem quer que fosse, me encontraria em posição destacada! Do meio do apinhado de gente ele saiu e caminhou em minha direção. Lucian veio a mim durante o dia. O período de lua nova começava.

Mantive meu braço esticado até que ele encontrasse minha mão e, num abraço fraterno, perguntou ao meu ouvido a razão de eu estar ali!?

Fomos para um ponto seguro para termos uma longa conversação. Sentamo-nos no armazém, onde o movimento era menor, e um vento fresco corria naquela paragem.

Contei a Lucian tudo que ocorreu desde a nossa despedida! Levei Lucian para minha casa. Sabia que ele não tivera tempo de organizar sua instalação e assim eu iria com a presença de Lucian impregnar Loban, logo não representava uma ameaça em tais circunstâncias.

Entrei na frente e, acomodando Lucian e preparando os esquemas de nossa segurança até retomar o assunto, certificamo-nos de tudo ao nosso redor!

Perguntei se era possível um ataque com Iguais para debelar a Ordem quando os caçadores já estivessem tomado a investida e contido o maior perigo de ofensiva. Lucian respondeu-me que não saberia aparelhar grupos para os portões da Ordem, pois teve pouco contato com outros Iguais. Em forma humana, um Igual só estabelece este comando quando conhecido da mesma forma pelos demais; e metamorfoseado, a obediência ocorre num instinto a qual desconhecia.

Contou que precisou de refúgio em região fria diminuindo sua metamorfose e antes que seu corpo aclimatasse, partiu para zona mais tépida. Até que pressentiu meu chamado.

Lucian não estava indisposto e nem temendo riscos, apenas desconhecia o estratagema de liderança antes nunca vivenciado.

Ficamos, então, na iminência de discorrer e o período lunar seria favorável apenas por umas semanas.

Lucian pediu que dormíssemos juntos na sala, pois a visão da propriedade era mais ampla entre todas as janelas.

Todos os homens que conheci desde então viviam o limiar da morte, e o contentamento da amizade era algo que lhes trazia vida e esperança. Dormimos juntos e estar comigo de mãos dadas já lhe bastava.

Lucian ficaria alguns dias rodeando pelas cercanias e imanaria sua presença nessa localidade, e na lua cheia vagaria pela floresta, marcando sua presença e aguardando por Iguais. Esta era a forma clássica!

Por alguns dias ficamos juntos com essa finalidade e aguardávamos o contato de algum caçador aliado, e assim, estávamos juntos na causa contra a Ordem!

Eu não tinha o controle de Lucian metamorfoseado, e antes do fim da lua crescente, ele partiu da minha casa.

Durante a semana da lua cheia fiquei esperançosa pelo contato de Lucian e dos Iguais. Não tinha medo algum destas criaturas! Eu e Loban ficávamos juntos no quintal à espreita e na espera de um prometido uivo.

Fiquei todas as noites em vigília em meu quintal, até que Lucian apareceu em meu portão. Estava visivelmente esgotado por sua travessia para angariar o contato com Iguais e executar as tarefas que lhe eram pertinentes.

Escorei-o até o chuveiro. Suas roupas estavam maltrapilhas e manchadas de sangue. Ele não tinha plena noção enquanto metamorfoseado, mas sabia que fizera contato, tanto em forma humana quanto na forma de fera.

Recuperado e em meu quarto, contou-me que um grande covil se instalara na cidade e que ele retornaria para a mesma missão para dirigir uma ação bem ordenada.

Alguns dos Iguais eram pessoas bem estruturadas e conservavam alguma consciência quando transformados, e outros eram seres sedentos de sangue.

Lucian precisava descansar, porque em poucos dias retornaria o contato com os Iguais.

Finalmente o "velho caçador" apareceu! Isto poderia ter duas representações, "muito boas ou muito más".

Trouxe o homem para dentro de casa e o "velho caçador" percebeu que havia um Lobisomem em minha casa. Afirmei que se tratava de um forte aliado, buscando apoio entre seus pares. O caçador não duvidou da minha argúcia!

Lucian desceu e, ainda trôpego, angariava forças para o enfrentamento. Contei-lhe então que o amigo presente fazia a ponte entre os caçadores aliados e que estavam do nosso lado.

Homens e criaturas, essências entrelaçadas por séculos de embate e perseguições. Seria o fim de uma "Era" e de um novo começo!

O "velho caçador" contou-lhe que muitos caçadores conseguiram penetrar no castelo sob o pretexto de comandos e armamentos após os rumores de vários antros de lobisomens.

No entanto, os caçadores não permaneciam entre os muros por muito tempo, mas tentariam estender sua permanência o quanto possível até o ataque final.

Lucian precisava agrupar os Iguais antes da próxima lua cheia. O caçador partiu na mesma noite e Lucian partiu pela manhã. "Os dados estavam rolando!".

Precisava dos conselhos de minha deidade e saber se ambos os pares conseguiriam, simultaneamente, de tempo e ação.

O sol mal havia raiado e lá estava eu em sua porta! Lorena, linda e envolvida em sua manta. Ela sabia que eu estava de frente para um árduo embate e o seu encorajamento foi mostrar-me um ninho de pássaros numa árvore espinhenta cujo tronco havia um cão que guardava instintivamente aquele ninho contra predadores.

A vida protege a vida, e em seres diferentes pode haver sincronismo quando a causa é perpetuar a grandeza da existência.

Não haverá mortes para a sobrevivência do mal, mas sim para a finalização de um ciclo, e isto representará vida. Lorena não evocou com fumaça, unguento, ervas ou qualquer ornato juramentando respostas. Ela apenas foi genuinamente sábia!

Parti da gruta imbuída de coragem e esperança, respirando ainda o orvalho perfumado e frio.

No fim da tarde, Lucian retornou e as expectativas eram otimistas. Muitos dos Iguais cobiçavam o soro e os demais seguiriam quem os liderasse num instinto de busca e sobrevivência.

Lucian partiria em poucos dias com os Iguais, e até a lua cheia, já estariam próximos da Ordem.

Na última noite, Lucian pediu para dormir ao meu lado e ficamos juntos na sala! Eu tinha lembranças de já ter vivido circunstâncias semelhantes quando Thomas partiu em combate. Desta vez, seria Lucian revestido de coragem para quem sabe, uma última vez com vida, uma última vez comigo!

Com as armas ao nosso alcance, nos deitamos no tapete de lã. Eu vestida de pijama e ele vestindo o de sempre, jeans e casaco de couro, vestido para lutar e para partir.

Permiti que tocasse meu cabelo e beijasse meu rosto. Deslizou suas mãos em meu corpo e trouxe-me para perto do seu corpo, já exibindo uma excitação forte e ritmando o contato. Amavelmente eu o contive!

Não! Não! Isso confundiria aliados e inimigos! Allan deveria estar mais conectado a mim, pois quando avistasse Lucian, este seria o primeiro a morrer.

Eu estava exaurida demais para oferecer conforto e amor a meus estimados quando precisassem de mim, e justo quando próximos de sua guerra e morte.

Eu sabia que eram por mim, que eram por Allan, mas sabia também que no final, todos os Iguais e nobres caçadores sairiam ganhando! Eu não conseguiria mais, nunca mais iria agir assim... Os meios que utilizei para chegar aos meus fins se encerravam! Eu amava muito meu Allan!

Lucian compreendeu e adormeceu ao meu lado sem nenhuma frustração.

Ainda sob a névoa da manhã, conduzi Lucian ao portão, e com um forte abraço e lágrimas em meus olhos, eu o beijei.

Fiquei em companhia de meus queridos caseiros e de meus animais. Escrevi para meus amigos da galeria e permiti que as noites se sucedessem juntamente com as fases da lua.

O perigeu ocorreria, fenômeno onde a lua e a terra estão mais próximas, tratava-se da lua imensa e isso poderia oferecer maior vigor na metamorfose!

Não por um impulso ansioso ou uma afetação particular, mas por um ímpeto estranho assentei o caminho para a Ordem. Municiei-me das artilharias próprias. Eu faria parte deste embate!

Quando damos a partida ao nosso destino, não importamos com obstáculos ou paragens, era só o passo a passo na direção que me levaria até Allan.

Amanhecia quando cheguei ao sopé do monte, escrevi no pedaço de papel meu nome e coloquei na caixa e aguardei a vinda dos sentinelas.

Recostei-me numa árvore e, estranhamente, consegui adormecer num resgate de forças pela jornada, sem medo ou martírio.

Escutei barulhos de passos, até que os vi rondando a entrada à minha procura.

Desperta, fui até eles resoluta e confiante que a minha vida não seria determinada pelo julgo destes membros. Eles me acompanharam sem sequer tocar nos meus braços ou vendar meus olhos. Consegui ver toda a grandeza daquela colossal estrutura de pedra.

Havia homens armados por todas as partes. O interior era ornado de madeira escura, veludo, mármore e riquezas em obras de arte. Vastos corredores e salas! Pouco trânsito de pessoas no interior, o que denotava afazeres metódicos ordenados pela cúpula de Anciões.

Fui deixada na mesma sala de interrogatório quando feita prisioneira e aguardei que algum membro viesse ao meu encontro.

CAPÍTULO XVIII

O CASTELO EM CHAMAS

Um pajem trouxe alimentos e não tardou para que guardas e anciões fizessem presença. Seguraram-me pelos braços, puseram-me de joelhos e me desarmaram.

Os Anciões reprimiam uma gargalhada cínica e começaram o interrogatório: "os papiros e as ampolas!".

Fui direta em dizer-lhes que dos papiros nada sabia, mas o soro estava bem guardado e que eu mesma o injetara em seres antes do processo de metamorfose. Os anciões, em completo desconcerto e fúria, prometeram-me um castigo lento e mortal.

Garanti que daquela noite eles não passariam e que aquela casa cairia em ruínas. Falsamente prometi que diria onde estavam escondidas as demais ampolas, mas que antes queria ver Allan.

Embravecidos, atenderam a meu pedido por falta de escolha. Temiam a disseminação da cura e por isto acataram minha ordem. Eu não acreditava que veria Allan após todo este tempo!

Conduziram-me a uma torre e naturalmente me ocorreu que pudessem sabotar o meu pedido, tornando-me novamente prisioneira.

Eu sabia que um motim estava a caminho, mas se ainda tudo desse errado, usaria meu último alento para rever Allan.

O caminho tinha escadas amplas e vários compartimentos faziam vinculação. No cume da torre, numa área arejada, pude ver as correntes que pendiam dos pulsos e pernas de Allan e um tapete de lã era seu compêndio.

O meu Allan, preso e agrilhoado. Corri em sua direção e o abracei! Não apresentava ferimentos ou torturas em sua pele. Havia nele apenas um semblante de conformação e espera!

Não estava surpreso e proferiu algumas ingênuas perguntas quanto à autorização que me concederam para levá-lo embora. Entristecia-me desapontá-lo e apenas garanti que iríamos juntos para casa!

Eu beijei meu Allan e tinha gosto de cuidado. Sua mente parecia estar confusa, e naquele momento queria muito que ele soubesse que o amava.

Ele perguntou se eu estava triste por ele ter sumido com Loban, disse que não conseguia deter os homens que o encarceraram e que não estava mais aborrecido comigo.

Ficamos abraçados por instantes e ele imperativamente exigiu que lhe removessem os grilhões. Os guardas nesse instante me tiraram de perto dele. Eu o olhei triste e ele compreendeu que não havia permissão para isso!

Eu era uma prisioneira também, apenas em visita de misericórdia e com algum tipo de indulto.

Allan se enfureceu e gritou com fortes espasmos e eu me apavorei! Os guardas tentaram injetar alguma droga e nesse momento eu lutei com aqueles homens.

Com umas das pedras retiradas do parapeito, atingi o rosto de um deles e o outro segurou meus braços por trás. Consegui desfazer o golpe e, com uma mordida, arranquei parte da sua face.

Pelo movimento perceberam que algo incomum ocorria no topo da torre. Vieram mais homens em nossa direção e Allan já não era mais um homem! Transformou-se num lobisomem de força incomum! Repuxava os ferros da parede e seu uivo era intenso e prolongado.

Os guardas me seguraram e, juntamente com um grupo de caçadores, deram ordem para feri-lo com prata! Eu não conhecia os caçadores que miravam nas pernas e no dorso de Allan. Apenas tinha certeza que, mesmo transformado, ele tinha plena consciência de quem eu era e que precisava defender-nos.

Mirei o grupo de caçadores em posição de tiro e um deles me olhou com um resvalar de confiança, e pediu que os guardas chamassem o "Chefe da Tribuna", pois bastava um tiro malsucedido e perderiam o cobiçado.

Enfurecidos e sem escolha, alguns guardas desceram e o caçador percebeu que eu o reconhecia como um aliado. Era chegada a hora!

Finalmente, vindo em nossa direção e à frente dos demais, estava Thomas, meu coração sentiu um alívio e uma felicidade jamais vivida. Estávamos juntos e prontos para o ataque que nos redimiria, enfim!

Estando à frente do comando, deu ordem de ataque usando a palavra "remissão", e antes do movimento de repuxo das armas, os caçadores prenderam os guardas e os mantiveram sob mira fechada.

Os mesmos libertaram Allan, que atacou ferozmente, e com sua mordedura animal, abateu boa parte dos membros da Ordem.

Nenhum caçador sentiu-se ameaçado com os lobisomens que os acompanhavam a serviço do bem! Thomas manteve-se à frente e os demais na retaguarda, e eu fiquei próxima dos dois.

Os demais caçadores juntaram-se a Thomas e os que eram aliados e conluios dos membros da Ordem foram dilacerados por Allan.

Foram cenas de horror e sangue; os caçadores que surgiram em nossa frente, eu não os reconhecia como inimigo ou aliado, isso ficava a cargo de Thomas e os caçadores que fizeram a tomada na torre.

Assim, vi homens morrerem tombando, e após gritos e disparos, percebi os anciões procurarem locais seguros em salões com vastos portais.

Allan derrubou as pesadas estruturas de madeira com uma fúria incomum. Os caçadores miravam naqueles avelhantados ambiciosos e corruptos, enquanto Allan apertava-lhes a garganta.

O que pensei ser um ataque em tempo hábil foi uma empreitada que se estendeu em forma de emboscada nas reentrâncias daquele castelo.

Os guardas vinham em ofensiva, como reproduzidos em um estoque. Atacavam e davam proteção a alguns anciões que escapavam por domínios secretos do castelo.

Thomas dava ordens para persegui-los a qualquer custo, alguns caçadores recuaram temerosos, mas continuavam agindo. Outros, enfrentavam sendo feridos e mortos.

As sentinelas que faziam o cerco diminuíram em número, uma vez que iam para o interior do castelo escapando por passagens secretas, e a perseguição dos caçadores em seu encalço era mantida ainda que um tanto desorientados.

Allan voltava à forma humana e apresentava visível desgaste, mas Thomas exigia que os caçadores fizessem sua segurança e continuasse a perseguição.

Os armeiros, servos do subterrâneo, alimentavam a artilharia, mas morriam aos borbotões. Os caçadores que estavam com a Ordem não estavam em superioridade numérica e ainda substituíam os guardas mortos e forneciam proteção aos anciões fugitivos.

Atearam o fogo dos candelabros contra nós impedindo assim a perseguição em sua direção. Thomas não se deixava intimidar pelas chamas e continuava a persegui-los.

Tentávamos manter-nos unidos em nossa difícil campanha e, num deslize, um caçador conseguiu fazer-me refém e desaparecia a visibilidade, mas meus gritos indicavam minha direção.

No desespero deles pelo descuido, percebi que Allan voltou a transformar-se. Depois do uso do soro, a lua já não tinha mais influência direta, e sim o descontrole de suas emoções.

E foi nesta condição de fera que seus sentidos olfativos ficaram aguçados e conseguiu conduzir o grupo até onde eu havia sido conduzida.

Poucos anciões eram sagradamente protegidos pela confraria formada por poucos homens que estavam afinados e confiantes de seu trajeto e possuíam uma beligerância intimidadora. Uns dos caçadores mantinha minha boca amordaçada e eu não tocava mais o chão com meus pés, eles me seguravam impedindo meu rastro acelerando o deslocamento.

Atônita pelos acontecimentos, já não tinha percepção do ambiente percorrido, até que os poucos homens ingressaram comigo num acesso de passagem secreta.

Foi ali que me deparei com alguém que, de imediato, pude pressentir sua importância. Era um homem de vestes alinhadas, parecendo um uniforme eslavo. Sua pele tinha uma coloração estranha, daqueles que não se expunham a claridade, além de não transparecer qualquer emoção.

Os homens que me conduziram até sua presença, fizeram-lhe uma reverência e se prostraram à sua frente, suplicando perdão. Ele tocou no meu rosto, olhou-me nos dois lados da face, revirou meu pescoço e falou num idioma desconhecido com aqueles homens.

Intui que se tratava de algum sinal de perigo, mas que a contento, tudo estaria ao seu agrado. Percebi isso quando sorriu e pediu que todos os presentes retomassem sua postura cerimonial.

Ficamos juntos num tipo de antecâmara e o estranho homem sentou numa suntuosa cadeira, e mantendo-me sentada junto aos seus pés, segurando-me pelo pescoço.

Aquele homem não hesitaria quebrar meu pescoço quando o grupo dos meus aliados adentrasse naquele recinto.

Meus aliados estariam vencidos. Ali era seu trunfo! Os caçadores ficaram próximos à entrada do esconderijo e os anciões pegaram em seus báculos de prata, circundando com tochas o local onde eu estava com aquele estranho homem, e assim nós ficamos cercados.

Eu não poderia ficar refém daquela mão forte de unhas compridas que contornava com precisão o meu pescoço. Ele tocava ironicamente a minha fronte como se acariciasse o fim próximo da minha vida.

Revirei meu pescoço e olhei no seu rosto, e a impassibilidade daquela face em olhos mortos me fez perceber que aquilo não era um homem, era uma criatura e eu não poderia ficar à mercê daquele Ser que tomaria todos nós em suas poderosas mãos.

Se eles entrassem naquela sala, seria uma carnificina inútil pelo meu resgate em vida. Então eu fiz o que julguei certo!

Com toda a força do meu corpo, afastei suas mãos do meu pescoço, lancei-me ao chão e atirei sobre ele os lampadários com fogo. Avancei sobre os anciões, tomei seus bastões e ameacei a criatura.

Numa redoma de homens ávidos que me acuavam, eu lutei pela vida valiosa dos homens que me buscavam nas entranhas do castelo.

Foi quando ouvi grunhidos diferenciados que não vinham de uma única garganta. Era o reforço daqueles que se uniram a nós. Eram os Iguais que tomavam o castelo.

Os uivos tornavam-se mais próximos e percebi pânico entre os que me acuavam, e num instante, deixei de ser o alvo!

Consegui recuar para o canto que me afastava daquele círculo do mal, cujo líder era enigmático e malévolo demais para eu compreender rápido suas fraquezas e enfrentá-lo.

Senti os estrondos que embatiam contra a falsa parede composta de madeiras e livros de embuste. Quando a divisória cedeu, a primeira leva de batedores eram lobisomens que vieram compor e somar forças contra aqueles que os relegaram ao submundo e à perseguição.

Muitos foram feridos e abatidos, mas eram tantos que os caçadores não conseguiam recarregar suas armas e derrubar os que vinham em seguida.

No alvoroço, eu não conseguia encontrar Allan e Thomas, e antes que eu conseguisse transpor aquela multidão de feras em vingança, uma mão em forma de garra me apanhou por trás e senti rasgando a pele de minhas costas.

Senti a profundidade do meu ferimento e não consegui avançar, a quantidade de sangue que inundou o chão provou que eu estava muito ferida! Foi quando um dos Iguais mostrou seu desespero e aproximou-se com um uivo diferenciado.

Meu algoz recostou-me sobre uma vasta janela empurrando seu peso sobre uma vidraça. O ataque foi reprimido, lobisomens contidos e os caçadores em espera: Thomas estava à frente deles!

Amortecidos diante da derradeira cena, Allan retomou a forma humana e aproximou-se daquele homem. Foi quando ouvi a voz gutural proferindo informações que naquele instante pareciam sem sentido.

Pude ver a perturbação e a estupefação de Allan diante daquilo. O homem dizia atrair aquele que rivalizava com ele, num mundo onde ele deveria ser o único! E que Allan não poderia existir!

Que diante desta aberração, Allan só teria uma escolha, morrer ou unir-se a ele, mas para isso deveria ordenar aos outros Iguais, insurretos e desobedientes, a partirem e que nenhum caçador inimigo poderia sobreviver.

Aquele era um mundo controlado ao seu poder. Ele criava os seres, a adversidade, e no caos era obtido riqueza e poder.

Naquele instante, lembrei-me da carta de Thomas, das lendas e suposições. Aquele era o líder, o Lobisomem Iniciante, o criador do exército de Lobisomens Alfas.

Allan viu meu sangue se esvair, então pediu que me poupasse. Thomas estava pronto para atirar. Ao certo, ninguém sabia como matar aquilo.

Ele bradou: "Devolvo a mulher em troca da minha oferta. Vocês não imaginam o que estão desafiando por crenças próprias!".

Allan brandiu e, novamente transformado, grunhiu em negativa.

O Ser converteu-se numa besta horrenda, e mesmo no meu frágil estado, pude ver a imagem num espelho adiante e ele me atirou sobre a mobília, ferindo-me ainda mais.

Deitada, sentindo a vida se esvair e assistindo tudo sem reação, vi os dois se atracarem num embate medonho, e antes que Allan fosse morto, Thomas arremessou uma haste de prata no peito daquele Ser, e em seguida fez inúmeros disparos.

O Ser era dotado de uma força inigualável, e com ódio e reprimenda, avançou sobre Thomas e o lanhou do ombro ao pescoço.

Vi meu imbatível e corajoso caçador tombar em sangue pela bravura em salvar Allan e dar fim a uma "Era do mal".

Enquanto ele feria Thomas, Allan e os demais Iguais rasgaram sua carcaça, até que pouco sobrara de sua pele. Era um monte de pelo e carne!

Os Iguais cuidaram do que restara, ateando fogo no lugar. Outros percorreram o castelo em busca dos despojos de guerra e do tão cobiçado antídoto.

Allan me apanhou no colo e me recostou. Eu e Allan tínhamos Thomas tombado por nós.

Peguei em sua mão, queria ouvir suas últimas palavras. Thomas dizia que estava satisfeito, que seu dever estava cumprido, entretanto, eu não aceitava Thomas morto! Não por isto, não por nós!

Eu pedi que ele vivesse e ele entendeu o que eu quis dizer com isso! Ele falou que este ciclo precisava ter um fim! Roguei pela sua vida e que encontraria sua cura, afinal, o soro estava no castelo.

Implorei a Allan que o mordesse e exigi que Thomas bebesse o sangue de Allan. Thomas sorriu dizendo que talvez não houvesse cura para o Allan já que ele era também um "Iniciador"!

Disse que sua missão estava concluída e que teria uma boa morte.

Ficamos ali, diante de Thomas, decidindo sobre sua vida ou morte. Ele não tinha escolha, estava fraco demais! Algumas gotas do sangue de Allan em sua boca e ele voltaria à vida, como um Lobisomem Alfa.

Eu tornaria meu Allan um "criador" e transformaria Thomas em algo que ele sempre caçou! Até que ponto eu teria o direito de extrair a dignidade de ambos?

Por amor, fiz coisas estranhas; e por ternura e gratidão, poderia complicar também! Mas enquanto Thomas não fechasse silenciosamente seus olhos azuis, eu decidiria quem e como aqueles dois viveriam, afinal, eles poderiam juntos melhorar algo de ruim que ficou neste mundo!

Transformar o que o Lobisomem Iniciante possa ter feito de ruim e tentar apurar o submundo dos Iguais.

Eu, Veronica, estava decidindo e Allan estava aguardando. Talvez ele também não quisesse que Thomas morresse como um herói, talvez ele quisesse que este herói realmente vivesse...

Estávamos os três vivendo o impasse da nossa realidade, e antes que Thomas desse o último suspiro, Allan sangraria sobre os lábios de Thomas... eu, Veronica, decidiria que mais ninguém nesta noite morreria em vão!

Fim